我的第一本
日語文法
練習本

文英堂編集部／編

本書特色與使用方法

透過**參考書部分**提升理解度，學習基本文法後，可以馬上透過**問題集**自我檢測，立刻知道自己的學習成果如何，達到高效率的學習成效。

每個單元由【**重點・相關知識解說**】與【**必修問題與解題方法**】各一頁組成，非常方便學習閱讀。

【自我檢測】和【最終測驗】是參考日本學校試題範圍及升學考試試題所整理的資料，提升你的應試能力。在本書最後面會附上這些問題的解答、中文翻譯、解釋，寫完後可馬上再複習，一次徹底理解。

＼ 本書是參考書也是問題集！ ／

參考書部分

重點解說

本書以**簡潔易懂的方式**，針對學校教導的文法基礎知識**解說與整理**。每天的預習、複習，以及考前準備，本書就是最佳的輔助書籍。

相關知識解說

蒐集艱澀難懂的部分，以及容易搞錯的部分，加以解說。

提醒……針對容易有疑問的內容**詳細解說**。

深入解說……深入解說……針對容易有陷阱的內容**詳細解說**。

注意這裡！……注意重點……**針對容易混淆搞錯的部分加以解說**。

用語……用語……**針對重要字彙和艱澀字彙加以解說**。

問題集部分

必考問題……內容涵蓋必懂的**基本問題**，以及提升實力的**應用問題**。請努力閱讀，讓自己的實力更完備。

問題解析……針對「必考問題」進行詳細說明，提示思考方法、重點、務必留意的部分。也有以Q&A形式進行解說。

自我檢測……在每個章節的最後，刊登定期考常會出現的題目，讓各位自我檢測。每道題目都有附上分數，請以實際參加考試的態度來測驗。目標得分是七十分以上，加油！

最終測驗……從**日本高中升學考試題目**中蒐集的題目。這個測驗是文法學習成效的總測驗，測驗你的實力。

目錄

每個單元都有必考問題。

3 用言

4 助詞

5 助動詞

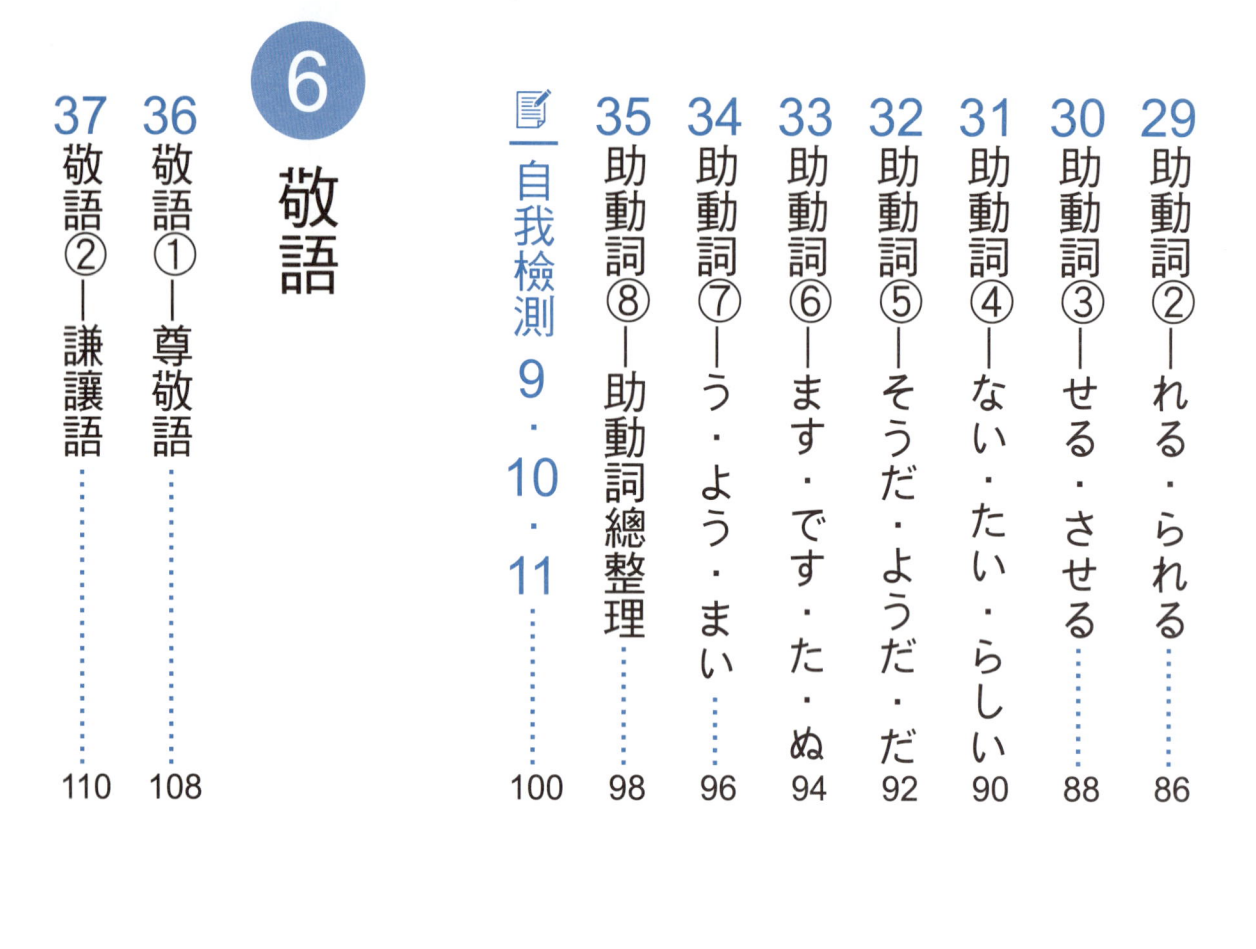

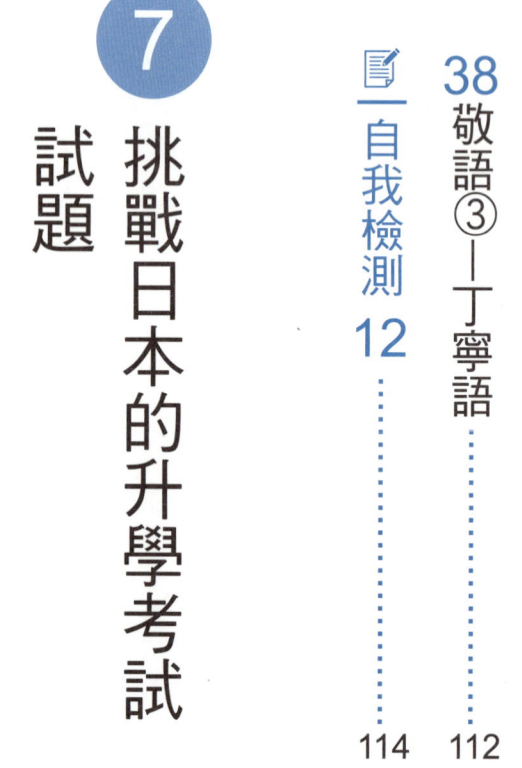

1

句子・文節・單字

句子與文節的組合方式、如何判斷主語與述語等知識是深究日語時必須的基礎知識，但也是學習基礎時常被跳過的部分。

若您急於準備日檢考試，可以先跳過這一章，從P23的名詞開始學習。

1 語彙的單位

語彙的單位—在此整理語彙的單位，從大至小依序為文章→段落→句子→文節→單字。

單位	定義說明
文章	經過整理的一篇完整內容。是語彙的最大單位。
段落	將文章依整理的內容重點區分為段。
句子	以句點結尾，由一連串的語彙所構成來表達含意。語彙的最基本單位。
文節	依照最小可以表達語意範圍或發音來分割句子，所得出的單位內容。
單字	在不破壞語彙的情況下，將文節再區分的最小單位。

文章	句子	文節	單字
この峠《とうげ》を越《こ》せば光が見える。さあもう目前《もくぜん》だよ。	この峠を越せば光が見える。／さあもう目前だよ。	この／峠を／越せば／光が／見える。／さあ／もう／目前だよ。	この／峠／を／越せ／ば／光／が／見える。／さあ／もう／目前／だ／よ。
一篇	兩個	八個	十三個

（翻譯：只要越過山頂，就能看到光。走吧！就在眼前而已）

提醒

▼**句子與文章**　日語平常並不會清楚區分「句子」和「文章」。日常生活中這麼做不會有問題，但在講究文法時，沒有清楚區分是不行的。所以必須如上表所述，**嚴格加以區分**才行。

大家都說學習文法很難，原因之一就在於它的嚴謹性。每個用語的使用含意一定都要搞清楚。

注意這裡！

▼**句子的結束方法**　在句子的結尾會標上「。」（句點）。有時候會以標點符號「！」或「？」結尾。

例 **それは真実《しんじつ》だ！**（那是真的！）**どうしたの？**（怎麼了？）

▼**句子長度**　句子長度不一，有長也有短。有時候連續好幾行，有時候只有一個單字而已。

例 **火事《かじ》。**（火災．→一個單字．一個文節．一個句子）

必考問題

❶《句子》以下的文章是由幾個句子所組成呢？請標上句點作答。

男は口数が少なかった孤独《こどく》な生活のゆえであろうしかしいかにも己《おのれ》を知って落ち着いているという感じがしたこの何もない土地にこういう人がいるとは思いがけないことである

❷《句子》請分割以下各個句子的文節。

① 私の母の名前は、サチコです。
② ぼくは以前、ハムスターを飼っていました。
③ もし雨でも降れば、計画を大幅《おおはば》に変更《へんこう》する。
④ 菜の花が春の風に揺《ゆ》れている。
⑤ 事件は、突然《とつぜん》、何の前ぶれもなく起こった。

❸《單字》請分割以下各個句子的單字。

① その病院は坂の上にある。
② 彼女《かのじょ》は、勉強も運動もよくできる。
③ この鳥は、とてもきれいな声で鳴く。
④ 来週、妹の結婚式《けっこんしき》がある。
⑤ 砂浜《すなはま》で美しい貝がらを拾った。

問題解析

❶ 因為文章是一篇完整的內容，只要**找到最後的結尾語**，就可以判斷到此是一個句子。不過，「すると」、「しかし」、「だから」之類的連接詞（→參考P32），通常會出現在句首，這也是一個判斷的線索。

❷ **在分割文節時**，建議可以**加入「ネ」或「サ」**來判斷。

重點 加入「ネ」或「サ」，結果若不自然，便**不會是單一個文節**。

②答案不是「飼《か》っていましたネ」一個文節，而是「飼ってネいましたネ」兩個文節。同樣地，④「揺《ゆ》れている」也是分為「揺れてネいるネ」兩個文節。

④「菜《な》の花《はな》が」看起來好像可以分為「菜のネ花がネ」兩個文節，但因為「菜の花」**是一個物體的名稱**，不可以中途切割。而「春の風に」的話，因為是用「春の」這個文節來說明「風（に）」的性質，所以是兩個文節。

重點 **物體名稱**不可以中途切割。

❸ **在分割單字時**，關鍵重點在於找出附屬語（助詞・助動詞）（→參考P17）。例如，①「その」、②「この」的「の」不可以分割。可是，①「坂の」的「の」、④「妹の」的「の」，這個「の」是一個字，也是一個單字（助詞）。

解答

❶ 四個句子（男は～少しなかった。孤独な～あろう。しかし～感じがした。この～である） ❷ ①私の／母の／名前は／サチコです。②ぼくは／以前、／ハムスターを／飼って／いました。③もし／雨でも／降れば、／計画を／大幅に／変更する。④菜の花が／春の／風に／揺れている。(5)事件は／突然、／何の／前ぶれも／なく／起こった。 ❸ ①その／病院／は／坂／の／上／に／ある。②彼女／は、／勉強／も／運動／も／よく／できる。③この／鳥／は、／とても／きれいな／声／で／鳴く。④来週、／の／結婚式／が／ある。(5)砂浜／で／美しい／貝がら／を／拾った。

2 文節的相互關係①

文節的功能－將各種關係的詞彙予以結合，組合成句子。

文節的相互關係可分為**六種**。本章節會介紹兩種，下一個章節介紹另四種關係。

主述關係－

文節「何(だれ)が」可代入任何人事物，代表**主語**，描述主語動作的文節稱為**述語**。這樣的關係就叫作主述關係。

1 何（だれ）が―どうする（誰做什麼）　例 星《ほし》が　輝《かがや》く。（星星閃耀）

2 何（だれ）が―どんなだ（誰是什麼）　例 星が　きれいだ。（星星是美麗的）

3 何（だれ）が―何だ（誰是什麼）　例 星が　目《め》じるしだ。（星星是記號）

4 何（だれ）が―ある・いる・ない（有誰）　例 星が　ない。（沒有星星）

修飾・被修飾關係－

詳細說明其他文節的文節叫作**修飾語**，被修飾的文節稱為**被修飾語**。這樣的關係稱為修飾・被修飾關係。

1 何を――どうする（對什麼做什麼）　例 小説《しょうせつ》を　読《よ》む。（看小說）

2 どのように――どうする（怎麼樣做）　例 ゆっくり　歩《ある》く。（慢慢地走）

3 どのくらい――どんなだ（多怎麼樣）　例 とても　美しい。（非常美麗）

4 どんな――何だ（怎麼樣的什麼）　例 暖《あたた》かい　お正月《しょうがつ》だ。（暖和的正月）

5 何の――何だ（誰的什麼）　例 学校《がっこう》の　時計台《とけいだい》だ。（學校的鐘台）

深入解說

▼**各式各樣的主語**　除了「―が」形式的文節為主語，主語的文節還有以下的形式。

例
私《わたし》**は**　元気《げんき》です。（我有精神）
彼《かれ》**も**　元気です。（他有精神）
雪《ゆき》**さえ**　降《ふ》り出《だ》した。（連雪都下了）
虫《むし》**だって**　生《い》きている。（蟲也是活著的）

提醒

▼**修飾語的功能**　修飾語的修飾是「かざる（修飾）」的意思，可是，如果太拘泥於這個字的本意，就不易區分修飾、被修飾的關係。上面例句中的「小説を」、「ゆっくり」、「とても」、「暖かい」、「学校の」皆為修飾語，與其說它們的功能在修飾，如果想成是為了更詳細來說明的話，會更容易理解。

用語

▼**連用修飾語與連體修飾語**　修飾語又可分為詳細說明用言（動詞、形容詞、形容動詞。→參考P16）文節的**連用修飾語**，以及詳細說明體言（名詞→參考P16）文節的**連體修飾語**。

必考問題

1《主語、述語》 請標出以下各句子的主語文節及述語文節。

① 母は今台所にいる。

② 兄の決意は固かった。

③ 理想の職業はアナウンサーだ。

④ 七色の虹《にじ》が大空を彩《いろど》る。

2《分辨主語》 以下各句子有劃線部分（——）的文節，是屬於主語或修飾語，請作答。

① そんなことは子どもでも知っている。

② 彼は決められた手順すらきちんと守らない。

③ 冬休みはスキーに行こう。

④ 父だってよく説明すればわかってくれるだろう。

3《修飾語》 從下列各句子中找出所有的修飾語，並回答哪個文節是被修飾語。

① 彼は本を閉じた。

② 公園の桜が一斉《いっせい》に開いた。

③ 赤い絵の具が少し足りない。

④ 船はしだいに加速した。

問題解析

1 **述語通常是在句尾出現**，所以很容易分辨。接下來就是**找出與述語相對應的主語**，這就是分辨的順序。譬如①，一眼就能看出句尾的文節「いる」是述語。接著要找出「いる（在）」的對象是「何（だれ）が」，所以，「母は」就是主語。照這個原理去找就對了。

重點
主述關係組合的句子，首先要找出述語。

2 **關於主語的形式，最常見是有附加「が」這個單字，不過，也有其他的形式，要仔細分辨。**表示「何（だれ）」的詞彙就是主語，後面接的單字不限只有「が」而已，**也會接「は」、「も」、「さえ」、「すら」、「でも」等單字**。要辨別是否為主語，最好記住以下的重點。

重點
將「は」、「も」、「さえ」、「すら」等字→換成「が」，可以很順地連接述語的話，這個文節就是主語。

比方說將題目①的句子，換成「子どもが知っている」，句子很順不奇怪。可是題目②的句子換成「手順がきちんと守らない」，句子會怪怪地。所以，①的文節是主語，②的文節不是主語。

3 首先找出主語、述語。然後再想想修飾（詳細說明）主語或述語的文節是哪一個。

解答

1 ①主語＝母は　述語＝いる　②主語＝決意は　述語＝固かった　③主語＝職業は　述語＝アナウンサーだ　④主語＝虹が　述語＝彩る　**2** ①主語　②修飾語　③修飾語　④主語　**3** ①本を—閉じた　②公園の—桜が／一斉に—開いた　③赤い—絵の具が／少し—足りない　④しだいに—加速した

3 文節的相互關係②

並列關係｜將兩個以上的文節對等並列時，稱為並列關係。

例　**上野《うえの》さんと　山本《やまもと》さんが**　見舞《みま》いに来ました。（上野先生和山本先生來探病）

海《うみ》は　**広《ひろ》くて　大《おお》きい**。（海寬闊又大）

補助關係｜主要意涵的文節下面所接續的文節之作用是在補充說明上面文節時，稱為補助關係。

例　子《こ》どもが　**遊《あそ》んで　いる**。）孩子正在玩耍）

ちょっと　**調《しら》べて　みる**。（調查看看）

接續語｜將前面的句子或文節的內容與後面部分連結在一起的文節，稱為接續語。接續語與其所接續的文節的關係，稱為接續關係。

例　雨《あめ》だ。**しかし**、出発《しゅっぱつ》しよう。（下雨了。不過，還是出發吧）

雨だが、出発しよう。（雖然下雨，還是出發吧）

獨立語｜與其他文節關係淡薄，且獨立性強的文節，稱為獨立語。獨立語具有感嘆、呼召、應答、提示的意涵。也可以稱為獨立關係。

例　**ああ**、いい天気《てんき》だ。（啊，天氣真好）　**もしもし**、山田《やまだ》さんですか。（喂、請問是山田小姐嗎？）　**はい**、私《わたし》は山下《やました》です。（是的，我是山下）

深入解說

▼**被視為補助語的詞彙**　補助關係中，下面的文節是補助者，上面的文節是被補助者。其順序正好跟修飾、被修飾的關係顛倒，請仔細分辨。

例　遊《あそ》んで　**いる**（玩著）

飛《と》んで　**きた**（飛過來）

以下所舉的例子，就是具有補助關係的詞彙

（→參考P52上段、P54下段）

例　とがって　**いる**（尖的）

捨《す》てて　**しまう**（丟了）

しまって　**おく**（先收著）

走《はし》って　**くる**（跑過來）

ふけて　**ゆく**（漸漸老了）

聞《き》いて　**みる**（聽聽看）

教《おし》えて　**やる**（教你）

本《ほん》で　**ある**（是書）

起《お》きて　**ない**（沒起來）

食《た》べて　**ほしい**（希望你吃）

注意這裡！

▼兩種接續語　接續語有以下兩種情況，例A是**連接詞**（→參考P32）直接成為**接續語**，例B是**接了接續助詞**（→參考P70）後，成為**接續語**。

例　A　寒《さむ》かった。**だから**、行《い》かなかった。（很冷，所以沒去）

B　**寒かったので**、行かなかった。（因為很冷，所以沒去）

必考問題

❶《並列關係》找出以下各句，具有並列關係的兩個文節。

① 彼《かれ》は建築家でデザイナーだ。
② 海や山にはたくさんの生き物がいる。
③ このいちごは甘《あま》くておいしい。
④ 教科書とノートを持ってきなさい。

❷《補助關係》找出以下各句，具有補助關係的兩個文節。

① 新発売のお菓子《かし》を食べてみた。
② 美しい花が咲《さ》いている。
③ 彼は重大なミスを犯《おか》してしまった。
④ ここにしまっておいた手紙がない。

❸《接續語、獨立語》找出以下各句的接續語或獨立語。

① 素敵《すてき》だが、私には似合わない。
② まあ、なんて美しい夕焼けでしょう。
③ 約束の時間は過ぎた。しかし、彼は来ない。
④ 東京、それは日本の首都だ。

問題解析

❶ **要找出具有並列關係的兩個文節**，看看**這兩個文節的位置是否可以對調**，可以對調的話，表示這兩個文節為並列關係。舉例來說，將題目①的句子換成「彼《かれ》はデザイナーで建築家《けんちくか》だ」，語意並沒有改變。所以，這兩個文節就是並列關係。

重點
並列關係的兩個文節**就算位置對調，句子的意涵也不會有所改變**。

不過，當每個單字後面還有其他單字時，後面的單字也要跟著更改，再代入文節。所以這裡舉的例子要如下所述來變更，「建築家で」→「建築家だ」、「デザイナーだ」→「デザイナーで」。

此外，題①的答案如果只回答「建築家」、「デザイナー」之類的單字，會是錯誤答案。這個問題是要你回答文節單位，所以答案必須是「建築家で」、「デザイナー」。

重點
答案是文節單位的話↓不要忘記**後面接的單字**。

❷ 具有補助關係的兩個文節，其**後面的文節**是「居《い》る」或「やる」時，這兩個單字在這個句子中會失去其原意，只是前面那個文節的附屬文節，並**只具有補助功能**，請牢記這個特性。這兩個文節統合為一個文節，再與其他文節組合。

❸ 接續語類型中，會有如①「素敵《すてき》だが」的情況，接續語後面附加接續助詞，目的是為了接續後面的句子。④的「東京」為提示獨立語。

解答

❶ ①建築家で　デザイナーだ　②海や　山には　③甘くて　おいしい　④教科書と　ノートを　❷ ①食べて　みた　②咲いて　いる　③して　しまった　④しまって　おいた　❸ ①素敵だが（接續語）　②まあ（獨立語）　③しかし（接續語）　④東京（獨立語）

4 句子的成分

句子成分——以語意分別，組成句子結構的要素稱為句子成分。共有五種。

1 主語（部） 例 **空《そら》が** きれいだ。（天空美）

真《ま》っ青《さお》な　空が きれいだ。（全藍的天空美）

2 述語（部） 例 赤《あか》ん坊《ぼう》が **泣《な》く**。（寶寶哭）赤ん坊が **泣いて　いる**。（寶寶在哭）

3 修飾語（部） 例 月《つき》が **きれいに** 見《み》えた。（月亮看起來美）

月が　**とても　きれいに**　見えた。（月亮看起來真美）

4 接續語（部） 例 **晴《は》れたので**、夕日《ゆうひ》が美《うつく》しい。（因為天晴，夕陽好美）

空が　晴れたので、夕日が美しい。（因為天空晴朗無雲，夕陽真美）

5 獨立語（部） 例 **お母《かあ》さん**、長生《ながい》きしてね。（母親，您要長命百歲）

やさしい　お母さん　長生きしてね。（溫柔的母親，您要長命百歲）

連文節——連文節是一種句子成分，由兩個以上的文節組合而成，又與單個文節具有相同功能。右側下方例句的粗體部分就是連文節。還有，以下情況時，也一定要用連文節來組句。

1 並列關係的兩個文節 例 **海《うみ》も　空も**（主部） きれいだ。（海和天空都美）

会場《かいじょう》は　**笑顔《えがお》と　感動《かんどう》に**（修飾部）　まれた。（會場充斥著笑容與感動）

2 補助關係的兩個文節 例 星《ほし》が　**輝《かがや》いて　いる**（述部）。（星星閃爍著）

置《お》いて　あったので（接續部）、ちょっと借《か》りた。（因為放在那裡，借用一下）

提醒

▼ **句子成分排列順序**

① 主語（主部）或修飾語（修飾部）在述語（述部）前面。

② 述語（述部）在句尾。

③ 接續語（接續部）或獨立語（獨立部）多數是在句首。

此外，為了提升表達效果或引起對方注意，會採用**倒置**的方式，將句子成分的順序置換。

深入解說

▼ **句子成分的名稱** 有兩種情況與考量方式。

① 如果是由一個文節所組成，稱為**「～語」**；兩個以上的文節所組成（連文節），稱為**「～部」**。

本書採用這個稱法。

② 「句子成分」的名稱一律稱為「～部」。即使只有一個文節，也稱為「～部」。此外，表示文節關係時，則稱為「～語」。

① 的稱法

花《はな》が（主語）　咲《さ》いた（述語）。（花開了）

赤《あか》い　花が（主語）　とても　きれいに（修飾部）　咲いた（述語）。（紅花漂亮的開了）

② 的稱法

花が（主語）　咲いた（述語）。（花開了）

赤い　花が（主語）　とても　きれいに（修飾部）　咲いた（述語）。（紅花漂亮的開了）

必考問題

❶《語意》參考例句，將以下各句依語意分開來。

例 山の木々が（什麼或誰） 美しく（怎麼樣的） 色付いている。（做什麼）

① 私の父が、昨日学校にやってきた。

② 彼女《かのじょ》は、そのプレゼントを大事にしまっている。

③ 友達と話すことが、私の楽しみです。

❷《句子成分》以下各句劃線部分是屬於哪種句子成分。

① 彼《かれ》はガラスを割ったので先生に怒《おこ》られた。

② チーズケーキを頼《たの》んだのは、私です。

③ 初めてその絵を見たときは、美しさに驚《おどろ》いた。

④ テラスに白いテーブルが置かれている。

❸《並列關係、補助關係》請找出以下各句中表示並列關係或補助關係的部分，並回答是屬於哪種句子成分。

① 夜も更《ふ》けたのに、彼はまだ勉強している。

② トマトもキャベツも家でとれた。

③ 私は、彼女に石けんとタオルを借りた。

問題解析

❶ 首先**找出語意為「做什麼」、「怎麼樣的」、「是什麼」**的部分，通常是在句尾，所以很容易就能辨別出來，然後再**找出語意為「什麼或誰」**的部分。最後剩下的部分，再看看是符合「如何」、「何時」、「和誰」、「哪裡」、「什麼」的哪個語意。語意的長度不一，有的像①的「昨日」那樣很短，有的像③的「友達と話すことが（和朋友聊天）」那樣長，所以**不要拘泥在長度上，要從語意來考量**。

❷ **句子成分**有**五種**，每一種成分的語意統合如下。

重點

主語（部）……**「什麼或誰」**

述語（部）……**「做什麼」、「怎麼樣的」、「是什麼」**

修飾語（部）……「何時」、「何地」、「怎麼做」等，**詳細說明述語**。

接續語（部）……針對後面接續的部分，**表示理由或條件**。

獨立語（部）……從其他句子成分**獨立出來，有呼召、應答、感動、提示的意思**。

像是③的「～は」形式的句子很容易被誤認是主語（部）。這個句子的主語（部）被省略了，被「驚いた（嚇到了）」的人才是主語（部）。

❸ **並列關係和補助關係的文節一定是連文節**，所以，**請找出組合而成的兩個文節**。

解答

❶ ①私の父が（誰） 昨日（何時） 学校に（哪裡） やってきた（做什麼） ②彼女は（誰） そのプレゼントを（把什麼） 大事に（怎麼做） しまっている（做什麼） ③友達と話すことが（什麼是） 私の楽しみです（是甚麼） ❷ ①接續部 ②主部 ③修飾部 ④述部 ❸ ①勉強している（述部） ②トマトもキャベツも（主部） ③石けんとタオルと（修飾部）

5 句子的組成

複雜的句子組成 — 有的句子是由長的連文節所組成，有的句子是修飾部特別多。各句子左側的劃線「→→」是表示文節的關係。

1 主部是長的連文節所組成的句子（高聳的阿爾卑斯山峰染滿了夕陽的顏色）

例 **高《たか》く　そびえる　アルプスの　峰々《みねみね》が**　夕日《ゆうひ》に　染《そ》まって　いった。

主部（「主部由四個文節組成）／修飾部／述部

2 修飾語（部）多的句子（那天傍晚他邁著緩慢的腳步，落寞孤單地一人朝學校走去）

例 彼は　**その　夕方《ゆうがた》　ゆっくりした　足《あし》どりで　一人《ひとり》　さびしげに　学校《がっこう》に**　向《む》かった。

主部／修飾部／修飾部／修飾語／修飾語／修飾語（「修飾語（修飾部）有五個）／述部

3 述部是長的連文節組成的句子（他就是被大家推薦當上會長的山本先生）

例 彼《かれ》が　**みんなに　推薦《すいせん》されて　会長《かいちょう》に　なった　山本《やまもと》さんです**。

主部／述部

4 獨立部是長的連文節組成的句子（右手邊看起來很小的山，那就是富士山）

例 **右手《みぎて》に　小《ちい》さく　見《み》える　山《やま》**、あれが　富士《ふじ》です。

獨立部／主語／述語

5 接續部是長的連文節組成的句子（對於海嘯若做好萬全準備的話，一定很安全的）

例 **津波《つなみ》への　備《そな》えが　十分《じゅうぶん》に　あれば**、きっと　安全《あんぜん》であろう。

接續部／修飾語／述語

注意這裡！

▼ **連體修飾語（部）不能算是句子成分**　屬於句子成分的修飾語（部）全部屬於連用修飾。**「連體修飾語（部）」要跟被修飾語組合在一起，才能成為句子成分**。請看下面的例子，單獨的「有名な（有名的）」不能成為句子成分。

例

○ **彼《かれ》は　有名《ゆうめい》な詩人《しじん》です。**（他是有名的詩人）

主語／述部

× **彼は　有名な　詩人です。**

主語／修飾語／述部

深入解說

▼ **句子結構種類**　句子的基本結構就是所謂的主述結構，所以句子結構有以下三種。

① **單句**……只有一個主述結構的句子。

例 あの人《ひと》は、立派《りっぱ》な紳士《しんし》です。（那個人是令人欽佩的紳士）

② **疊句**……由兩個或以上的主述結構所組成的句子，且句子之間的關係是相對並列的。

例 花《はな》は咲《さ》き、鳥《とり》は鳴《な》く。（花開、鳥鳴）

③ **複句**……由兩個或以上的主述結構所組成的句子，而且有一組的主述結構子句就可以單獨成句。

例 私《わたし》が見《み》たのは、この男《おとこ》です。（我看到的是這個男人）

必考問題

1 **《句子的組成》** 請在下列各句標示句子組成關係的括弧( )內，填入正確的詞。

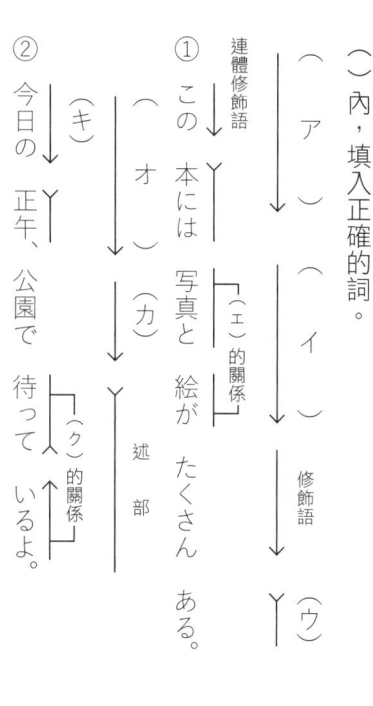

（　ア　）　（　イ　）　修飾語　（ウ）

連體修飾語

① この　本には　写真と　絵が　たくさん　ある。

（エ）的關係

（　オ　）　（カ）　述部

② 今日の　正午、公園で　待って　いるよ。

（キ）　（ク）的關係

2 **《句子的組成》** 參考右側題目的圖示，標示以下各句的句子成分。

① あそこにいる人は、有名な女優です。

② 九月十六日、それは大切な記念日です。

③ 暗くなったのに、まだ遊んでいるようだ。

④ 私たちは楽しくておもしろい物語を聞きました。

3 **《句子種類》** 請回答以下各句是屬於單句、疊句還是複句。

① 私は、夕日が水平線に沈《しず》むのを見た。

② 私は明日北海道へ旅立ちます。

③ 私が歌を歌い、彼《かれ》がギターを弾《ひ》いた。

問題解析

1 ア、イ、ウ、オ、カ的答案是**句子成分**，エ、キ、ク的答案為**文節的關係**。①的ア是指「どこに」，乃是詳細説明述語的部分。エ的「写真《しゃしん》と」和「絵《え》が」這兩個文節的位置就算對調，語意也沒有改變，所以這兩個文節是並列關係。②的オ乍看之下應是獨立部，但其語意為「今日の正午（に）」，所以不是獨立部，是表示「いつ」的修飾部。

2 **要解析句子成分的話，首先要找出述語（部）的部分，然後再找出主語（部）的部分。**最後再從剩下的部分來找出修飾語（部）、獨立語（部）、接續語（部）。有一點要留意，像①的「有名《ゆうめい》な」和②的「大切《たいせつ》な」等的**連體修飾語，一定是句子成分的一部分**。

3 ①的修飾部子句「夕日《ゆうひ》が水平線《すいへいせん》に沈《しず》むのを（夕陽沉沒於水平線）」中，涵蓋了主語「夕日が」和述語「沈む」。③的「私が」、「歌い」、「彼が」、「弾いた」是兩組表示主述關係的子句，為並列句。

解答

1 ア修飾部　イ主部　ウ述語　エ並列關係　オ修飾部　カ修飾語　キ連體修飾語　ク補助關係

2

① あそこに　いる　人は　有名な　女優《じょゆう》です。
（主部：あそこに　いる　人は／述部：有名な　女優です。）

② 九月十六日《くがつじゅうろくにち》、それは　大切《たいせつ》な　記念日《きねんび》です。
（獨立語：九月十六日、／主語：それは／述部：大切な　記念日です。）

③ 暗《くら》くなったのに、まだ　遊んで　いるようだ。
（接續部：暗くなったのに、／修飾語：まだ／述語：遊んで　いるようだ。）

④ 私たちは　楽しくて　おもしろい　物語《ものがたり》を　聞きました。
（主語：私たちは／修飾部：楽しくて　おもしろい　物語を／述語：聞きました。）

3 ①複句　②單句　③疊句

6 單字的種類

品詞— 依據以下的基準原則，單字可區分為十種。這些種類稱為品詞（詞性）。

1 是**自立語**或**附屬語**？
2 有無**活用**？
3 在句子裡具備哪種**功能**？

品詞分類表— 單字種類如左圖所示。名詞稱為體言，動詞、形容詞、形容動詞合稱為用言。

- 單字
  - 自立語
    - 無活用
      - 主語（體言）……表示事物名稱 —— 名詞
      - 非主語
        - 修飾語……
          - 主要在修飾用言 —— 副詞
          - 修飾體言 —— 連體詞
        - 接續語 —— 接續詞
        - 獨立語 —— 感動詞
    - 活用……述語（用言）…字尾的形式
      - 以ウ段音結尾 —— 動詞
      - 以「い」結尾 —— 形容詞
      - 以「だ・です」結尾 —— 形容動詞
  - 附屬語
    - 無活用 —— 助詞
    - 活用 —— 助動詞

注意這裡！

▼**十一品詞** 也有人不將代名詞歸類為名詞，而是獨立成為一個品詞說是十一品詞。

用語

▼**複合語** 兩個以上的單字組成的單字，稱為**複合語**。

①名詞 例 **朝《あさ》＋日《ひ》→朝日《あさひ》**（朝陽）
②動詞 例 **近《ちか》（い）＋寄《よ》る→近寄《ちかよ》る**（靠近）
③形容詞 例 **細《ほそ》い＋長《なが》い→細長《ほそなが》い**（細長）

▼**衍生語** 為了調整語調或強調語意，於原來的單字再加**接頭語**或**接尾語**，所組成的單字稱為**衍生語**。

①接頭語＋單字 例 **お茶**（茶）・**ま昼《ひる》**（正午）・**か細《ぼそ》い**（細）
②單字＋接尾語 例 **あまみ**（甜味）・**おとなぶる**（裝大人）・**文化的《ぶんかてき》**（文化的）

深入解說

▼**品詞轉換（詞性轉換）** 某個單字原來的詞性（品詞性質）消失了，變成其他的品詞。這種情況稱為**品詞轉換**。

例 **考《かんが》える（動詞）→考え**（思考・名詞）
太《ふと》い（形容詞）→太る（變胖・動詞）

必考問題

❶《自立語、附屬語》

請區分以下各句子的文節是屬於自立語或附屬語？自立語劃兩條線（‖），附屬語劃一條線（──）。

① 庭には 小さな 花壇《かだん》が 作って ある。

② 明るい 光が 窓から 入って くる。

③ 彼女《かのじょ》も まだ 食べて いるようだ。

④ 私まで 入賞するとは 思わなかった。

❷《活用語》

下列各組用語中，各有兩個活用語，請回答。

① 写す・とても・風・の・赤い・少年

② 小さな・そして・この・素敵《すてき》だ・られる

③ その・雲・暗い・元気だ・遊園地・しかし

④ 私・です・が・あれ・まあ・紹介《しょうかい》する

❸《品詞》

請回答下列各單字的品詞為何。

① 走る	② いす	③ こちら
④ を	⑤ それから	⑥ きれいだ
⑦ 悲しい	⑧ ようだ	⑨ この
⑩ まあ	⑪ ゆっくり	⑫ 静かです
⑬ 寝《ね》る	⑭ 生き物	⑮ 少し

問題解析

❶

首先**將每個文節以單字為單位來區分**。然後**再區分自立語及附屬語**，在區分時，依以下的性質標準區分。

重點

自立語
- 本身就能**構成文節**。
- **每個文節一定有一個自立語**，本身就具有字意。
- 位置在**文節之首**。

附屬語
- 附加在自立語之後，**本身無法構成文節**。
- **不一定每個文節都會有一個附屬語**，但**也有可能一個文節有兩個以上**的附屬語。

①「庭《にわ》には」的「には」並不是一個附屬語，正確答案是「に」和「は」兩個附屬語。此外，③的「ようだ」不能區分為「よう」和「だ」兩個附屬語，「ようだ」是一個附屬語。各位要區分附屬語時，一定要注意這些細節。

❷

如右頁上方的**品詞分類表**所述，活用語有**用言（動詞、形容詞、形容動詞）**和**助動詞**。分辨要訣就是觀察其單字形式是否可以變化。不過，用言通常是出現在句尾，很容易就可以分辨。可是，助動詞的形式變化並不明顯，沒有仔細分辨，難以判斷。比方説④的「です」，它的過去式要變成「でした」，所以是活用語。

❸

遇到不易分辨的單字，就仔細想想它是否是自立語？是否有活用？屬於哪種句子成分？一層一層的思考來判斷。

解答

❶ ①庭には 小さな 花壇が 作って ある。②明るい 光が 窓から 入ってくる。③彼女も まだ 食べて いるようだ。④私まで 入賞するとは 思わなかった。❷ ①写す・赤い ②素敵だ・られる ③暗い・元気だ ④です・紹介する ❸ ①動詞 ②名詞 ③名詞（代名詞） ④助詞 ⑤連接詞 ⑥形容動詞 ⑦形容詞 ⑧助動詞 ⑨連體詞 ⑩感動詞 ⑪副詞 ⑫形容動詞 ⑬動詞 ⑭名詞 ⑮副詞

自我検測 1

解答▼p.130〜132

得分　／100

1 **次の文章について、それぞれの文の終わりに句点を付けなさい。そして、いくつの文でできているかを数字で答えなさい。** 〈6分〉

わたしはそこら中を捜《さが》した家臣たちを呼んで宮殿《きゅうでん》中を捜させたしかしどこにも女の姿は見えなかったわたしはがっかりして部屋に戻《もど》って来たそして女が座《すわ》っていた長いすに目をやったそこにはぬれた野がもの羽が二羽ほど落ちていたのだ。

（辻邦生《つじくにお》「婪《むさぼ》り」による）

□

2 **次の各文は、それぞれいくつの文節でできているか、数字で答えなさい。** 〈6分＝2分×3〉

① 私は、都会にはない風景に出会ってきた。

② この青年は村人に選ばれた働き手であった。

③ いろいろの香りの混ざった心地《ここち》よい風が吹《ふ》いている。

①□　②□　③□

3 **次の各文は、それぞれいくつの文節、いくつの単語でできているか。数字で答えなさい。** 〈16分＝2分×8〉

① 生き物のさびしさを感じた。

② 湖には白鳥がいたよ。

③ 真ん中にくりの木が一本立っている。

④ 彼《かれ》が探しているのは、その本です。

文節　①□　②□　③□　④□

単語　①□　②□　③□　④□

4 **次の各文のうち、①〜③からは並へい立りつの関係にある二文節を、④〜⑥からは補助の関係にある二文節を、それぞれ抜ぬ き出しなさい。** 〈12分＝2分×6〉

① この花は小さくてかわいい。

② ボールを蹴《け》ったり投げたりして遊ぶ。

③ お父さんやお母さんのことを考えているのです。

④ 定期船でこの町へ向かって走っている。

⑤ 皿にとっておいたサラダを食べた。

⑥ 父は私にコートをかけてくれた。

①□　②□

③□　④□

⑤□　⑥□

5 **次の各文中から、独立語と接続語を抜き出しなさい。** 〈10分＝5分×2〉

① みなさん、早く集合しましょう。

② 熱っぽいので、病院へ行った。

③ 春、それは生命が芽ぶく季節だ。

④ この店の料理はおいしい。しかも安い。

⑤ 晴れたけれども、傘《かさ》を持って出かけた。

文節

単語

6

次の各文中の——線をつけた二つの文節の関係を、あとのa〜dから選び、記号で答えなさい。 〈8分＝2分×4〉

① 赤い 大きなリンゴを食べた。

② あそこに輝《かがや》いて いる星は何ですか。

③ 海でたくさんの人たちが泳ぐ。

④ そんなことなら子どもでも できる。

a 主・述の関係　b 修飾《しゅうしょく》・被《ひ》修飾の関係

c 並立の関係　d 補助の関係

①　②　③　④

7

次の各文中の——線部の文節は、互《たが》いにどんな関係になるか。文節の関係を答えなさい。 〈12分＝3分×4〉

① あなたほど身勝手な人はめったにいない。

② だんだん夜が更《ふ》けて ゆく。

③ あなたには妹か 弟がいますか。

④ 彼女《かのじょ》はいつもかわいい 服を着ている。

8

次の各文中から、連体修飾語と、それを受ける体言を含《ふく》む文節を抜き出しなさい。（　）内の数字は連体修飾語の数を示している。 〈15分＝3分×5〉

① わずかな水しか残っていない。（1）

② これは私の弟の写真です。（2）

③ テレビのうるさい音がする。（2）

① ↓

② ↓　↓

③ ↓　↓

9

次の各文中から、連用修飾語と、それを受ける用言を含む文節を抜き出しなさい。（　）内の数字は連用修飾語の数を示している。 〈15分＝3分×5〉

① 夕日はとても美しかった。（1）

② 暑かったので服を脱《ぬ》いだ。（1）

③ 公園で、おいしい弁当をいっぱい食べた。（3）

① ↓

② ↓

③ ↓　↓　↓

自我検測 2

解答▼p.132～135

得分　／100

1

次の各文の文節を、いくつかの連文節にまとめなさい。〈6分＝2分×3〉

① 昨日の　夕方　ひどい　雷《かみなり》が　東の　空で　鳴って　いた。

② 学校の　池には　たくさんの　生き物が　すんで　いる。

③ 今朝は　気分が　悪いので　学校を　休もう。

①

②

③

2

次の各文から並立《へいりつ》または補助の関係でできている連文節を抜《ぬ》き出し、それらの文の成分を答えなさい。〈9分＝3分×3〉

例 家の明かりが消えている。→消えている（述部）

① その絵を描《か》いたのは有名な画家である。

② 過ごしやすいので、春と秋が好きだ。

③ 赤と青、どちらの色をとりますか。

①

②

③

3

次の各文中の――線部は、それぞれどのような文の成分かを答えなさい。〈12分＝2分×6〉

① 窓から差しこむ青白い光が、涼《すず》しさを感じさせた。

② 落ち葉をかき分けてみたら、フキノトウが顔を出した。

③ 角のつき方も、ほかの牛とは違《ちが》っていました。

④ 早春のブナ林は冬山よりもわびしく感じられた。

⑤ 何かに感動すること、それは大切なことだ。

⑥ 水を治めなければ、安心した生活は送れません。

①　②　③

④　⑤　⑥

4

次の各文中の――線部は、文の成分として何にあたるか。あとのア～オから選び、記号で答えなさい。〈12分＝2分×6〉

① 私たちは、おもしろくてためになるお話を、聞かせてもらいました。

② 竹やぶや森林は、あふれ出る洪水《こうずい》の力を弱めてくれました。

③ 明け方の空に美しく輝《かがや》く星、それが金星です。

④ めざす場所に着くと、さっそくテントを張った。

ア 主部　イ 述部　ウ 修飾部《しゅうしょくぶ》

エ 接続部　オ 独立部

①

②

③

④

5

次の各文の述語（部）を答えなさい。また、その述語（部）と倒《とう》置《ち》された部分は、文の成分として何かを答えなさい。〈8分＝2分×4〉

① 決して渡《わた》さない。これだけは。

② 本当に情けない人です。あなたは。

③ もう少し眠《ねむ》ります。その部屋で。

④ もう一度やり直します。一人で。

①

②

③

④

6

次の各文中から連文節をすべて抜き出し、例にならって、それぞれどのような文の成分かを答えなさい。〈15分＝5分×3〉

例 先週の日曜日に図書館へ行った。→先週の日曜日に（修飾部）

① 彼女《かのじょ》はどしゃ降りの雨の中を走っていった。

② 雨がやんだので、公園で遊んでいた。

③ 探していたもの、それは部屋のかぎだ。

①

②

③

7

次の各文中の――線部は、文の成分として何になるか。あとのア～オから選び、記号で答えなさい。〈10分＝1分×10〉

① [a]たくさん食べたら、[b]眠くなった。

② [c]私は　[d]山田《やまだ》さんの意見には　[e]反対です。

③ [f]美しい指輪を　[g]彼女に　あげた。

④ [h]わがままな人、[i]それは　[j]あなたです。

ア 主語（部）　イ 述語（部）　ウ 修飾語（部）

エ 接続語（部）　オ 独立語（部）

a　b　c　d　e

f　g　h　i　j

8

次の各文の構造を、あとのア～エから一つずつ選び、記号で答えなさい。〈4分＝1分×4〉

① 松本《まつもと》君、その本を取ってくれ。

② 雨がひどいので、今日の予定は取り消しだ。

③ 白い帽子《ぼうし》をかぶった髪《かみ》の長い少女が私の妹です。

④ 一頭の黒い大きな犬がゆっくりと歩いてきた。

ア 主語（部）＋述語（部）

イ 主語（部）＋修飾語（部）＋述語（部）

ウ 接続語（部）＋主語（部）＋述語（部）

エ 独立語（部）＋修飾語（部）＋述語（部）

①

②

③

④

9 次の各文の組み立てを示した文図の、それぞれの（　）にあてはまる語を答えなさい。〈16分＝2分×8〉

①
（ア）　（イ）　（ウ）
（エ）の関係　連体修飾語　連体修飾語
老いも　若きも　その　盛大な　祭りを　楽しんだ。

②
主語　（オ）　（カ）　述部
（キ）　（ク）の関係
彼女《かのじょ》は　驚《おどろ》いたので、スープの　皿を　落として　しまった。

ア　　　　イ　　　　ウ

エ　　　　オ　　　　カ

キ　　　　ク　　　　⑥

10 次の各文中から付属語で活用するものを抜き出しなさい。〈4分＝1分×4〉

① それは森に吹く風であった。
② その少女は遠くへ行くらしい。
③ 冬になるとその鳥がやってくるそうだ。
④ お客さんから大きな拍手《はくしゅ》をもらいたい。

①　　　　②

③　　　　④

11 次の各文中の――線部の単語の品詞は何か。あとのア～コから選び、記号で答えなさい。〈16分＝2分×8〉

① 涼《すず》しい風が吹き出した。
② 明日、故郷に帰ろうと思う。
③ 私は、中学生です。
④ 明日は必ず行きます。
⑤ 白い服を着た女の子が自転車に乗って通り過ぎた。
⑥ あなたはとてもかわいい人だ。
⑦ 風が吹き始めた。そして雨も降ってきた。
⑧ それが一番適切な方法でしょう。

ア　動詞　　イ　形容詞　　ウ　形容動詞　　エ　名詞
オ　副詞　　カ　連体詞　　キ　接続詞　　ク　感動詞
ケ　助動詞　　コ　助詞

①　　②　　③　　④

⑤　　⑥　　⑦　　⑧

12 次の各文は、単文・重文・複文のどれかを答えなさい。〈4分＝1分×4〉

① 私たちは一日中黙《だま》って森を歩き回った。
② 海は砕《くだ》け、大地は悲鳴をあげた。
③ それは日がさんさんと照る六月の美しい日だった。
④ 私が外に出ようとしたときに、彼《かれ》がやってきた。

①

②

③

④

2

沒有活用的自立語

名詞、副詞、連體詞、連接詞、感動詞全是沒有活用的自立語。

7 名詞①
—性質與種類

名詞的性質—名詞是表示事物名稱的單字，也稱為體言。名詞的性質有以下兩點。

1 是**無活用的自立語**。

2 加了助詞「が」或「は」，就成了**主語**。

例 山が 崩《くず》れる。（山崩） 海は 広い。（海闊）

名詞種類—名詞有以下五類。（也有人主張將代名詞獨立出來，自成一類品詞）

1 **普通名詞**……表示一般事物名稱的名詞。

例 学校《がっこう》（學校） 犬（狗） 人間《にんげん》（人）

2 **代名詞**……不直接稱呼人或事物，而以其他字眼代替想表達的人事物的名詞。

例 わたし（我） 彼（他） だれ（誰） これ（這個）

3 **固有名詞**……表示人名、地名、書名等，獨一無二的事物的名詞。

例 豊臣秀吉《とよとみひでよし》（豐臣秀吉） 九州《きゅうしゅう》（九州） 万葉集《まんようしゅう》（萬葉集）

4 **數詞**……表示東西的數量或順序的名詞。

例 五つ（五個） 七冊（七本） 第八（第八） いくつ（幾個）

5 **形式名詞**……沒有具體實質意思，原意淡薄抽象，只是基於在句型補助上或形式上需要使用的名詞。

例 こと（事物） ところ（時間點） もの（物品） はず（猜測） ため（為了） ゆえ（所以） つもり（打算） 思《おも》っていることを述《の》べる（敘述自己想法）

深入解說

▼ **兩種代名詞**

① 人稱代名詞……表示人稱的代名詞。

第一人稱	第二人稱	第三人稱 近稱	第三人稱 中稱	第三人稱 遠稱	不定稱
わたし ぼく おれ	あなた きみ おまえ	こいつ	そいつ	あいつ 彼 彼《かの》女《じょ》	どいつ だれ どなた

② 指示代名詞……表示事物、場所、方向的代名詞。

	近稱	中稱	遠稱	不定稱
表示**事物**	これ	それ	あれ	どれ
表示**場所**	ここ	そこ	あそこ	どこ
表示**方向**	こちら こっち	そちら そっち	あちら あっち	どちら どっち

- **第一人稱**…指自己，我。
- **第二人稱**…指對方，你。
- **第三人稱**…自己和對方以外的第三者，他。
- **近稱**…指離說話者較近的人事物，這個。
- **中稱**…指離聽話者較近的人事物，那個。
- **遠稱**…指離說話者和聽話者都較遠的人事物，那個。
- **不定稱**…不確定的人事物，也就是疑問代名詞，某人、某個。

必考問題

❶《名詞識別》找出以下各句的名詞。

① あのドレスは彼女には似合わないだろう。

② 日本海、ここに私の思い出がある。

③ 山田《やまだ》さんの家は花屋の隣《となり》です。

④ あれは、先生のお手紙ですか。

⑤ 昨日、七時に夕食を食べた。

❷《名詞種類》下列各句劃線部分的名詞種類為何？從A普通名詞、B代名詞、C固有名詞、D數詞、E形式名詞選出正確答案，以記號作答。

① 激しい台風(ア)のせいで、私たち(イ)は家(ウ)から一歩(エ)も出ること(オ)できなかった。

② ぼく(カ)の妹(キ)の名前(ク)は、サチコ(ケ)と言います。

③ 世界中どこ(コ)を探しても、自分(サ)に代わる人間はだれ(シ)一人(ス)としていない。

❸《代名詞》找出下列各句的代名詞，並回答各代名詞所指的是什麼，是指人、事物、場所、方向的哪一個，請正確分類作答。

① これは、どなたからいただいた品物ですか。私はその日、こちらにいなかったから知らないのです。

② ここで靴《くつ》を脱《ぬ》いで、あっちの部屋へ行きなさい。

問題解析

❶ **光靠「名詞＝物的名詞」的標準來思考，有時可能無法正確判斷。**務必要牢記以下的識別要領。

> **重點**
> 加了**「が」**就變成主語的↓**名詞**

舉例來説，④的「あれ」加了「が」，但①的「あの」並沒有加「が」。所以，「あれ」是名詞，「あの」不是名詞。

③的答案只寫「山田」並不正確，接尾語的「さん」也要加上，整個算是一個名詞。④「お手紙」也一樣要加接頭語「お」，才是完整名詞。

> **重點**
> 加上**接頭語**、**接尾語**，才算是**一個名詞**。

❷ 注意①的「一歩」有加了數字。②的「（ぼくの）妹（我的妹妹）」，雖然在世上我的妹妹只有這一位，但不能説它是固有名詞。

❸ 首先要區分是人稱代名詞或指示代名詞，再來分類。

? Q&A

Q 「これ、それ、あれ、どれ（這個、那個、那個、哪個）」這類的詞被統稱為**「こそあど」詞組**，可以説它們全是代名詞嗎？

A 不一定。比方説「こんなだ（像這樣的）」，也算是「こそあど」詞組，卻是**形容動詞**。其他像「この、あの（這個、那個）」則是**連體詞**；「こう、そう（這樣、那樣）」這組是**副詞**，所以每個「こそあど」詞組的品詞種類都不一樣，這一點要注意（↓參考P31）

解答

❶ ①ドレス、彼女 ②日本海、ここ、私、思い出 ③山田さん、家、花屋、隣 ④あれ、先生、お手紙 ⑤昨日、七時、夕食 ❷アA イB ウA エD オE カB キA クA ケC コB サA シB スD ❸人—①どなた、私 物體—①これ 場所—②ここ 方向—①こちら ②あっち

8 名詞② —效用與構成

名詞的效用 — 名詞效用如下所述。

1 作為主語—會搭配「が」、「は」、「も」等字。

例 **雨《あめ》が** 激《はげ》しく 降《ふ》る。（雨下得很大）
↳這是名詞的基本功用。

2 作為述語—會搭配「だ」、「です」、「か」等字。

例 彼《かれ》は **中学生《ちゅうがくせい》です**。（他是國中生）

3 作為修飾語—會搭配「の」、「に」、「を」等字。

例 **雨の** 日に 出かける。（下雨天出門） **教室《きょうしつ》に** 入《はい》る。（進教室）
↳連體修飾語　↳連體修飾語

4 作為獨立語—單獨使用，或搭配「や」、「よ」一類的字。

例 **雨よ** 降れ。（雨啊，下吧）

複合名詞 — 由兩個以上的單字組成的名詞，稱為複合名詞。其組合種類如下所述。

1 名詞＋名詞……例 朝日（早上的太陽） 三日月《みかづき》（新月）

2 動詞＋名詞……例 借り物（借來的東西） 落ち葉（落葉）

3 名詞・動詞＋形容詞語幹……例 気弱《きよわ》（懦弱）（關於語幹，請參考P40）

4 形容詞語幹＋名詞……例 赤字（赤字） 弱気（悲觀、膽小）

▼ 另外也有像「食べ**過ぎ**（吃過頭）」之類，將下面的動詞轉成名詞使用的詞彙。

深入解說

▼ **當修飾語的普通名詞** 數詞或表示時間的普通名詞是可以**獨立成詞**，這時候**變成修飾語**。有時候視情況會變成連用修飾語。

例 **昨日《きのう》** 入学《にゅうがく》が 行《おこな》われた。（昨天舉行了入學典禮）

鳥が **三羽《さんわ》** 飛んで去った。（三隻鳥飛走了）

用語

▼ **轉成名詞** 原本是動詞或形容詞的單字，轉化成為名詞，這樣的轉換稱為**轉成名詞**。

① 由動詞轉成名詞

例 今日が**晴れ《は》**た。（↑晴れる・今天放晴了）

② 由形容詞轉成名詞

例 **遠く**から見る（↑遠い・從遠處看）

注意這裡！

▼ **加了接頭語或接尾語，變成名詞**

例
- **お**茶（茶） **ご**恩（恩情） **真夜中《まよなか》**（深夜）……**接頭語**
- 親**たち**（家長們） 森**さん**（森先生） 八分《はちふん》わ**れら**（我們） あなた**がた**（你們） 暑**さ**（熱度）……**接尾語**

必考問題

1 **《名詞的效用》**從下列各句找出含有名詞的文節，並回答該名詞是屬於主語、述語、修飾語、獨立語的哪個效用。

① 親切な人が、席をゆずってくれた。
② たまには映画を見よう。
③ 京都、それは美しい町だ。
④ 昨日、新しい帽子《ぼうし》を買った。

2 **《複合名詞》**從下列各句找出複合名詞，並回答該複合名詞的組合成分。

① 冷蔵庫の中に何か食べ物はありますか。
② ビルの屋上からは、家々がとても小さく見える。
③ 私たちは、薄暗《うすくら》がりの中をおそるおそる歩いた。
④ 山登りには多くの危険が伴う。

3 **《轉成名詞》**從下列各句找出由其他品詞轉成名詞的單字。

① 彼女《かのじょ》の洋服にはいろんな飾《かざ》りがついている。
② そんなごまかしは通用しない。
③ この世から争いがなくなることを願う。
④ 駅の近くにマンションができるらしい。

問題解析

1 名詞是很容易分辨的，**但不要忘了這一題是要找出文節**。名詞一定要加上「が」、「を」、「は」、「だ」等字，才能成為一個文節。③有三個文節。不要遺漏了代名詞。④的「昨日」不是獨立語，這個「昨日」是「昨日→買った」的意思，所以是連用修飾語。

2 這一題是要從名詞當中，選出由兩個以上的單字所組成的名詞。**多數複合名詞的下面那個詞會是名詞，所以焦點要擺在上面的單字**。①的「食べ物」是由「食べる物」轉成的，要這樣來分析。②的「家々」是兩個「家」的名詞所組成，這類複合語稱為**疊語**。③的「私たち」是加了接尾語「たち」的衍生語，並不是複合名詞。④的「山登り」是「山」和「登り」的組合，下面的「登り」是由動詞轉成名詞的單字，就是組合形式為「名詞＋動詞」的複合名詞。

3 轉成名詞幾乎都是由動詞連用形轉化而成的名詞。由形容詞連用形轉成名詞的是④的「近く」，另一個例子就是「遠く」，只有這兩種而已。

由動詞轉為名詞的單字，在**漢字下面不會再加上假名**，這點請牢記。

例　光《ひか》る→光《ひかり》　志《こころざ》す→志《こころざし》　頂《いただ》く→頂《いただき》　組《く》む→組《くみ》

解答

1 ①人が・主語／席を・修飾語　②映画を・修飾語　③京都・獨立語／それは・主語／町だ・述語　④昨日・修飾語／帽子を・修飾語　**2** ①食べ物＝食べ（動詞）＋物（名詞）　②家々＝家（名詞）＋家（名詞）　③薄暗がり＝薄（形容詞語幹）＋暗がり（名詞）　④山登り＝山（名詞）＋登り（動詞）　**3** ①飾り　②ごまかし　③争い　④近く

9 副詞

副詞的性質 — 副詞是修飾其他文節，詳細確定句子意義的單字，具有以下性質。

1 自立語，沒有詞型變化。

2 主要作為連用修飾語。

例 **そっと** 下《お》ろす（動詞）。（輕輕放下）　**少し** 長い（形容詞）。（有點長）

副詞種類 — 副詞可分為以下三種類。呼應副詞又可稱為陳述副詞、敘述副詞。

種類	效用	常見語例	例句
狀態副詞	詳細說明動作或作用狀態。	しばらく（片刻）　はるばる（遙遠）　いきなり（突然）　そっと（輕輕地）　ふと（不經意地）　やがて（終於）　しっかり（牢固地）　わざわざ（特意）　にっこり（微笑地）　こう（這樣）　そう（那樣）　ああ（啊）　どう（如何）	**しばらく**歩いた。（走了一會兒）　**ふと**立ちどまる。（突然站住）　**にっこり**笑う。（微笑）
程度副詞	表示事物性質或狀態等的程度。	たいそう（非常）　少し（稍微）　かなり（相當）　あまり（不太～）　やや（有點）　ちょっと（有點）　ずいぶん（相當）　ずっと（一直）　いっそう（更加）　もっと（更加）　よほど（相當）　めっきり（明顯）	**かなり**寒くなった。（變得很冷）　**ずいぶん**厚《あつ》かましい。（非常厚臉皮）　**めっきり**ふけた。（明顯老了）
呼應副詞	對於後面接的陳述詞組，要求要有特別的說法。	おそらく（可能・推測）　なぜ（為什麼・疑問）　決して（絕不・否定）　もし（如果・假定）　ぜひ（一定・願望）　まるで（好像・比喻）　まさか（莫非・否定推測）	**おそらく**来る**だろう**。（可能會來吧！）　**なぜ**返事しないの**か**（為什麼沒有回應呢？）　**ぜひ**誘って**ほしい**（希望一定要邀請）

深入解說

▼ **連用修飾語：** 副詞屬於連用修飾語，不過，連用修飾語不是僅限於副詞而已。

例 **花《はな》がやっと咲《さ》いた。**（花終於開了・副詞）
花が昨日咲いた。（花昨天開了・名詞）
花が美しく咲いた。（花開得美麗・形容詞）
花が見事《みごと》に咲いた。（花開得壯觀・形容動詞）

▼ **擬聲語、擬態語也是副詞：** 表示物體所發出聲音的**擬聲語**，以及表示物體狀態的**擬態語**，也屬於副詞的一種。可歸類為狀態副詞。

例 **ひよこがピヨピヨと**鳴《な》く。（小雞嘰嘰叫）
ざんぶと水に飛《と》び込《こ》む。（噗通跳入水中）
すやすや眠っている。（安然入睡）

注意這裡！

▼ **修飾體言及其他副詞的副詞：** 程度副詞中有部分是用來修飾體言或其他副詞。副詞被定義為「主要用作連用修飾語」的原因，便是因為有這樣的例外。

例 **かなり**昔《むかし》の話《はなし》です。（很久以前的事・修飾**體言**）
もっとゆっくり話しなさい。（請說得更慢一點・修飾**副詞**）

必考問題

❶《找出副詞》請找出以下各句的所有副詞。

① せっかく作った物を、わざわざ壊《こわ》すことはない。
② おそらく今夜はだいぶ寒くなるだろう。
③ 猫《ねこ》がのどをゴロゴロと鳴らしている。
④ もっとじっくり考えてから行動すべきだ。
⑤ よもや初球でいきなりホームランを打たれはしまい。

❷《副詞的種類》請回答以下各句劃線部分的副詞種類。

① どうして君は泣いているの。
② 波は、きわめておだやかだった。
③ このご恩は決して忘れません。
④ ここでしばらく待っていよう。
⑤ はじめからこうすればよかった。

❸《呼應副詞》請在以下各句的空格內填入平假名，使句子通順。

① □□あなたが行くのなら、私も行きます。
② たぶんあの少年は十五歳《さい》くらい□□□。
③ □□□私の頼《たの》みをきいてください。
④ まるで映画のワンシーンの□□□。

問題解析

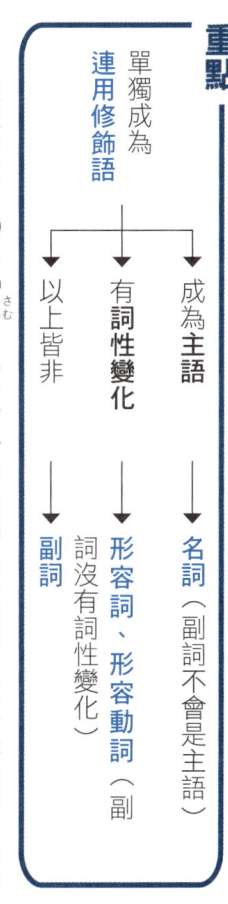

❶ **找出單獨修飾用言的詞組。**單獨成為連用修飾語的詞語，除了副詞，還有名詞、形容詞、形容動詞，要依以下說明來加以區別。

重點

單獨成為**連用修飾語**
- **成為主語** → **名詞**（副詞不會是主語）
- **有詞性變化** → **形容詞、形容動詞**（副詞沒有詞性變化）
- **以上皆非** → **副詞**

在這當中，②的「寒《さむ》く（冷）」容易與副詞混淆。它不是副詞，是形容詞「寒い」的連用形，是由「寒かろ・かっ・い」等詞型變化而來。

Q&A

Q ③的「ゴロゴロと（咕嚕咕嚕的）」是一個副詞？還是要分為「ゴロゴロ」（副詞）＋「と」（助詞）呢？

A 「ゴロゴロと」是一個副詞。**擬聲語**和**擬態語**，就像「ザアザア（嘩啦嘩啦）」」和「ザアザアと」、「にこにこ（微笑）」和「にこにこと」一樣，**有「と」和沒有「と」，都可以作為副詞使用**。

❷ 要注意區分**狀態副詞**和**程度副詞**。③的「決《けっ》して（絕對）」」下面必須接表達否定語意的文節，所以它是**呼應副詞**。

❸ 像這樣，**接受呼應副詞，並以一定的方式結束句子的情況**，稱為**副詞的呼應**。每個副詞分別與以下情況呼應：①是假定，②是推量，③是願望，④是舉例。

解答

❶ ①せっかく・わざわざ ②おそらく・だいぶ ③ゴロゴロと ④もっと・じっくり ⑤よもや・いきなり ❷ ①呼應副詞 ②程度副詞 ③呼應副詞 ④狀態副詞 ⑤狀態副詞 ❸ ①もし ②だろう ③どうか（どうぞ） ④ようだ

10 連體詞

連體詞的性質 — 連體詞跟副詞一樣，都是在修飾其他文節，詳細確定句子的語意。具有以下的性質。

1 是自立語，沒有詞型變化。

2 大部分是單獨的連體修飾語。例 **小《ちい》さな** 家《いえ》（名詞）。（小小的家）**あらゆる** 出来事《できごと》（名詞）。（所有發生的事）

連體詞的種類 — 從形式來看，連體詞可區分為以下種類。

形式	語例	例句
～の	この（這個）　その（那個） あの（那個）　どの（哪個） ほんの（僅僅）	**この**本がほしい。（我想要這本書） **ほんの**二《に》、三冊《さんさつ》しかない。（只有兩三本而已）
～が	わが（我）	**わが**国《くに》の将来《しょうらい》を案《あん》ずる。（擔心我國的將來）
～な	大きな（大的）　小さな（小的） おかしな（奇怪的） いろんな（各類的）	**大きな**声で話さなくてもよい。（不用大聲說話） **いろんな**種類《しゅるい》の本がある。（有各式各樣的書）
～た（だ）	たいした（沒什麼了不起） とんだ（意外的）	**たいした**事件《じけん》ではない。（不是什麼大事） **とんだ**見当違《けんとうちが》いだ。（意外的預想錯誤了）
～る	ある（有）　あらゆる（所有） いわゆる（所謂）　いかなる（任何的）　きたる（即將到來的）	**ある**日のこと。（某天的事） **いわゆる**フリーターだ。（是所謂的飛特族）

! 注意這裡！

▼容易與其他品詞混淆的連體詞例子

① a **大《おお》きな**夢《ゆめ》（遠大的夢）……**連體詞**
　 b **大きい**夢（遠大的夢）……形容詞
　 形容詞的詞型字尾不是「～な」的形式。

② a **ある**日《ひ》の出来事《できごと》（某天的事）……**連體詞**
　 b ここに**ある**（在這裡）……副詞
　 b 有詞型變化，是「存在」的意思。

③ a **この**夢を実現《じつげん》させる。（實現這個夢）……**連體詞**
　 b **これ**は夢にすぎない。（這只是夢）……名詞
　 b 可以單獨當主語。「こそあど」詞組參考左頁下面說明。

④ a **ほんの**一日《いちにち》（只有一天）……**連體詞**
　 b **ずっと**以前《いぜん》（很久以前）……副詞
　 b 也算是連用修飾語，只有接續數詞或表示時間、方向的名詞，才會是連體修飾語。

必考問題

❶《連體詞的識別》 請找出下列各句中的連體詞。

① いかなる理由があろうとも、殺人は許されない。
② わが身を捨てて、世のために尽《つ》くす。
③ あの寺はかなり前に建てられたらしい。

❷《與連體詞有關的文節》 請找出以下各句的連體詞，以及與該連體詞有關係的文節。

① その写真は、旅先で撮《と》ったものです。
② 病院に行ったが、たいしたけがではなかった。
③ ほんの二、三分だけ待ってくれ。

❸《連體詞的識別》 請從以下各組的ア與イ劃線部分，圈選屬於連體詞的部分。

① ア これは君が描《か》いた絵ですか。
　 イ この絵は君が描いたものですか。
② ア 災害は、ある日突然《とつぜん》やってくる。
　 イ 明日、音楽会がある。
③ ア おかしい音がする。
　 イ おかしな音がする。
④ ア 春には、いろんな花が咲《さ》く。
　 イ こんなにきれいな花は見たことがない。

問題解析

❶ **連體詞的數量很少，最好記住有哪些連體詞。**這裡會感到疑惑的部分，應該是像③的「かなり（很）」這個詞吧。因為「かなり↓前（に）」這個文節是與名詞（體言）有關聯的連體修飾語，所以容易認為「かなり」是連體詞，但是這個「かなり」跟「かなり速《はや》い（很快）」一樣，是連用修飾語，所以是副詞。

❷ **「この（這個）・その（那個）・あの（那個）・どの（哪個）」屬於連體詞。**也就是說，這個「こそあど」詞組算是**指示語**的一種。在這裡先將指示語的品詞做個整理，請參考下表。

	こ	そ	あ	ど
名詞（代名詞）	これ（這個） ここ（這裡） こちら（這邊） こっち（這邊）	それ（那個） そこ（那裡） そちら（那邊） そっち（那邊）	あれ（那個） あそこ（那邊） あちら（那邊） あっち（那邊）	どれ（哪個） どこ（哪裡） どちら（哪邊） どっち（哪邊）
連體詞	この（這個）	その（那個）	あの（那個）	どの（哪個）
副詞	こう（這樣）	そう（那樣）	ああ（那樣）	どう（怎樣）
形容動詞	こんなだ（這樣的）	そんなだ（那樣的）	あんなだ（那樣的）	どんなだ（怎樣的）

關於形容動詞，後續會再詳細說明。不過，也有人主張將「こんな・そんな・あんな・どんな」歸類為連體詞。（參考→P56下方說明）

❸ 要區分連體詞與其他品詞時，基本識別準則是看其有無詞型變化，以及可不可以單獨當主語使用。**連體詞沒有詞型變化，不能單獨當主語使用。**

解答

❶ ①いかなる ②わが ③あの ❷ ①その→写真は ②たいした→けがでは ③ほんの→二、三分だけ ❸ ①イ ②ア ③イ ④ア

11 連接詞・感動詞

連接詞—　連接詞是自立語，沒有詞型變化，可以單獨成為接續語。具有連結前後句或前後文節的效用，有以下種類。

種類	常用語例	例句
順接	それで（因此）　そこで（因此）	**そこで**早《はや》く帰《かえ》った。（所以提早回家）
逆接	しかし（可是）　だが（可是）	**しかし**行《い》かなかった。（可是，還是不去）
累加（添加）	それから（然後）　なお（再） しかも（而且）	**しかも**丁寧《ていねい》だ。（而且仔細）
同列（並列）	また（還有）　および（及） そして（還有）	**そして**水泳《すいえい》もする。（也游泳）
對比・選擇	それとも（或者）　あるいは（或者）　または（或者）	**あるいは**奈《な》良《ら》に行《い》くか。（或者去奈良？）
說明・補足	つまり（總之）　なぜなら（原因是）　ただし（可是）	**ただし**彼《かれ》も連《つ》れていく。（不過，他也會帶去）
轉換	ところで（可是）　さて（那麼） では（那麼）	**さて**、次《つぎ》は何《なん》ですか。（那麼，接下來是什麼？）

感動詞—　感動詞是自立語，沒有詞型變化，可以單獨當獨立語。因為感動的表現各不相同，所以區分為以下種類。

種類	常用語例	例句
感動	ああ（啊）　あら（唉呀）	**ああ**、びっくりした。（啊，嚇我一跳）
呼叫	おい（喂）　これ（喂）	**これ**、早《はや》く起《お》きなさいよ。（喂、趕快起床啦）
應答	はい（是）　いいえ（不是） いや（不）　うん（嗯）	**いいえ**、少《すこ》しも知《し》りませんでした。（不，我完全不知道）

用語

▼**順接**：在後文敘述前文內容所導致的結果，前文為原因或理由，後文為其結果或結論。

▼**逆接**：在後文推導出與前為相反的內容。

▼**累加（添加）**：在後文敘述對前文所增加的內容。

▼**同列（並列）**：在後文並列與前文內容對等的事物。

▼**對比・選擇**：在後文對前文內容進行比較或選擇。

▼**說明・補足**：在後文針對前文事件加以說明或補充。

▼**轉換**：從前文事件轉換話題，敘述後文事件。

深入解說

▼上表以外的感動詞

- **招呼**…こんにちは（你好）
  さようなら（再見）
- **喊聲**…そら（無意義的口號）
  どっこいしょ（無意義的口號）

必考問題

❶《找出連接詞》 請找出下段文章的所有連接詞。

しかし、土地の食べ物は、やはり土地の空気のにおいとか、土地の水や酒と深くかかわっていて、そこから切り離《はな》されたら生命力を失ってしまう。だからおいしくない、というのがほんとうの理由でしょう。したがって、厳密に言えば、文化は輸出も輸入もできません。

❷《連接詞的種類》 下列各句劃線部分的連接詞效用為何？請從ア～キ中選出正確答案，並填上。

① 友達に電話をかけた。ところが、留守だった。
② 明日遠足がある。ただし、雨が降れば中止だ。
③ 黒または青のペンで書いてください。
④ ところで、みなさんお元気ですか。
⑤ ノートと、それから鉛筆《えんぴつ》も買おう。

ア 順接　イ 逆接　ウ 累加（添加）　エ 並立（並列
オ 対比・選択　カ 説明・補足　キ 転換

❸《找出感動詞》 請找出下列各句的感動詞。

① 「おや、財布《さいふ》を忘れてしまった。」「まあ、たいへん。」
② 「あら、こんにちは。お久しぶりですね。」

問題解析

❶ **連接詞不僅連結句子，也具有連結文節、連文節、句子的作用。**不過，在此只針對連結句子來説明。**只要將焦點擺在句子的第一個詞就可。**「やはり」是副詞。

❷ 區分各句的連接詞是以哪種關係形式來連接句子、文節或連文節。每個關係形式都有個代號，只要回答代號就可。在答題前，請再看一次右頁下面的説明。

追加知識 **《是逆接或順接？》**

以下的方框中要填入「しかし」或「だから」？動動腦想一下。

○ **努力《どりょく》した。□、二位《にい》だった。**（努力了，□，是第二名）

正確答案是什麼？其實兩個答案都對。不論填上「しかし」或「だから」，句子都是通順的。如果你想努力成為第一名，可以選「しかし」。如果目標是有所進步，答案可以選「だから」。

像這樣，要**先看説話者如何看待前後文的關係**，再來**決定連接詞的使用方法**。

❸ 一般説來，**感動詞會放在句首**，所以很容易就能分辨出來。不過也會有例外，像②的「こんにちは」就不是放在句首。

解答

❶ しかし・だから・したがって　❷ ①イ　②カ　③オ　④キ　⑤ウ　❸ ①おや・まあ　②あら・こんにちは

自我検測3

1

次の各文中から名詞をすべて抜《ぬ》き出し、普通《ふつう》名詞・代名詞・固有名詞・数詞・形式名詞に分類しなさい。 〈10分＝2分×5〉

① ある日、彼女《かのじょ》は姉とふたりで近くの公園に行った。
② 私たちの人生とはうまく行かないものだ。
③ 今日の未明《みめい》、太郎《たろう》は住み慣れた町を出発し、野を越《こ》え山を越え、十キロメートル離《はな》れたこの村にやってきた。
④ 日本語を学び日本を知ろうとする外国人の存在は貴重である。
⑤ それは、彼《かれ》がまだ七歳《さい》の正月のことだった。
⑥ 来週の国語の時間に、『枕草子《まくらのそうし》』を読むのが楽しみだ。

普通名詞	
代名詞	
固有名詞	
数詞	
形式名詞	

2

次の各文中から副詞を抜き出し、その副詞が修飾《しゅうしょく》している文節を答えなさい。 〈14分＝2分×7〉

① 眼鏡をかけたら、はっきり見えた。
② やや大きめの入れ物が必要だ。
③ たとえ試合に負けても、恥《は》じることはない。
④ 星がきらきら輝《かがや》く。
⑤ 道でばったり旧友に会った。
⑥ 朝食は毎日しっかり食べなさい。
⑦ まさか、彼がそんなことを言うはずがあるまい。

① →	③ →	⑤ →
② →	④ →	⑥ →
⑦ →		

3

次の各文の説明にあてはまる副詞は、あとのア～カのうちどれか。それぞれ一つずつ選び、記号で答えなさい。 〈5分＝1分×5〉

① 動詞を修飾する状態の副詞。
② ほかの副詞を修飾する程度の副詞。
③ 擬態《ぎたい》語としての状態の副詞。
④ 体言を修飾する程度の副詞。
⑤ 下に一定の言い方がくる呼応の副詞。

ア 兄にじろっとにらまれて、しゃべるのをやめた。
イ 真夜中に、ふと目が覚めた。

解答▶p.136～139

得分 ／100

ウ　今日はたいそう暑いですね。
エ　彼はとてもゆっくり歩く。
オ　それはかなり前の出来事です。
カ　決してあなたに迷惑《めいわく》をかけるようなことはしません。

①　②　③　④　⑤

4

次の各文中から、連体詞を一つずつ抜き出しなさい。〈6分＝1分×6〉

①　いかなる人にも欠点はある。
②　外国でおかしな体験をする。
③　わが国の首都は東京です。
④　そのいすに座《すわ》ってください。
⑤　彼は、いろんな切手を持っている。
⑥　小さな命でも尊ばなければならない。

①　②　③　④　⑤　⑥

5

次の各文中の――線部の語が、A連体詞か、B副詞か、記号で答えなさい。また、それぞれの語が修飾している文節を抜き出しなさい。〈16分＝2分×8〉

①　兄が帰宅し、しばらくすると父も帰ってきた。
②　祖父の家には、いろんな古いものがある。
③　あなたは、この花が何という名前か知っていますか。
④　よほど激しい雨でないかぎり、予定通り出発します。
⑤　少し右に寄ってください。
⑥　どうしてお母さんの言うことが聞けないの。
⑦　たいした心配はない。
⑧　世界中のあらゆる国に行きたい。

①　②　③　④　⑤　⑥　⑦　⑧

6

次の各文中から感動詞を抜き出し、あとの分類にしたがって、書き入れなさい。〈5分＝1分×5〉

①　「よいしょ。もうひとがんばりだ。」
②　「おい、早く起きろ。」
③　「やれやれ、また最初からやり直しか。」
④　「君は野球が好きなの。」「うん。」
⑤　「ありがとう」と言って、彼女は私にほほえんだ。

感動　**呼びかけ**　**応答**　**あいさつ**　**かけ声**

7

次の各文中の（　）に入れる最も適切な接続詞を、あとのア～クからそれぞれ一つずつ選び、記号で答えなさい。また、その接続詞の働きをa～gから選び、記号で答えなさい。 〈12分＝3分×4〉

① 土曜日（　）日曜日に来てください。
② 彼《かれ》らは精一杯《せいいっぱい》戦った。（　）試合に勝った。
③ 彼らは精一杯戦った。（　）試合に負けた。
④ まず家に帰って、（　）、野球をしよう。
⑤ 飲食は自由です。（　）、ゴミは各自持ち帰ってください。
⑥ 彼は水泳が上手で、（　）足が速い。
⑦ みんなそろいましたね。（　）出かけましょう。
⑧ あの人はきっと来ます。（　）、約束をしたからです。

ア だから　イ では　ウ しかし　エ それから
オ または　カ また　キ ただし　ク なぜなら

a 順接　b 逆接　c 累加《るいか》　d 並立《へいりつ》
e 対比・選択《せんたく》　f 説明・補足　g 転換《てんかん》

①　②　③　④　⑤　⑥　⑦　⑧

8

次の各文中の――線部の語について、それぞれの品詞を答えなさい。 〈28分＝2分×14〉

① 学校の帰りに、友達の家に寄った。
② ふるさとに帰り、夏休みを過ごした。
③ あの信号を右に曲がると市役所です。
④ あの、ちょっとお尋《たず》ねしたいのですが。
⑤ 近いうちに、また会いましょう。
⑥ この本はおもしろく、またためになる。
⑦ あの犬はなんて大きいのだろう。
⑧ 大きなビルが空き地に建った。
⑨ この先一体どうなっていくのだろう。
⑩ どの方法が一番いいと思いますか。
⑪ 森田《もりた》さん、お客さんがお見えですよ。
⑫ もしもし、三宅《みやけ》さんのお宅ですか。
⑬ 母の病気がしだいによくなってきた。
⑭ 教室内が、いっせいに静かになった。

①　②　③　④　⑤　⑥　⑦　⑧　⑨　⑩　⑪　⑫　⑬　⑭

3

用言

用言有三個，分別是動詞、形容詞、形容動詞。
要學回每一種的詞型變化。

12 動詞① ー性質與效用

動詞的性質 ー 動詞是表示事物動作（作用）、存在（「ある」、「いる」等）的詞。具有以下性質。

1 是自立語，有詞型變化。例 書《か》かない。（不寫） 書きます。（寫） 書く。（寫） 書けば（如果寫了）

2 可以單獨當述語。例 私は 作文《さくぶん》を 書く。（我寫作文）

3 字尾一定是五十音圖裡的ウ段音。例 書く（寫） 読《よ》む（讀） 見る（看）

動詞的效用 ー 動詞有以下的效用。

1 作為述語……可以單獨使用，或者附加各類附屬語，當述語使用。

例 鳥《とり》が 鳴《な》く。（鳥鳴） 手紙を書け。（寫信） ▼單獨使用（終止形或命令形）

鳥が 鳴いた。（鳥叫了） 手紙を 書けよ。（寫信吧） ▼加上附屬語

2 作為述語…加了「の」和「が・は・も」等字。

例 朝《あさ》に 走《はし》るのは 気分《きぶん》が よい。（早上跑步很舒服）

3 作為修飾語……單獨作為連體修飾語。

例 走る 習慣《しゅうかん》を 身に つける。（養成跑步的習慣）

4 作為接續語……加上接續助詞。

例 騒《さわ》ぐので 聞こえない。（因為很吵，聽不見）

用語

▼**用言**：有詞型變化的自立語有**動詞**、**形容詞**、**形容動詞**三類，統稱為**用言**。接下來要介紹這些品詞。也會介紹每一個品詞的複雜活用變化，各位看了可能會覺得煩，但請下定決心好好學習。

深入解說

▼**各類動詞**：動詞當中，有像「書く」、「読む」、「見る」，屬於一個單字的形式，其他**也有動詞是由兩個以上的單字組合而成**。

①名詞＋動詞
名《な》づける（取名） **旅立《たびだ》つ**（出發旅行）

②動詞＋動詞
飛《と》び降《お》りる（飛降） **思い出す**（想起來）

③形容詞語幹＋動詞
近寄《ちかよ》る（靠近） **若返《わかがえ》る**（變年輕）

④接頭語＋動詞
そらとぼける（裝傻） **うちあける**（說實話）

⑤其他品詞加接尾語，成為動詞
春《はる》めく（春意） **苦《くる》しがる**（痛苦）

必考問題

❶ 《動詞》 請從下列詞組中找出動詞部分，以記號回答。

ア 書く　イ 青い　ウ 明るさ
エ 響《ひび》き　オ いる　カ 歌
キ 待つ　ク しばらく　ケ 届ける

❷ 《找出動詞》 請從下列各文中，找出所有的動詞，以動詞的原形回答。

① 人がめったに通らない谷間の急な山道を私は駆《か》け降りて行った。日は暮れてゆく時間となり、やがて空に浮《う》かぶ月がくっきり見えた。私は月に気を取られて足を踏《ふ》みはずすところだった。

② 人間、知り合ってみれば、どこか深いところで必ず共通している。それを知ったとき、感じたとき、快い驚《おどろ》きと喜びと親しみがわくものである。

❸ 《動詞的效用》 下列各句劃線部分的文節具有哪種效用？請從ア～ウ的選項選出正確答案，以記號作答。

① 友達と遊ぶのは楽しい。
② 彼《かれ》は、集中して話を聞いた。
③ 輝《かがや》く太陽がまぶしい。

ア 主語　イ 述語　ウ 修飾語

問題解析

❶

識別動詞的關鍵點有兩個，**（一）從意思來分辨**，**（二）從形態來分辨**。

重點

意思代表該詞表示出動作（作用）或某人事物的存在。

意思是表示「動作（作用）」的動詞一眼就能分辨出來，但是遇到像「**ある**」、「**いる**」等表示「存在」意思的動詞，就要多加注意。

重點

原形是屬於以下哪種形態呢？→ ～く・～ぐ・～す／～つ・～ぬ・～ぶ／～む・～る・～う　**ウ段音**

右邊的「**く・ぐ・す・つ・ぬ・ぶ・む・る・う**」全是五十音圖裡的ウ段音的假名，**動詞的原形字尾全是ウ段音的假名**，請依據這一點來分辨。

❷

思考模式與前一題相同，要從文章找出動詞，會遇到如下的難題。

①的「駆《か》け下《お》りて行《い》った」和「暮《く》れてゆく」，都是兩個動詞組成的詞。這時候要將動詞一個一個區分，換成原形的形態。此外，「駆け下りて」這個詞並不是「駆け」和「降り」兩個動詞所組成，它是**一個動詞**，請注意。

②要留意「知《し》り合《あ》ってみれば」和「共通《きょうつう》している」這兩個部分。

❸

參考右頁上面的說明。**動詞可以是單獨的修飾語文節**。

解答

❶ア・オ・キ・ケ　❷①通る・駆け下りる・行く・暮れる・ゆく・なる・浮かぶ・見える・取る・踏みはずす　②知り合う・みる・共通する・いる・知る・感じる・わく・ある　❸①ア　②イ　③ウ

13 動詞② ─活用

活用─ 接其他單字，或是以原形結尾時，當單字的形態改變，就叫作活用，也就是所謂的詞型變化。所有動詞都是活用動詞。

例 **読む**（讀）……
- 本を **読ま** ない（不讀書） 本を **読もう**（讀書吧）
- 本を **読み** ます（讀書）
- 本を **読む**（讀書） 本を **読む** 時（讀書時）
- 本を **読め**（去讀書）本を **読んだ**（讀了書）

例 **来る**（來）……
- 学校へ **こ** ない（不來學校） 学校へ **き** ます（來學校）
- 学校へ **くる**（來學校）
- 学校へ **くる** 時（來學校時） 学校へ **くれ** ば（來學校的話）
- 学校へ **こい**（去學校）

活用形─ 如右表所示，動詞的形態有著各種的變化，每一種變化都是一種活用形。活用形有以下六種。

未然形	加ない・う・よう
連用形	加ます・た（或だ）
終止形	原形
連體形	加とき・こと
假定形	加ば
命令形	字尾為命令的語意

終止形就是該詞的基本形，統稱為**原形**。

動詞的活用形式是根據詞形或下接的詞語來判斷的喔。

用語

▼ **語幹與活用語尾：**請仔細觀察上面的活用例句，可以發現涵蓋了無變化的部分及變化的部分。在此以「読む（讀）」為例。

- **無變化的部分**＝**語幹**

例 読《よ》

- **有變化的部分**＝**活用語尾**

例 ま・も・み・ん・む・め

此外，「読む」這個字可區分為語幹與活用語尾。不過，「来る（來）」這個動詞就沒有語幹與活用語尾的區分。

- 「来る」的活用＝こ・き・くる・くれ・こい

深入解說

▼ **活用形接的字** 活用形如上表所列舉的形式外，還可以接續以下文字，表示出各種意思。。

- 未然形……れる（られる）・せる（させる）・ぬ
- 連用形……たい・て（で）・たり・ながら
- 終止形……らしい・と・から
- 連體形……體言・ようだ・の・のに・ので
- 假定形……ども

必考問題

1 《活用》 請於下列各句括弧裡，寫上下面動詞的正確活用形。

① 彼《かれ》は手紙を全然（　　）ない。（書く）

② 彼女《かのじょ》は楽しそうに（　　）ます。（話す）

③ あの電車に（　　）ば、間に合うだろう。（乗る）

④ 自分の意志を（　　）ことは大切だ。（持つ）

2 《語幹與活用語尾》 區分下列各詞的語幹與活用語尾，語幹部分以（＝）標示，活用語尾部分以（——）標示。

① 泣く　② 呼ぶ　③ 知る　④ 移す

⑤ 産む　⑥ ある　⑦ 笑う　⑧ つぶやく

3 《活用形》 請回答下列各句劃線部分動詞的活用形種類。

① 彼は中国語を話します。

② 明日雨が降れば、遠足は中止だ。

③ みんなでこの歌を歌おう。

④ 海で気持ちよさそうに泳ぐ。

⑤ 彼女は泳ぐことが得意だ。

⑥ 全力を出して走れ。

問題解析

1 留意**動詞之後接的詞**，並牢記**動詞的活用會變化的是最後的部分**。不過，③的答案不是「乗《の》れれ」。「乗れれ」的話雖然意思也通，會讓人誤解為是動詞「乗れる」的活用變化。「乗る」加「ば」的話，正確的活用變化是「乗れ」。

2 題目的單字是**原形**（**終止形**），所以試著在下面加上**「ない・う（よう）」**（**未然形**）、**「ます・た」**（**連用形**）、**「とき・こと」**（**連體形**）、**「ば」**（**假定形**），來活用變化一下。這樣可以讓你更容易區分**無變化的部分**（**語幹**）與**有變化的部分**（**活用語尾**）。

3 請記住右頁上面的整理表。要識別活用形，這個整理表是必背的知識。

重點

根據**下面接的字**來分辨**活用形種類**。

比方說④和⑤，動詞形雖然相同，但是**④是終止形，⑤下面加了「こと」，所以是連體形**。

解答

1 ①書か　②話し　③乗れ　④持つ　**2** ①泣く　②呼ぶ　③知る　④移す　⑤産む　⑥ある　⑦笑う　⑧つぶやく　**3** ①連用形　②假定形　③未然形　④終止形　⑤連體形　⑥命令形

14 動詞③ ─五段活用

「行く」的活用─ 動詞「行《い》く（去）」的六個活用形變化。

未然形……行**か**（ない） 行**こ**（う）
連用形……行**き**（ます） 行**っ**（た）
終止形……行**く**（原形）
連體形……行**く**（とき）
假定形……行**け**（ば）
命令形……行**け**（字尾為命令的語意）

五段活用動詞的未然形（接續「ない」的形態）的活用詞尾會變成ア段的音。

這個例子的活用語尾為「か・き・く・け・こ」，正好是五十音表的五段。所以這樣的活用變化稱為**五段活用**。
「以カ行的五段來變化，稱為カ行五段活用。」

五段活用的活用變化表─ 舉「行く」為例，將五段動詞的活用變化整理成如下的圖表。

基本形	語幹	未然形	連用形	終止形	連體形	假定形	命令形
行く	行	─か ─こ	─き ─っ	─く	─く	─け	─け

用語

▼**音便**：五段動詞接「タ（ダ）」、「テ（デ）」等字時，活用語尾會變成「い」、「ん」、「っ」。這叫作**音便**，屬於**連用形**。

● **イ音便**……例 書いて（寫）・泳いで（游泳）
● **撥音便（鼻音便）**……例 飛んで（飛）・読んで（讀）
● **促音便**……例 帰って（回）・思って（想）

▼**五段動詞的語例**

行	語例
カ行	聞《き》く（問）・歩《ある》く（走）・招《まね》く（招致）・気《き》づく（注意）
ガ行	泳《およ》ぐ（游泳）・防《ふせ》ぐ（防止）・騒《さわ》ぐ（吵鬧）・急《いそ》ぐ（急）
サ行	消《け》す（消去）・話《はな》す（講）・増《ま》す（增加）・流《なが》す（流）
タ行	待《ま》つ（等）・つ（打）・勝《か》つ（勝）・持《も》つ（拿）
ナ行	死《し》ぬ（死）
バ行	飛《と》ぶ（飛）・運《はこ》ぶ（搬運）・呼《よ》ぶ（叫）・学《まな》ぶ（學）
マ行	読《よ》む（讀）・休《やす》む（休息）・望《のぞ》む（想）・飲《の》む（喝）
ラ行	散《ち》る（散開）・取《と》る（拿）・祈《いの》る（祈禱）・ある（有）
ワ行	思《おも》う（想）・歌《うた》う（唱）・洗《あら》う（洗）

必考問題

❶《五段活用》 找出下列各句的五段動詞，以句子的原有形式回答。

① 健康のために歩いて行け。
② 鉄は重たいので水に浮かばない。
③ 目をうっすらと開いて、周りを見回した。
④ 気に入った写真を台紙に貼《は》り付ける。
⑤ 彼女《かのじょ》は胸をつかんで離《はな》さなかった。
⑥ 命を落としてしまうような事態になる。

❷《活用與活用形》 將下列各句下面動詞的正確活用變化答案，填寫在括弧裡。

① その器《うつわ》を（　）ば、金になるだろう。（売る）
② 彼《かれ》はあまり自分の意見を（　）ない。（言う）
③ 彼らは、空を（　）ことを夢見ていた。（飛ぶ）
④ 休《きゅう》暇《か》は楽しく（　）う。（過ごす）

❸《音便》 下列動詞中，有的動詞有音便，請回答其音便名稱。如果是沒有音便的動詞，請畫×。

① 降る　② 選ぶ　③ 消す
④ 渡《わた》す　⑤ 動く

問題解析

❶ **首先找出動詞。注意不是回答動詞的原形，而是將句子裡的形式直接寫出回答。**③的「見《み》回《まわ》し（觀看周圍）」是一個單字，不要搞錯。⑥的「としてしまう（弄丟）」中的「しまう」是一個動詞，也是五段動詞。

接著，列出所有**五段動詞活用的語尾**。

未然形	連用形	終止形	連體形	假定形	命令形	行	語例
ーかーこ	ーきーい	ーく	ーく	ーけ	ーけ	カ行	書く（寫）
ーがーご	ーぎーい	ーぐ	ーぐ	ーげ	ーげ	が行	泳ぐ（游泳）
ーさーそ	ーし	ーす	ーす	ーせ	ーせ	サ行	探す（找）
ーたーと	ーちーっ	ーる	ーる	ーて	ーて	タ行	立つ（站）
ーなーの	ーにーん	ーぬ	ーぬ	ーね	ーね	ナ行	死ぬ（死）
ーばーぼ	ーびーん	ーぶ	ーぶ	ーべ	ーべ	バ行	遊ぶ（玩）
ーまーも	ーみーん	ーむ	ーむ	ーめ	ーめ	マ行	読む（讀）
ーらーろ	ーりーっ	ーる	ーる	ーれ	ーれ	ラ行	取る（拿）
ーわーお	ーいーっ	ーう	ーう	ーえ	ーえ	ワ行	笑う（笑）

❸ 五段動詞中，有的並沒有音便（參考右表）。

重點
サ行五段動詞沒有音便。

解答

❶ ①歩い・行け ②浮かば ③開い・見回し ④気に入っ ⑤つかん・離さ ⑥落とし・しまう・なる **❷** ①売れ・假定形 ②言わ・未然形 ③飛ぶ・連體形 ④過ごそ・未然形 **❸** ①降っ・促音便 ②選らん・撥音便 ③× ④× ⑤動い・イ音便

15 動詞④ —上一段活用

「起《お》きる（起來）」的活用— 動詞「起きる」有以下六種活用形。

未然形……起き（ない・よう）
連用形……起き（ます・た）
終止形……起きる（原形）
連體形……起きる（とき）
假定形……起きれ（ば）
命令形……起きろ・起きよ（現代少見的古語，比ろ語氣更強）

五段活用動詞的未然形（接續『ない』的形態）活用語尾會變成あ段的音。

活用語尾是**「き・き・きる・きる・きれ・きろ・きよ」**，限以五十音表的イ段來活用，稱為**上一段活用**。

這是カ行的イ段活用，所以稱為カ行上一段活用。

上一段活用的活用表— 舉動詞「起きる」為例，將上一段動詞的活用形整理成表，如下所述。

基本形	語幹	未然形	連用形	終止形	連體形	假定形	命令形
起《お》きる	起	—き	—き	—きる	—きる	—きれ	—きろ —きよ

! 注意這裡！

▼**上一段活用的語幹：**前面提到，沒有活用變化的部分稱為語幹（參考P40）。可是，看了上面的活用表，發現這個說法不適用於上一段動詞（接下來介紹的下一段動詞也一樣）。假設將沒有變化的「起き」部分當成語幹，那麼未然形、連用形就沒有活用語尾部分，所以語幹是「起」，並不是「起き」。

▼**無法區分語幹與活用語尾的動詞**

上一段動詞中，有的動詞是無法區分語幹與活用語尾。

例 居《い》る（在）　る（射）　見《み》る（看）　着《き》る（穿）　干《ひ》る（乾）

▼上一段動詞的語例

行	語例
ア行	居《い》る（在）・老《お》いる（老）
カ行	着《き》る（穿）・起《お》きる（起）
ガ行	過《す》ぎる（過）
サ行	恥《は》じる（感到羞恥）・閉《と》じる（閉）
ク行	落《お》ちる（落）・ちる（朽）
ナ行	似《に》る（像）・煮《に》る（煮）
ハ行	干《ひ》る（乾）
バ行	滅《ほろ》びる（滅亡）・浴《あ》びる（浴）
マ行	見る（看）・試《こころ》みる（試）
ラ行	借《か》りる（借）・降《お》りる（下）

必考問題

❶《上一段動詞》以下動詞中，哪些是上一段動詞，請以記號作答。

ア　感じる　イ　舞《ま》う　ウ　延びる　エ　励《はげ》ます
オ　にぎる　カ　満ちる　キ　泊《と》まる　ク　試みる

❷《活用形》請回答下列各句劃線部分的動詞活用種類。

① 早く服を着ろ。
② 神を信じる者は救われる。
③ 人類が滅びれば地球に未来はない。
④ 現実を見ないと前には進めない。

❸《製作活用表》請寫出下列各動詞的活用變化形態。

基本形	語幹	未然形	連用形	終止形	連體形	假定形	命令形
①落ちる							
②生きる							
③用いる							
④似る							
⑤いる							

問題解析

❶ 試著幫每個動詞依序加上「**ない・ます・○・とき・ば・○**」來變化。在此舉ア和イ為例。

ア　じ／じ／じる／じる／じれ／じろ・じよ→確定是上一段活用。
イ　わ／い／う／う／え／え→不是上一段活用（是五段活用）。

上一段動詞的活用語尾是如下的形態。

イ段音／イ段音／イ段音る る／イ段音ろ／イ段音れ／イ段音ろ　イ段音よ

❷ 從動詞的形態，以及下面接續的字來判別活用形種類。舉例來說，④的「見」的未然形與連用形都是相同形態，可是，因為下面接的字是「ない」，所以是未然形。

❸ 有的動詞是無法區分語幹與活用語尾，這點要牢記（→參考P44下面解說）。

Q&A

Q ④的「似《に》る（像）」、⑤的「いる（在）」，可以區分語幹和活用語尾嗎？

A 可以說並沒有語幹。因此，製作活用表時，語幹那一欄會空白、或者寫上○記號、或是用如「（似）」這樣表現。

解答

❶ ア・ウ・カ・ク　❷ ①命令形　②連體形　③假定形　④未然形

❸

①	落	ーち	ーち	ーちる	ーちる	ーちれ	ーちろ ーちよ
②	生	ーき	ーき	ーきる	ーきる	ーきれ	ーきろ ーきよ
③	用	ーい	ーい	ーいる	ーいる	ーいれ	ーいろ ーいよ
④	○	に	に	にる	にる	にれ	にろ によ
⑤	○	い	い	いる	いる	いれ	いろ いよ

16 動詞⑤

—下一段活用

「捨《す》てる（捨棄）」的活用 — 動詞「捨てる」有以下六種活用形。

未然形……捨**て**（ない・よう）
連用形……捨**て**（ます・た）
終止形……捨**てる**（原形）
連體形……捨**てる**（とき）
假定形……捨**てれ**（ば）
命令形……捨**てろ**・捨**てよ**（現代少見的古語，比ろ語氣更強）

五十音表中「エ段」位於表中央的「ウ段」之下面一段，所以叫下一段活用。

這個動詞的活用語尾是「**て・て・てる・てる・てれ・てろ・てよ**」，只限五十音表的エ段在活用變化，所以稱為下一段活用。

↑因為是「エ段」的「タ行」的活用，所以可以稱為「タ行」下一段活用。

下一段活用的活用表 — 舉「捨てる」為例，介紹下一段動詞的活用整理表。

基本形	語幹	未然形	連用形	終止形	連體形	假定形	命令形
捨《す》てる	捨	—て	—て	—てる	—てる	—てれ	—てろ —てよ

注意這裡！

▼**下一段活用的語幹**：跟上一段活用一樣，下一段活用的動詞中，有的**無法區分語幹與活用語尾**。

例 得《え》る（得）・出《で》る（出）・寝《ね》る（睡）・経《へ》る（經過）

▼**下一段動詞的語例**

行	語例
ア行	考《かんが》える（思考）・増《ふ》える（增加）
カ行	負《ま》ける（輸）・受《う》ける（接受）
ガ行	投《な》げる（投）・告《つ》げる（告訴）
サ行	見《み》せる（看）・伏《ふ》せる（趴下）
タ行	育《そだ》てる（養育）・捨《す》てる（丟棄）
ダ行	出《で》る（出）・なでる（摸）
ナ行	寝《ね》る（睡）・尋《たず》ねる（詢問）
ハ行	経《へ》る（經過）
バ行	調《しら》べる（查）・述《の》べる（敘述）
マ行	始《はじ》める（始）・閉《し》める（關）
ラ行	流《なが》れる（流）・晴《は》れる（放晴）

必考問題

1 《下一段動詞》 從下列動詞中，找出下一段動詞，請以記號作答。

ア 述べる　イ 座《すわ》る　ウ 降りる　エ 慣れる
オ 伸《の》びる　カ 伝える　キ 投げる　ク 帰る

2 《活用形》 請回答下列各句劃線部分的動詞活用種類。

① ここに書き留めることは重要だ。
② 思ったとおり正直に答えろ。
③ 明日、晴れれば町へ出よう。
④ ここに展示品を並べ、客の入場を待つ。

3 《製作活用表》 請寫出下列各動詞的活用變化形態。

基本形	語幹	未然形	連用形	終止形	連體形	假定形	命令形
①束ねる							
②載《の》せる							
③求める							
④変える							
⑤出る							

問題解析

1 試著幫每個動詞依序加上「**ない・ます・○・とき・ば・○**」來變化。
ア べ／べ／べる／べる／べれ／べろ・べよ↓確定是下一段動詞。
イ ら／り／る／る／れ／れ↓不是下一段動詞（是五段動詞）。
ウ り／り／りる／りる／りれ／りろ・りよ↓「り」是イ段音，所以不是下一段動詞（上一段動詞）。

下一段動詞的活用語尾是如下的形態。

エ段音／エ段音／エ段音る／エ段音ろ／エ段音れ／エ段音ろ、エ段音よ

2 從動詞的形態以及下面接續的字來判別活用形的種類。④的話，無法光從字面判別是未然形或連用形。這樣**突然將句子中斷，後面還有句子要接**，是稱為**中止法**的一種寫作技巧。

重點

中止法的活用形，屬於**連用形**。

解答

1 ア・エ・カ・キ　**2** ①連體形　②命令形　③假定形　④連用形

3

	語幹	未然形	連用形	終止形	連體形	假定形	命令形
①	束《たば》	―ね	―ね	―ねる	―ねる	―ねれ	―ねろ―ねよ
②	載《の》	―せ	―せ	―せる	―せる	―せれ	―せろ―せよ
③	求《もと》	―め	―め	―める	―める	―めれ	―めろ―めよ
④	変《か》	―え	―え	―える	―える	―えれ	―えろ―えよ
⑤	○	で	で	でる	でる	でれ	でろ、でよ

17 動詞⑥
─カ變．サ變

「来る（來）」和「する（做）」的活用─

關於「来る」和「する」的六個活用變化如下所述。

未然形……こ（ない・よう）　し（ない）　せ（ぬ）　さ（れる）
連用形……き（ます・た）　し（ます）
終止形……くる（原形）　する（原形）
連體形……る（とき）　する（とき）
假定形……くれ（ば）　すれ（ば）
命令形……こい（有命令語意的句尾）　しろ・せよ（有命令語意的句尾）

這兩個動詞分別屬於**カ行活用**、**サ行活用**，**但其變化方式較特殊**。因此，稱為カ行變格動詞（カ變）、サ行變格動詞（サ變）。

カ變與サ變的活用表─

將カ行變格動詞（来る）與サ行變格動詞（する）的活用整理成表格，如下。

基本形	語幹	未然形	連用形	終止形	連體形	假定形	命令形
来る（來）	○	こ	き	くる	くる	くれ	こい
する（做）	○	しせさ	し	する	する	すれ	しろ せよ

深入解說

▼ **「～する」也屬於サ行變格動詞**：「する」跟名詞組合在一起，變成複合語，「～する」形式的單字要算為一個動詞單字，這種情況在日語裡非常的常見。這類動詞也屬於サ行變格動詞。

例
うわさする（傳聞）
いたずらする（惡作劇）
勉強《べんきょう》する（學習）　成功《せいこう》する（成功）
罰《ばっ》する（處罰）　察《さっ》する（察覺）
愛《あい》する（愛）　命《めい》ずる（命令）
信《しん》ずる（信任）　甘《あま》んずる（滿足）
タッチする（觸碰）　ドライブする（駕駛）

看了以上語例便知道，「～する」變濁音的「～ずる」動詞，也一樣是サ行變格動詞。

注意這裡！

▼ **與サ行五段動詞的差異**：因為兩者連用形字尾一樣都是「し」的形式，所以要先改成原形（終止形），才能判斷是サ行五段動詞或サ行變格動詞。

必考問題

❶《カ變動詞・サ變動詞》請找出下列各句的カ變動詞和サ變動詞，並直接作答。

① 彼《かれ》は、毎朝ジョギングをします。

② 旧友が久しぶりに私の家を訪ねて来た。

③ 君が来ないと何も始まらない。

④ 目標に向かって一生懸命《けんめい》努力する。

❷《カ變動詞》以「来る」這個單字來作活用形變化，在各句的括弧裡寫上正確的變化形，請用平假名作答。

① ここに（　）ば、きっと楽しめるよ。

② 約束したのなら、彼は必ず（　）ます。

③ 君が（　）ときは、なぜかいつも雨が降る。

④ いくら待ってもあの人は（　）なかった。

❸《サ變動詞》以「する」這個單字來作活用形變化，在各句的括弧裡寫上正確的變化形。

① 式場であいさつを（　）た。

② 犬に散歩を（　）せる。

③ 後片付けも（　）ずに帰ってはいけません。

④ 会おうと（　）ば、きっと会えるだろう。

問題解析

❶ カ行變格活用（カ變）與サ行變格活用（サ變）的動詞只限以下幾個，請牢記。

重點
カ行變格活用 → 只有「来る」
サ行變格活用 → 只有「する」、「～する」

❸ 動詞「する」的未然形有三種，命令形有兩種。尤其要留意未然形。

重點
サ變動詞的未然形 →
し……加「ない」
せ……加「ぬ」、「ず」
サ……加「れる」、「せる」

此外，因為連用形的形式有「し」這個字，要從下面接續的字來正確判斷屬於哪種活用形。

PLUSα（「愛《あい》す」和「愛する」的差異）

兩者的意思相同，可是「愛す」與「愛する」的活用形式不同。

例 愛せばこそ憎《にく》い。（因愛生恨・五段活用）
愛すればこそ憎い。（因愛生恨・サ變活用）

不過，以「愛し」形式出現在句子時，無法判斷其基本形（原形）是「愛す（五段）」或「愛する（サ變）」。

解答

❶ ①し ②来 ③来る ④努力する ❷ ①くれ・假定形 ②き・連用形 ③くる・連體形 ④こ・未然形 ❸ ①し・連用形 ②さ・未然形 ③せ・未然形 ④すれ・假定形

18 動詞⑦ —活用種類的分辨方法

活用種類分辨方法 — 想正確分辨動詞的活用種類，請記住以下重點。

1 「来る」→カ行變格活用（カ變）

2 「する」・「～する」→サ行變格活用（サ變）

3 右例以外的動詞，試著於該動詞下面加「ない」，再來分辨其活用種類。

(1)「ない」上面那個字是ア段音的話（例：行かない）→五段活用

(2)「ない」上面那個字是イ段音的話（例：起きない）→上一段活用

(3)「ない」上面那個字是エ段音的話（例：捨てない）→下一段活用

活用種類容易混淆的動詞 — 有些動詞形式相似，但是活用種類截然不同，務必要正確區分其差異。

例

立《た》つ（站立）……五段活用
立てる（豎立）……下一段活用

集《あつ》まる（聚集）……五段活用
集める（收集）……下一段活用

信じる（相信）……上一段活用
信ずる（堅信）……サ行變格活用

見《み》る（看見）……上一段活用
見える（看得見）……下一段活用

増える（增加）……下一段活用
増やす（增加）……五段活用

着《き》る（穿）……上一段活用
着せる（穿上）……下一段活用

注意這裡！

▼**無法區分語幹與活用語尾的動詞**：像「こーない」、「しーます」、「いーよう」等，只有一個音的動詞，要提高警覺。

本書將**無法區分語幹與活用語尾的動詞**製成表格如下，請牢記。

来る（来）	カ行變格活用
する（做）	サ行變格活用
居《い》る（在）　射《い》る（射） **似《に》る（像）　煮《に》る（煮）**	上一段活用
出《で》る（出）　寝《ね》る（睡）	下一段活用

必考問題

1 《活用種類》 下列動詞屬於哪種活用種類，請以記號回答。A：五段活用、B：上一段活用、C：下一段活用、D：カ行變格活用、E：サ行變格活用

①逃《に》げる　②老いる　③騒《さわ》ぐ　④着る

⑤ある　⑥見つける　⑦知る　⑧旅行する

⑨来る　⑩見せる

2 《活用種類・活用形》 請回答下列各句劃線的動詞是哪種活用形，與活用的種類。

① 質問の意味がわからぬ。

② 自分の思いを友達に伝えよう。

③ 子どもは日光を浴びることが大好きだ。

④ これを理解すれば、後は簡単だ。

⑤ かわいい子どもを大切に育てる。

⑥ 手紙を読みながら、その場に泣きくずれる。

⑦ もう一度、自分の文章を見直そう。

⑧ 春よ、早く来い。

⑨ 時が過ぎ、記憶《きおく》はしだいに薄《うす》れてゆく。

⑩ 朝が来るまで、浜辺《はまべ》にいました。

問題解析

1 右頁上面「分辨方法」的例外的動詞只有一個：⑤「ある」。

重點

動詞「ある」不是直接加未然形的「ない」，它的字尾要有所改變，才能加「ない」，所以是五段活用。

2 考試時，可能會遇到考「活用種類」的題目，也會遇到考「活用形」的題目。不要混淆，要確實清楚這兩個名詞的定義。

重點

活用種類→以「〜活用」回答（例：五段活用）

活　用　形→以「〜形」回答（例：未然形）

Q&A

Q 試著在⑩的「いる」後面加「ない」，會出現「い—ない」和「いら—ない」兩種情況，哪個才是正確答案？

A 基本形（原形）是「いる」的動詞，會因字義不同，其活用形式也有所不同。活用形式有以下兩種。

①ここに私《わたし》がいる。（我在這裡）（**存在**的意思）↓いない……**上一段活用**

③すぐにお金《かね》がいる。（馬上要用錢）（**必要**的意思）↓いらない……**五段活用**

⑩的字義是右①的「存在」的意思。

「着《き》る（穿）」（上一段活用）和「切《き》る（切）」（五段活用）、「寝《ね》る（睡）」（下一段活用）和「練《ね》る（揉）」（五段活用）等動詞，就是字義不同，活用形式也會不同的動詞。

解答

1 ①C　②B　③A　④B　⑤A　⑥C　⑦A　⑧E　⑨D　⑩C

2 ①五段活用・未然形　②下一段活用・未然形　③上一段活用・連體形　④サ行變格活用・假定形　⑤下一段活用・終止形　⑥五段活用・連用形　⑦五段活用・未然形　⑧カ行變格活用・命令形　⑨上一段活用・連用形　⑩上一段活用・連用形

19 動詞⑧

—各類動詞

自動詞與他動詞— 動作會觸及他物的動詞，稱為他動詞。動作或作用不會觸及他物的動詞，稱為自動詞。

例
- 火《ひ》が **おこる**。（火起了）……自動詞
- 火を **おこす**。（起火）……他動詞

- 手紙《てがみ》が **届《とど》く**。（信到了）……自動詞
- 手紙を **届ける**。（送信）……他動詞

補助動詞— 接續在其他字的下面，具有補助效用的動詞稱為補助動詞。又可稱為形式動詞。這類動詞與其他詞結合後，意思會改變，不保留其原始的含意。

例
- 置《お》いて **ある**。（擺著）
- やって **くる**。（我做）

- 笑《わら》って **いる**。（笑著）
- 教《おし》えて **やる**。（我教）

- やって **みる**。（做做看）
- 読《よ》んで **しまう**。（讀完了）

此外，敬語動詞中，有的被當成補助動詞使用。

例
- 食《た》べて **いらっしゃる**。（正在吃）
- 遊《あそ》んで **あげる**。（陪你玩）

- 読《よ》んで **くださる**。（為我讀）……尊敬
- 話《はな》して **さし上げる**。（跟您說）……謙讓

可能動詞— 像「書《か》ける（能寫）」這類具有「能夠～」意涵的下一段活用動詞，稱為可能動詞。箭頭後的字是與其對應的五段活用動詞。

例 読《よ》める（會讀）→読む（讀）　打《う》てる（會打）→打つ（打）

注意這裡！

▼ **自動詞與他動詞的對應**：不一定每個動詞都有對應的自動詞和他動詞。

① 也有的動詞同時具備自動詞與他動詞的身分。

例
- **人《ひと》が笑《わら》う**。（人在笑）……自動詞
- **人を笑う**。（笑人）……他動詞

② 沒有對應的他動詞

例 **ある**（有）　**来る**（來）

③ 沒有對應的自動詞

例 **殺《ころ》す**（殺）　**投《な》げる**（投）

▼ **補助動詞以平假名標示**：補助動詞已失去其原始的字義，所以一般都是以平假名標示。

深入解說

▼ **可能動詞的規定**：**可能動詞**全部屬於下一段動詞，但**沒有命令形**。此外，**只有五段動詞才能變成可能動詞**。

最近常看見或聽到「着《き》れる」、「食べられる」的說法，可是因為「着る」是上一段動詞，「食べる」是下一段動詞，**就文法而言，這樣的說法是錯誤的**，正確說法是「着られる」、「食べられる」。

必考問題

❶《自動詞・他動詞》 下列各動詞分別屬於A自動詞或B他動詞？請以記號作答。並回答與其對應的自動詞或他動詞為何。

① 伝える ② 散る ③ 流す ④ 集める
⑤ 消える ⑥ 開ける ⑦ 出る ⑧ 並ぶ

❷《自動詞・他動詞》 請回答下列劃線部分的動詞是自動詞或他動詞。

① ア 手紙が届けば、必ず電話をかけてくる。
　 イ 明日にはきっと届けてくれるだろう。

② ア 早く次へ進めてほしい。
　 イ 止まらずに、早く進め。

❸《補助動詞・可能動詞》 找出下列各句的補助動詞及可能動詞，直接作答。

① もう少し自分で考えてみる。
② 人は空を飛べるのだろうか。
③ 宝物は大切にしまっておく。
④ これ以上のことは絶対に話せない。
⑤ 応援《おうえん》していただき、ありがとうございます。

問題解析

❶ 這裡列出**簡單的識別自動詞或他動詞的方法**。

重點
他動詞：可以加上表示目的語的「～を」。
自動詞：不會加上表示目的語的「～を」。

①的「伝《つた》える」常搭配表示目的語的「～を」使用，如「気持ちを伝える（傳達心情）」，所以是他動詞。⑦的「出る」可以有「を出る（出車站）」的意思，可是，這個「を」並不是指目的語，而是表示動作或作用的起點，因此它不是他動詞。

❸ 這一題是要你分辨字面看起來一樣，但是活用形及基本形不一樣的動詞。在此製作活用表，就可以輕鬆分辨。

		基本形	語幹	未然形	連用形	終止形	連體形	假定形	命令形
①	ア	届《とど》く（到達）	届	ーか ーこ	ーき ーい	ーく	ーく	ーけ	ーけ
	イ	届ける（送達）	届	ーけ	ーけ	ーける	ーける	ーけれ	ーけろ ーけよ
②	ア	進《すす》める（推進）	進	ーめ	ーめ	ーめる	ーめる	ーめれ	ーめろ ーめよ
	イ	進む（前進）	進	ーま ーも	ーみ ーん	ーむ	ーむ	ーめ	ーめ

❸ **補助動詞的識別方法有兩種。從形態來分辨、從語意來分辨。**

重點
從形態分辨→動詞連用形＋て（で）＋補助動詞。
從語意分辨→失去原始的字義。

此外，**可能動詞也可以換成「～することができる」的表現方式。**

解答

❶ ①B・伝わる ②A・散らす ③B・流れる ④B・集まる ⑤A・消す ⑥B・開く ⑦A・出す ⑧A・並べる ❷ ①ア自動詞 イ他動詞 ②ア他動詞 イ自動詞 ③補助動詞―①みる ③おく ⑤いただき 可能動詞②飛べる ④話せ

20 形容詞

形容詞的性質 ─ 形容詞是表示事物性質或狀態的詞語，具有以下性質。

1 是自立語，有詞型變化。

例 美《うつく》し かろ う。（美吧）
美し かっ た。（美麗的） 美し く なる。（變美了）
美し い。（美麗的）
美し い とき、（美麗的時候）
美し けれ ば、（如果美麗的話）

2 可以單獨**成為述語**。例 花《はな》が 美しい。（花很美）

3 原形**字尾是「い」**。例 美し い。（美麗的） よ い。（好的）
苦《くる》し い。（痛苦）

形容詞的活用表 ─ 舉「美しい」為例，將形容詞的活用變化整理成表，如下所述。此外，形容詞沒有命令形。

基本形	語幹	未然形	連用形	終止形	連體形	假定形	命令形
美しい	美し	─かろ	─かっ ─く	─い	─い	─けれ	○

形容詞的活用形只有右表這一種形式而已。

深入解說

▼ **形容詞的音便：**形容詞也有音便。
① 連用形接「ございます」、「存じます」時，**活用語尾**的「く」要變成「う」。
例 おもしろうございます。（有趣）
→ おもしろく（有趣的）
右例的「う」是從連用形活用語尾的「く」變來的。這樣的形容詞音便稱為ウ音便。
② 有的是語幹部分也會有變化。
例 おめでとうございます。（恭喜）
→→ おめでたく（值得恭喜的）

用語

▼ **補助形容詞（形式形容詞）：**原始語意變淡，目的是在補助強調上面那個語詞的形容詞叫作**補助形容詞**，也可稱為**形式形容詞**。以下的「ない」、「ほしい」就是補助形容詞。
例 やって ない。（沒做）
買《か》って ほしい。（希望你買）

必考問題

❶《形容詞的識別》 請從下列各句劃線部分找出形容詞，以記號回答。

① 鳥がア楽しそうにイ鳴いている。
② 彼《かれ》はウたくましくみえるが、実はとても気がエ弱い。
③ オおそらく、明日はカ激しい雨がキ降るだろう。
④ ク静かな海の上空をケ白いカモメがコ飛んでゆく。

❷《活用・活用形》 請在以下各句括弧裡填上下面的形容詞的正確活用形。

① 昨日の月は大変（　　）た。 （美しい）
② 今年の夏も（　　）なるだろう。 （暑い）
③ そんな服装では（　　）う。 （寒い）
④ あなたと別れても（　　）ない。 （さびしい）

❸《音便》 以下各語詞連接「ございます」時，會如何改變？請作答。

① つよい
② かたい
③ あぶない
④ おとなしい

問題解析

❶ **最簡單的形容詞識別方法**就是從表示事物性質或狀態的單字中，選出**字尾是「い」的詞**。

重點

形容詞＝字尾是「い」的語詞。

❷ **識別形容詞活用形的方法有兩個**。第一個方法是**記住右頁上方的活用表**。因為形容詞只有一種活用變化，所以這個方法很有效。

另一個方法是**從後面接續的詞來判斷**。後面接續的詞主要有以下幾類。

	未然形	連用形	終止形	連體形	假定形
主要用法	接ウ	接タ・タリ・ナル・ナイ	不接續	接名詞・トキ・コト・ノニ	接バ

要特別注意的是，**④接「ない」的情況**。

重點

接「ナイ」的活用形
- **動詞**的話…**未然形**
- **形容詞**的話…**連用形**

這種情況下，**動詞接的「ない」**是**助動詞**，**形容詞接的「ない」**是**形容詞**，請記住這個差異。

❸ **形容詞的音便**只有**ウ音便**，不過，**要特別注意的是**，形容詞不止活用語尾有變化，**部分語幹也會有變化**。

解答

❶ア・ウ・エ・カ・ケ　❷①美しかっ・連用形　②暑く・連用形　③寒かろ・未然形　④さびしく・連用形　❸①つよう　②かとう　③あぶのう　④おとなしゅう

21 形容動詞

形容動詞的性質 ─ 形容動詞和形容詞相同，是表示事物性質或狀態的詞語，具有以下性質。

1 是自立語，有詞型變化。

例 きれい**だろ**う。（美吧）　きれい**でしょ**う。（美吧）

きれい**だっ**た。（美麗的）　きれい**で**ない。（不美）

きれい**に**なる。（變美）　きれい**でし**た。（美麗的）

きれい**だ**。（美麗的）　きれい**です**。（美麗的）

きれい**な**とき、（美麗的時候）　きれい**です**ので、（因為美麗）

きれい**なら**ば、（如果美麗的話）

2 可以單獨成為述語。例 山《やま》が**きれいだ**。（山是美麗的）

3 原形字尾是「だ」、「です」。例 きれい**です**。（是美麗的）

形容動詞的活用表 ─ 舉「きれいだ」、「きれいです」為例，將形容動詞的活用變化整理成表，如下所述。此外，形容動詞沒有命令形。

基本形	語幹	未然形	連用形	終止形	連體形	假定形	命令形
きれいだ	きれい	─だろ	─だっ ─で ─に	─だ	─な	─なら	○
きれいです	きれい	─でしょ	─でし	─です	─（です）	○	○

提醒

▼以「です」結尾的形容動詞

以前的文法書中，形容動詞的原形語尾只有「～だ」，照這樣說來，「きれいです」就是形容動詞「きれいだ」的語幹「きれい」，再加上表示禮貌判斷意思的助動詞「です」（→參考p.94）。

不過，在最近的學說中認為**「きれいです」**是形容動詞，將其當作是**比「きれいだ」用法更為禮貌的一個形容動詞**。

深入解說

▼形容動詞的特別活用形態

①**「こんな（そんな・あんな・どんな）だ」**沒有連體形，在連接體言等詞的時候使用語幹。

例 **こんな**とき（這樣的時候）

そんな夢（那樣的夢）

②**「同じだ」**和①一樣，但只有在後面接「の」、「のに」、「ので」的時候會出現「～な」這個活用語尾的連體形。

例 **同じ**日（同一天）　**同じな**ので（因為相同）

不過也有說法認為「こんな」、「そんな」、「あんな」、「どんな」、「同じ」都是連體詞。

必考問題

❶《形容動詞的識別》 請從以下各句中找出所有形容動詞，並回答形容動詞的原形為何。

① 彼女はいつも元気で、活発だ。
② 大切なことを大げさに言うな。
③ 山の上はきっと静かだろうな。
④ 今日のテストはとても簡単でした。

❷《活用・活用形》 在以下各句的括號內，各自填入下列形容動詞的活用形。

① 近くにスーパーがあれば、さぞ（　　）う。（便利だ）
② 今日はとても（　　）天気だ。（穏やかだ）
③ あの時の決断力はとても（　　）た。（重要だ）
④ あの子は（　　）ない。（素直だ）

❸《活用形》 請回答以下各句劃線部份形容動詞的活用形。

① 緊張時ほど冷静になることが大切だ。
② 行いが立派ならばすばらしい人にちがいない。
③ 年が同じなのに若く見える。
④ 舌ざわりがなめらかで、とてもおいしい。

問題解析

❶ **分辨形容動詞的方法**，就是在表達事物的性質或狀態的單詞中，選出**原形字尾是「だ」、「です」**的詞語。

重點
形容動詞＝原形字尾是「だ」、「です」。

此外還有一個分辨方法：即使形態和形容動詞相似，只要活用形和形容動詞不同，就不是形容動詞。

重點
「都会《とかい》だ」→活用形不是「都会な」

「大《おお》きな」→活用形不是「大きだ」

「すでに」→活用形不是「すでだ」

不是形容動詞。

❷ **有兩種方法能分辨出形容動詞的活用形**。一種是**記住右頁上方的整理表**。另一種則是**根據後面接的字詞來分辨**。形容動詞的原形字尾是「だ」，後面所接具代表性的詞語請參照接下來的整理表。

	未然形	連用形	終止形	連體形	假定形
主要用法	接う	た・ない・なる	原形	接名詞・とき・ので・のに	接ば

❸ 另外，和形容詞一樣，形容動詞接「ない」的活用形，也是**連用形**。和前一題相同，可以從**活用語尾或後面接的詞語來進行判斷**。③的「同じだ」，只有在下面接「の」、「のに」、「ので」的時候，才會出現連體形「**同じな**」。④則使用了中斷句子再接下去的**連用形的中止法**。

解答

❶ ①元気だ・活発だ　②大切だ・大げさだ　③静かだ　④簡単です　❷ ①便利だろ・未然形　②穏やかな・連體形　③重要だっ・連用形　④素直で・連用形　❸ ①連用形　②假定形　③連體形　④連用形

自我検測4

解答▼p.137～142

得分　／100

1 **次の①・②の詩の中から動詞（補助動詞を含《ふく》む）をすべて選び、それぞれ言い切りの形で答えなさい。** 〈18分＝9分×2〉

① 見る人が見たら
木は囁《ささや》いているのだ　ゆったりと静かな声で
木は歩いているのだ　空にむかって
木は稲妻《いなずま》のごとく走っているのだ　地の下へ
木はたしかにわめかないが
木は
愛そのものだ　それでなかったら小鳥が飛んできて
枝にとまるはずがない
正義そのものだ　それでなかったら地下水を根から吸いあげ
て空にかえすはずがない

（田村隆一《たむらりゅういち》「木」による）

② 妹よ
今夜は雨が降っていて
お前の木琴《もっきん》がきけない

（金井直《かないちょく》「木琴」による）

2 **次の各文中の――線部の動詞「来る」の活用した形について、「来」の読み方とそれぞれの活用形を答えなさい。** 〈12分＝2分×6〉

① 今度来る時は、お皿を持ってきてね。
② もっと早く来れば、会えたのに。
③ 明日の朝、駅に来い。
④ お客様は来ます。
⑤ あの犬は、毎日わたしの家に来る。
⑥ まもなくメールでの連絡《れんらく》も来なくなった。

①　②　③　④　⑤　⑥

3 **次の各文中の□に、下の（　）内の語を活用させて入れなさい。** 〈12分＝2分×6〉

① 手を□ば、届くかもしれない。（のばす）
② 何も□ずに祈《いの》っているばかりだ。（する）
③ 「好き嫌《きら》いばかり言わずに、さっさと□。」（食べる）
④ 今日一日起こったことを日記に□う。（書く）
⑤ うれしそうに外の景色を□ている。（ながめる）
⑥ 昨日、初めて着物を□た。（着る）

① ② ③ ④ ⑤ ⑥

4 次の空欄《くうらん》をうめて、活用表を完成させなさい。〈24分＝3分×8〉

基本形	語幹	未然形	連用形	終止形	連體形	假定形	命令形
運ぶ							
居る							
落ちる							
する							
来る							
出る							
助ける							
ある							

5 次の各文中の——線部の動詞の活用形を答えなさい。〈18分＝2分×9〉

① おまえも頭を下げろ。
② 午前中に来れば、ゆっくりできたのに。
③ 何度やっても成功せず、悩《なや》んでいる。
④ 母は叫《さけ》びながら、汽車の窓を目で追った。
⑤ どうしても都会に住もうとしない。
⑥ 夜になると赤や黄色の電灯がつく。
⑦ 紅茶を飲む時は、砂糖を入れないでください。
⑧ 父の声が耳の底によみがえった。
⑨ 先に帰らせてもらえますか。

① ② ③ ④ ⑤ ⑥ ⑦ ⑧ ⑨

6 次の各動詞の活用の種類を答えなさい。〈16分＝2分×8〉

① 飛べる　② 祈る　③ 発明する　④ 追う
⑤ 用いる　⑥ 来る　⑦ あふれる　⑧ 似る

① ② ③ ④ ⑤ ⑥ ⑦ ⑧

自我検測5

解答▼p.142〜144

得分　／100

1

次の各文中の　　線部の動詞について、自動詞か他動詞かを答え、それぞれ自動詞は他動詞に、他動詞は自動詞に変えて文全体を改めなさい。〈20分＝5分×4〉

① 木の枝が折れる。

② 誕生日のプレゼントを届ける。

③ 夕食でピーマンを残す。

④ 全員が駅に集まる。

①

②

③

④

2

次の各動詞について、可能動詞ができるものを選び、順番に記号で答えなさい。〈12分〉

ア 使う　イ 働く　ウ 見る　エ 考える

オ 表す　カ 出かける　キ 言う　ク 進む

ケ 感じる　コ 逃《に》げる　サ 得る　シ 打つ

3

次の各文中から補助動詞を抜《ぬ》き出しなさい。〈8分＝2分×4〉

① 猫《ねこ》が顔を洗っている。

② 夕食を急いで食べてしまう。

③ わからなければ先生が教えてくださる。

④ しばらく走るのをやめておく。

①　②

③　④

4

次の各文中から形容詞と形容動詞をすべて、そのままの形で抜き出しなさい。〈16分＝8分×2〉

① 四年間人並《な》みに勉強はしたが、成績のいいほうでもないから、順位はいつでも下から数えるほうが楽であった。

② 美しい大きな布であれば、特別に珍《めずら》しいのでなくてもかまわない。

形容詞

形容動詞

5

次の各文中の□にふさわしい形容詞・形容動詞を、あとのア〜コから選び、適当な形に活用させて答えなさい。〈20分＝2分×10〉

① 父にしかられるのが□て、黙《だま》っていた。
② この魚は今日買ったばかりなので、□。
③ この荷物は君には□うから、ぼくが持とう。
④ 見かけは強そうだけれど、本当は□人なんだよ。
⑤ その話が本当なら、ここに宝があるのは□う。
⑥ この高い山を越《こ》えれば、あとは□丘《おか》が続くだけだ。
⑦ 話が全然□ないので、みんな静かに聞かないんだ。
⑧ 病院で手当てをすれば、□なるそうだ。
⑨ 昨日は、□たので、公園で日光浴をした。
⑩ 君は、□服を買ってほしいの。

ア　元気だ　　イ　暖かい　　ウ　確かだ
エ　おもしろい　　オ　新鮮《しんせん》だ　　カ　重い
キ　どんなだ　　ク　か弱い　　ケ　なだらかだ
コ　怖《こわ》い

①　②　③　④　⑤　⑥　⑦　⑧　⑨　⑩

6

次の各文中の――線部の形容詞の活用形を答えなさい。〈12分＝2分×6〉

① 雲行きが怪《あや》しくなり、風が吹《ふ》いてきた。
② もう少し短ければ、箱に入ったのに。
③ 人柄《ひとがら》はよくなかったが、雇《やと》うことにした。
④ 厳しい寒さの中、足下《あしもと》でヒナを育てた。
⑤ この女性こそ、女王にふさわしかろう。
⑥ 都会では、見る物すべてが珍しい。

①　②　③　④　⑤　⑥

7

次の各文中の――線部の形容動詞の活用形を答えなさい。〈12分＝2分×6〉

① 大きくて持ち運びに不便なら置いていきなさい。
② 都会を離《はな》れて豊かに暮らしています。
③ 京都はけっこうな土地でございます。
④ 考える過程が重要で、答えはどうでもよい。
⑤ 山で見る星空は、とても神秘的だ。
⑥ いくらなぐさめても、彼女《かのじょ》の心は複雑だろう。

①　②　③　④　⑤　⑥

自我検測 6

解答▼p.144〜148

得分　／100

1

次に示した語のうち、音便《おんびん》の形になるのはどれか。音便の種類ごとに分けて、音便の形に活用させて答えなさい。〈12分＝3分×4〉

〔考える　聞く　違《ちが》う　居る　つらい　済む　示す
おもしろい　飛ぶ　持つ　鳴る　注ぐ　絶える　かつぐ〕

（例）書く→イ音便「書い」　学ぶ→撥はつ音便「学ん」

イ音便

促《そく》音便

撥音便

ウ音便

2

次の各文中の――線部の用言を言い切りの形に直し、それぞれの品詞を答えなさい。〈16分＝2分×8〉

① 彼《かれ》の声量はア急激に　イ小さくなっていった。ウ情けない声を出して、「犬が怖《こわ》い」と言い始めた。そして彼は、少しエ離《はな》れた所に逃《に》げるように立ち去り、親しい友人にオ会いに行った。

② たまにそのカ奇妙《きみょう》な機械を　キいじらせてもらったが、あれは、暇《ひま》を持て余す私をクおとなしくさせるためだったのだろう。

ア

イ

ウ

エ

オ

カ

キ

ク

3

次の各文中の――線部の語について、その品詞と活用形をそれぞれ答えなさい。〈16分＝2分×8〉

① 自主的にゴミを拾うとは、感心な生徒だ。

② 「がんばれ。」と、声をかけられた。

③ 少しでも遅《おく》れれば、すべてが無駄《むだ》になる。

④ お年玉の使い方について寝《ね》ながら考えた。

⑤ そんなに塩を入れては辛《から》かろうに。

⑥ メロンがそんなに好きならば、買ってあげよう。

⑦ 手紙を知り合いに託《たく》す。

⑧ 子どもと動物には好かれるんです。

①

②

③

④

⑤

⑥

⑦

⑧

4

次の各文中の――線部の動詞の活用の種類は、あとのア～オの――線部の動詞のどれと同じか。それぞれ記号で答えなさい。〈5分＝1分×5〉

① 野球大会で、二年生のチームに加わった。
② 父は来ません。
③ 適切な文章表現に感心した。
④ 君と似た人に駅で出会ったよ。
⑤ あと百円ずつ集めれば、足りる。

ア 私にもお手伝いをさせてください。
イ 父が居間でくつろいでいる。
ウ 途《と》中《ちゅう》でやめずに続けることです。
エ 明日は、八時に来い。
オ 本を閉じて、黒板を見なさい。

①　②　③　④　⑤

5

次の各文中の――線部の動詞について、その活用の種類と活用形を答えなさい。〈12分＝2分×6〉

① 失敗すると人に笑われるよ。
② 夕方に出かけ、朝、帰ってくる。
③ 迎《むか》えにくる時間を教えてください。
④ つまらないうわさなどせぬように。
⑤ 手紙を届けてきてください。
⑥ 信じれば、きっと気持ちは通じます。

①　②　③　④　⑤　⑥

6

次の各文中の（　）内に入る最も適当な語を〔　〕から一つずつ選び、記号で答えなさい。〈5分＝1分×5〉

① 彼と一緒《いっしょ》に（　）よう。
〔ア くる　イ こ　ウ き〕
② もう人前で歌を（　）まい。
〔ア 歌わ　イ 歌い　ウ 歌う〕
③ 二度とガラスを（　）ぬように。
〔ア 割り　イ 割ら　ウ 割れ〕
④ 心配（　）ずにとにかく来なさい。
〔ア し　イ さ　ウ せ〕
⑤ 少し固いけれど（　）ますか。
〔ア 食べれ　イ 食べられ〕

①　②　③　④　⑤

7

次の各形容詞は、あとのア〜カのどの形から成っているか。記号で答えなさい。 〈8分＝1分×8〉

① 見苦しい　② 薄《うす》暗い　③ 腹黒い　④ 若者らしい
⑤ たのもしい　⑥ こ高い　⑦ 手がたい　⑧ あまずっぱい

ア 動詞＋形容詞　イ 接頭《せっとう》語＋形容詞
ウ 動詞＋接尾《せつび》語　エ 名詞＋接尾語
オ 名詞＋形容詞　カ 形容詞の語幹＋形容詞

①□ ②□ ③□ ④□
⑤□ ⑥□ ⑦□ ⑧□

8

次の各組の中から、性質の異なるものを一つ選び、その記号を答えなさい。また、あとにある文中の□内に、適当な語を入れて、選んだ理由になるように文を完成させなさい。 〈12分＝2分×6〉

① ア 走る　イ 死ぬ　ウ 貸す
　 エ かつぐ　オ 用いる

▼ほかの語がすべて[a]□活用をする動詞であるのに対して、この語は[b]□活用をする動詞であるから。

② ア 宿題をさせる　イ 立派でない　ウ さびしかった
　 エ 家にいます　オ 毎日運動している

▼ほかの語の活用形がすべて[c]□形であるのに対して、この語は[d]□形であるから。

③ ア やわらかな日ざし　イ 大きな人　ウ 正直な生き方
　 エ 元気なころ　オ 静かな湖

▼ほかの語がすべて[e]□詞の[f]□形であるのに対して、この語は連体詞である。

④ ア 走れる　イ 飛べる　ウ 打てる
　 エ 飲める　オ 決める

▼この語だけが[g]□動詞でないから。

⑤ ア わく　イ 煮《に》える　ウ 借りる
　 エ 渡《わた》る　オ 離《はな》れる

▼ほかの語がすべて[h]□動詞であるのに対して、この語は[i]□動詞であるから。

⑥ ア 馬が小屋にいる　イ 犬がつながれている
　 ウ 居間に座《すわ》っている　エ 勉強している

▼この「いる」だけが[j]□動詞でないから。

①□ ②□ ③□ ④□ ⑤□ ⑥□ 〈1分×6〉

a□ b□ c□
d□ e□ f□
g□ h□ i□
j□
〈2分×10〉

4

助詞

助詞，是加上各種意思，
幫助句子組成的詞。

22 助詞①
—何謂助詞

助詞的性質 — 助詞具有以下性質。

1 **是附屬語，沒有詞型變化。**

2 表示語句和語句、句子和句子間的關係，並加上各種意思。

助詞的種類 — 助詞根據功能分類，可分為以下四種。

分類	語例	接續詞語	功能
格助詞	が・の・を・に・へ・と・より・から・で・や	主要接體言	表示文節與文節間的關係
接續助詞	ば・から・ので・と・て・が・のに・けれど・ても・ものの・ながら・し・ところで	活用語	接續前後文節或句子
副助詞	は・も・こそ・さえ・でも・しか・ほど・だけ・ばかり・まで・など・くらい・やら	各種詞語	添加意思
終助詞	よ・な・なあ・の・か・ね・や・さ・ぞ	各種詞語（主要在句尾）	添加意思

提醒

▼「て・に・を・は」 助詞也被稱為「て・に・を・は」，是接在各種詞語後面，承擔重要功能的單詞。

深入解說

▼**助詞的功能**

① 格助詞

例 が……富士山《ふじさん》が、きれいだ。（富士山很美）

用來表示「富士山」和下面文節「きれいだ」的關係。

② 接續助詞

例 ば……晴《は》れれば、決行する。（如果是晴天，就決定實行）

用來將「晴れれ」下面接文節「決行する」的功能。

③ 副助詞

例 は……私は、行きません。（我，不去）

添加和其他人作出區別的意思。

④ 終助詞

例 よ……これはおもしろいよ。（這很有趣喔）

在句尾表達出說話人的心情。

必考問題

❶《助詞的識別》請找出以下各句中所有助詞。括號中的數字是每句助詞的個數。

① 私がみんなの先生です。（2）
② りんごもみかんもおいしいね。（3）
③ 歌を歌いながら、手を振った。（3）
④ 私は、はだしで外へ飛び出した。（3）
⑤ 何度言われても、また忘れてしまった。（2）

❷《助詞的種類》請回答以下各句劃線部份助詞的種類。

① 子どもが走っています。
② あなたまでそんなことを言うの。
③ これで正しかったんだね。
④ 雨なのに遠足に行く。
⑤ 雨やあらしなど気にしない。

❸《助詞的識別》請回答以下各句的劃線部份是否為助詞。

① 優しくて素直な人だ。
② 嫌な人にばったり会った。
③ 彼はとても健康である。
④ あなたより背が高い。

問題解析

❶

助詞會接在其他詞語後面。接在名詞後面的應該比較容易找出來。接在動詞等用言後面的助詞也要仔細地辨識喔。像是③的「ながら」、⑤的「ても」等詞也要習慣認出它們來，這部份非常重要。

此外，也可以依照以下步驟**識別出助詞**。

重點

助詞的識別步驟

①將句子**分成文節**。
②把自立語去除。
③從剩下的附屬語中找出**不能活用的詞語**。

❷

即使是同樣的語形，「が」和「と」也各自是格助詞和接續助詞，「の」則是格助詞和終助詞。所以在回答**助詞的分類**時，思考**包含這個助詞在內的文節是什麼意思、有什麼功能**，這一點是非常基本的。按照順序來看的話，如下所示。

①「が」用來表示這個文節是主語。
②「まで」有類推其他的意思。
③「ね」則是在句尾加上確認的意思。
④「のに」用來表示逆接。
⑤「や」表示這個單詞和接下來的單詞是並列的關係。

❸

要辨別是否為助詞，先確認是不是其他品詞的一部份這點非常重要。例如說，②的「たり」，就要思考它究竟是自成一個單詞，或者說是「ばったり」的一部份。另外，也需要判斷③到底是「健康」＋「で」，或者「健康で」是一整個單詞。**盡可能將助詞背起來以方便識別**吧。

解答

❶ ①が・の ②も・も・ね ③を・ながら・を ④は・で・へ ⑤ても・て ❷ ①格助詞 ②副助詞 ③終助詞 ④接續助詞 ⑤格助詞 ❸ ①助詞（接續助詞） ②不是助詞（副詞的一部份） ③不是助詞（形容動詞的一部份） ④助詞（格助詞）

23 助詞② ─格助詞

格助詞的功能 ─ 格助詞主要是針對體言部份，用來表示這個文節和其他文節有什麼樣的關係（資格）。它有以下四種功能。

功能	用例	語例
表示主語	花《はな》が 咲《さ》く。（花朵綻放）	が・の
表示連體修飾語	桜《さくら》の 花。（櫻樹的花）	の
表示連用修飾語	花を 見《み》る。（看花）	を・に・へ・と・より・から・で
表示並列關係	梅《うめ》と 桜。（梅和櫻）	と・や・の

の ─ 格助詞中最需要注意的就是「の」。請牢記以下四種用法。

功能	用例	辨識方式
表示連體修飾語	来年《らいねん》の春《はる》に入学《にゅうがく》する。（明年的春天入學）	接在體言下方
表示主語	港《みなと》の見《み》える丘《おか》。（看得到港口的山丘）	可以代換為「が」
表示並列關係	死《し》ぬの生《い》きるのと大騒《おおさわ》ぎする。（要死要活的大吵大鬧）	兩者並列使用
和體言的資格相同	走《はし》るのが速《はや》い。（跑得很快） この本《ほん》は君《きみ》のだ。（這本書是你的）	可以代換為「こと」、「もの」

提醒

▼格助詞的用法　試著在「犬《いぬ》□えさ□食《た》べる」的兩個□，加上各種格助詞看看。

(1) 犬がえさを食べる（狗吃飼料）（普通事件）
(2) 犬のえさを食べる（吃狗的飼料）（什麼狀況？）
(3) 犬とえさを食べる（吃狗和飼料）（兩者都吃！？）
(4) 犬をえさに食べる（將狗作為飼料吃掉）（真過份！）
(5) 犬をえさが食べる（飼料吃狗）（飼料是什麼啊？）

各句的意思大不相同，這是由格助詞接在體言後面，讓這段文節在句中扮演了什麼功能而決定的。

深入解說

▼**表示對象的「が」**　「が」用來表示主語，也會像下列例句一樣用來表示對象。

例 ぼくは君《きみ》が好《す》きだ。（我喜歡你）

▼**表示引用的「と」**　格助詞主要接在體言後面，但也有像下列例句一樣的「と」用法。

例 「私《わたし》は嫌《きら》い。」と大声《おおごえ》で言《い》う。（「我討厭。」我大聲地說）

表示引用的「と」是格助詞。

●格助詞

が・の・を・に・へ・と・より・から・で・や

必考問題

❶《格助詞的識別》請找出以下各句中所有格助詞。

① 妹が、私の帰りを待っている。
② 昨日から海へ釣りに出かけている。
③ 私と彼は、親友です。
④ やるのやらないのとぐずぐず言《い》う前《まえ》にやってみろ。

❷《「の」的用法》請從a～d四個選項裡，選出和以下句子中劃線部份的「の」用法相同的選項。

▼この自転車は、私の妹のだ。
a 富士山の見える日は、天気がいい。
b 数学の勉強をするのが嫌いだ。
c 行くの行かないのとわがまま言うな。
d 校長先生のお話があります。

❸《「に」的意思、用法》請回答以下各句劃線部份的格助詞「に」各代表什麼意思。

① 八時に学校へ行く。
② 全員が運動場に集合した。
③ 食堂へ昼食を食べに行った。
④ 父親にしかられた。

問題解析

❶ 格助詞的數量是固定的，所以通通背起來就好。

重點
格助詞的記憶口訣＝**鬼《おに》が戸《と》より出《で》、空《から》の部屋《へや》**（鬼從門裡出來、空的房間）
（を・に・が・と・より・で・から・の・へ・や）

④的格助詞有四個（三種分類）。要特別留意沒有接在體言下方的詞。

❷ 考試常出的題型是如何辨識這個「の」。要牢牢記住右頁上方的表格。其中容易搞錯的是以下的用法。

重點
可以代換為「こと」、「もの」、「のもの」的「の」→**表示和體言相同資格。**（稱為「準體助詞」）

題目句的「妹《いもうと》のだ」，可以代換成「妹のものだ」，所以表示和體言有相同資格。格を示す。a可以代換成「富士山が見える」，所以是表示主語。b可以代換成「勉強することが嫌いだ」，所以是表示和體言有相同資格。c是將「行くの行かないの」兩者列出，表示並列關係。d是表示連體修飾語。

❸ 格助詞「に」用來表示連用修飾語，像以下列出的那樣有各種不同意思。大家也思考看看題目中的四個句子分別和以下的何者相同吧。

(1) 地點……例 駅《えき》に集《あつ》まる。（在車站集合）
(2) 時間……例 六時《ろくじ》に帰《かえ》る。（六點回去）
(3) 目的……例 釣《つ》りに行《い》く。（去釣魚）
(4) 歸著點……例 東京《とうきょう》に着《つ》く。（抵達東京）
(5) 對象……例 君《きみ》に頼《たの》もう。（拜託你了）
(6) 結果……例 失敗《しっぱい》に終《お》わる。（以失敗告終）
(7) 受身・使役的對象……例 犬《いぬ》にかまれた。（被狗咬了）
弟《おとうと》にやらせる。（讓弟弟去做）

解答

❶ ①が・の・を ②から・へ・に ③と ④の・の・と・に
❷ b
❸ ①時間 ②地點 ③目的 ④受身的對象

24 助詞③
—接續助詞

接續助詞的意思—

接續助詞連接的文節，主要是接續語（部）。這種時候，接續助詞用來表示下列意思。

意思	用例	語例
假定的順接	安《やす》ければ、買《か》おう。（要是便宜，就買）	ば・と
假定的逆接	知《し》っていても、教《おし》えない。（即使知道，也不教你）	と・ても（でも）・ところで
確定的順接	寒《さむ》いので、上着《うわぎ》を着《き》る。（很冷，所以穿上外衣）	ば・と・ので・から・て（で）
確定的逆接	熱《ねつ》があるのに、出《で》かける。（明明發燒，還要出門）	ても（でも）・けれど（けれども）・が・のに
單純的接續・並列	優《やさ》しくて、親切《しんせつ》な人《ひと》だ。（是溫柔，親切的人）	が・し・ながら・たり・て（で）

多功能的接續助詞—

接續助詞中，有的助詞像下列那樣具有多種功能。「が」和「けれど（けれども）」用法幾乎一樣。

1 と
- (1)早《はや》く行《い》かないと、母《はは》にしかられる。（要是不早點去，會被母親罵）……假定的順接
- (2)なんと言《い》われようと、私《わたし》は平気《へいき》だ。（不管被怎麼說，我都沒關係）……假定的逆接
- (3)窓《まど》を開《あ》けると、夜風《よかぜ》が吹《ふ》き込んだ。（一打開窗戶，夜風就吹了進來）……確定的順接

2 が
- (1)雨は降ったが、少しだった。（雖然下了雨，但只有一點點）……確定的逆接
- (2)その話ですが、本当でしょうか。（關於那件事，是真的嗎）……單純的接續
- (3)野球もいいが、テニスもいい。（棒球也好，網球也不錯）……並列

用語

- ▼**假定的順接**　在想像的事件後面接理所當然發生的事件。
- ▼**假定的逆接**　在想像的事件後面接相反（反義）的事件。
- ▼**確定的順接**　在事實後面接理所當然發生的事件。大部份用於原因、理由。
- ▼**確定的逆接**　在事實後面接相反（反義）的事件。

深入解說

▼**有四種功能的接續助詞「て」**

①確定的順接

例 風邪《かぜ》をひいて、寝《ね》こんだ。（感冒而臥床了）

②單純的接續

例 雪《ゆき》もとけて、春《はる》が来《き》た。（雪也融化了，春天來了）

③表示並列

例 この実《み》は甘《あま》くて、おいしい。（這個果實又甜又好吃）

④加在動詞、助動詞後面的補助用言。

例 兄《あに》があとについている。（哥哥跟在後面）
泣き顔《がお》を見《み》られてしまう。（哭泣的樣子被看見）

●**主要接續助詞**

ば・から・ので・と・て・が・のに・けれど・ても・ものの・ながら・し・ところで

必考問題

❶《接續助詞的識別》 請找出以下各句中所有接續助詞。

① どんなことでも正直《しょうじき》に話《はな》さないとだめですよ。
② 夜《よる》は静《しず》かなのに、勉強《べんきょう》できない。
③ 窓《まど》を開《あ》けると寒《さむ》いけれど、気持《きも》ちはいい。
④ 頭《あたま》が痛《いた》いし、熱《ねつ》もあると医者《いしゃ》に伝《つた》えた。

❷《接續助詞的意思》 請回答以下各句中劃線部份的接續助詞，分別表示順接、逆接或是並列。

① あまりに暑いので、クーラーを入れた。
② 若いながら、しっかりしている。
③ 彼は親切だが、彼女も優しい。
④ たとえ断られても、あきらめません

❸《「と」的用法》 請從a~d四個選項裡選出和以下句子中的「と」相同用法的答案，以字母代號作答。

▼走らないと電車に遅れてしまう。
a 私はなんと言われようと、かまわない。
b 友達とけんかをした。
c ストーブをつけると、暖かくなった。
d 雪がやまないと帰れない。

問題解析

❶ **接續助詞，主要是接用言和助動詞**，所以很容易和其他類型的助詞區分開來。例如，①的「でも」是接在名詞後面，所以並非接續助詞（副助詞）。②的「のに」接在用言（形容動詞）後面，可以看出是接續助詞。但是，表示引用的格助詞「と」會接句子或是和句子相當的語句，所以經常像④這樣接用言，和接續助詞的「と」容易搞混。直到「と」前的一整段部份如果能用「　」括起，就可以判斷為表示引用的格助詞「と」。

重點
格助詞→主要接在**體言**後面。
接續助詞→主要接在**用言、助動詞**後面。

❷ **順接・逆接都一樣有假定和確定的分別**，這一點要牢牢記住。

Q&A

Q 要**分辨到底是順接還是逆接**，有沒有什麼好方法呢。

A **順接**是例如「雨《あめ》が降《ふ》れば行《い》かない（要是下雨就不去）」、「雨が降るから行かない（因為下雨不去）」這樣，以前項事件作為原因・理由，後面接上理所當然的結果，**逆接**則是例如「雨が降っても行こう（即使下雨也去吧）」、「雨が降るけれども行こう（雖然下雨但也去）」這樣，在前項事件後接上並不理所當然的結果。辨別重點在於，接續助詞前後的事件，是否是理所當然發生的。

❸ **接續助詞「と」**分別有假定的順接、假定的逆接、確定的順接三種意思。**換成「と」以外的詞語**時就很容易理解意思了。a能換成假定的逆接「とも」，c則是確定的順接「~したところ」，d可以換成假定的順接「ならば」。b是表示對象的格助詞「と」。

解答

❶ ①と ②のに ③と・けれど ④し ❷ ①順接 ②逆接 ③並列 ④逆接 ❸ d

25 助詞④ —副助詞

主要的副助詞—

副助詞為許多詞語加上各式各樣的意思，數量繁多。接下來列出代表性的幾個。

詞	意思	用例
は	①表示和其他的區別 ②表示強調 ③表示重複	私《わたし》は行《い》きません。（我是不去的） やってはみたが、だめだった。（試是試過了，但沒辦法） 公園《こうえん》へ行ってはは遊《あそ》ぶ。（每次去公園都要玩）
も	①表示同類 ②表示強調 ③表示並列	私も行きます。（我也去） 雪《ゆき》が一《いっ》メートルも積《つ》もった。（雪積了一公尺那麼高） 顔《かお》も手《て》もまっ黒《くろ》になった。（臉和手都黑了）
さえ	①表示類推其他 ②表示限定 ③表示添加	散歩《さんぽ》さえできない。（連散步都不行） これさえあればよい。（只要能有這個就好） 雨《あめ》さえ降《ふ》り出《だ》した。（甚至開始下雨了）
まで	①表示類推其他 ②表示限定 ③表示添加	子《こ》どもにまで笑《わら》われる。（甚至被孩子嘲笑） 本音《ほんね》を言《い》ったまでのことだ。（不過是說了真話而已） 雨《あめ》まで降《ふ》り出《だ》した。（甚至開始下雨了）
ばかり	①表示程度 ②表示限定 ③表示剛剛結束	費用《ひよう》は五百円《ごひゃくえん》ばかり必要《ひつよう》だ。（費用需要五百日圓左右） 自分《じぶん》のことばかり言《い》う。（總是只聊自己的事） 今帰《いまかえ》ったばかりです。（現在剛剛回來）

提醒

▼ **加上副助詞的意思**　副助詞的「副」是「添加」的意思，有時即使省略副助詞，句子的意思也沒有變化。比較看看以下句子的意思吧。

例 みかんを食《た》べる。（吃橘子）
みかんは食べる。（橘子是要吃的）
みかんも食べる。（橘子也吃）
みかんさえ食べる。（至少吃橘子）
みかんまで食べる。（連橘子都吃）
みかんばかり食べる。（光吃橘子）

除了一開始的「を」是**格助詞**之外，其他全都是**副助詞**。

深入解說

▼ **疊加使用的副助詞**　副助詞也會像下列那樣把兩個重疊起來使用。

例 口《くち》さえもきけなかった。（連開口都不行）
一《ひと》つだけしかあげないよ。（只能給一個喔）

● **主要副助詞**

は・も・こそ・さえ・でも・しか・ほど・だけ・ばかり・まで・など・くらい・やら・きり・か・なり

必考問題

❶《副助詞的識別》請找出以下各句中所有副助詞。

① メールは一日に三回来ることもあった。
② 今度こそやりとげてみせます。
③ あなたの気持ちは私にしかわからない。
④ 三十分だけでも勉強しなさい。

❷《「も」的意思・用法》請從選項中選出以下各句劃線部份「も」的意思，以片假名代號作答。

① 寒くて手も足もふるえている。
② おもちを四つも食べたの。
③ 彼もテニス部員だったのね。

ア 同類　イ 強調　ウ 並列

❸《「ばかり」的意思・用法》請從a〜d四個選項裡選出和以下句子中的「ばかり」相同意思的答案，以字母代號作答。

▼頼ってばかりいないで自分でやれ。

a 費用は、百円ばかり多くかかった。
b 今、仕事から帰ったばかりです。
c 親のことばかり考えている。
d ごはんを食べ始めたばかりです。

問題解析

❶ **副助詞**和主要接在體言後面的格助詞，還有主要接在用言、助動詞後面的接續助詞不同，會**接在各種詞語的後面**，所以很難只憑前面的詞語來判斷。不過，副助詞的數量是固定的，把下列**十六個背起來就好**。

重點

牢記副助詞＝は・も・こそ・さえ・でも・しか・ほど・だけ・ばかり・まで・など・くらい・やら・きり・か・なり

另外，副助詞**經常會有省略並不影響句子意思的情形**。這一點也要事先牢記。

「は」並不像格助詞那樣表示一定的關係，所以是副助詞。在①和③中有出現。④的「でも」也是副助詞。不過，「でも」也可能作為副助詞以外的詞使用，要多留意（→參考p.76下方解說）。

❷ 「も」有三種意思，要特別注意③的這種，表示同類中的一個的意思。

❸ 「ばかり」有很多種意思，右頁上方的三種特別重要。除了這三種意思以外，還有「表示光是如此就是原因或理由」的用法等。「頼《たよ》ってばかり（總是拜託）」的「ばかり」表示限定的意思。辨識表示動作剛剛結束的b、d並不困難。a是表示程度的「ばかり」。

解答

❶ ①は、も　②こそ　③は、しか　④だけ、でも　❷ ①ウ　②イ　③ア　❸ c

26 助詞⑤

―終助詞

終助詞的意思―

終助詞大多在句尾，也就是接在述語（部）後面，用來表示說話者的心情。以下列出主要終助詞和它們的意思。

意思	用例	語例
疑問	彼《かれ》も行《い》くだろうか。（他也會去嗎）	か・の
反問	そんなことがあるものか。（哪會有這種事）	か
禁止	道路《どうろ》で遊《あそ》ぶな。（不准在路上玩）	な
感動	きれいな空《そら》だなあ。（真美的天空啊）	な・なあ・や・か
再三確認	これでいいんだね。（這樣可以吧）	よ・ぞ・ね
呼喚	太郎《たろう》や、早《はや》く行《い》こう。（太郎啊，早點去吧）	よ・や
輕微斷定	失敗《しっぱい》もあるさ。（也會失敗的啊）	さ・の

か―終助詞裡並沒有意思特別難的詞，記住「か」的下列三個用法。

終助詞位在句子的結尾或句節的間隔之處，為句子增添各種不同的意思。

か
(1) どこに行《い》くのか。（要去哪裡呢）……疑問、質問
(2) そんな言《い》い方《かた》があるか。（有這種說法嗎）……反問
(3) どんなに心配《しんぱい》したことか。（我有多麼擔心啊）……感動

提醒

▼**表示「疑問」、「反問」、「禁止」的終助詞**
人們常說，日語不聽到最後不知道意思，這是因為許多表示說話者意志的詞語，都在接近句尾時才出現。其中之一就是終助詞。特別是疑問・反問・禁止都需要多加注意。只要出現一個這種詞，句子的意思就會截然不同。

深入解說

▼**女性使用的終助詞**　下列終助詞主要使用者為女性，最近的使用頻率越來越低了。

例 これでいいのかしら。（這樣可以嗎・疑問）
なんておいしいこと。（這多麼好吃啊・感動）
もそう思《おも》いますわ。（我也是這麼想的呀・表示輕微確認）
だって、怖《こわ》いんですもの。（因為，真的很可怕嘛・理由）

順帶一提，「わ」有感動、詠嘆和輕微確認的意思，男性也會使用，此時語調會往下沉。

● **主要終助詞**

よ・な・なあ・の・か・ね・や・さ・ぞ

必考問題

1 《終助詞的識別》 請找出以下各句中所有終助詞。

① 君の言うとおりだね。
② いいかげんに考えるな。
③ 私がね、さっき言ったの。
④ ちょっとからかっただけさ。
⑤ 友よ、気持ちはわかっているぞ。

2 《「か」的意思・用法》 請從a～d四個選項裡，選出和以下句子中劃線部份的「か」相同用法的答案，以字母代號作答。

▼私だけが怠けていてよいのだろうか。

a 一緒に来てくれませんか。
b やっぱり失敗だったか。
c こんな私とだれが踊ってくれようか。
d この絵はあなたが描いたのですか。

3 《終助詞的意思》 請回答以下各句劃線部份的終助詞的意思。

① このことは友達に決して言うな。
② なぜそんなことをするの。
③ 桜の木を折ったのはおまえだね。
④ ああ、雪が降ってきたな。

問題解析

1 **終助詞**正如其名，**一般會出現在句子終結**的地方，所以首先**看句尾**就可以了。不過，也有可能會出現在句子中間文節的分段處。③和⑤就各有一個。

2 「怠《なま》けていてよいのだろうか（懈怠是好的嗎）」，並不是在詢問任何人懈怠是好是壞，而是強烈地表達「懈怠是糟糕的，不可能是好事」這樣的否定意思。這個「か」的用法稱為**反問**。

重點
反問……就結果來説表示**否定**。

c的「だれが踊《おど》ってくれようか（誰會來跳啊）」意思是「だれも踊ってくれるはずがない（誰都不可能來跳）」，所以表示的是反問，b的「失敗《しっぱい》だった（失敗了）」是事實，「か」則是表示感動的意思。另外，a、d是單純的疑問・問題。

3 在思考終助詞的意思時，可以試著**把終助詞去除之後的句子和原句進行比較**。

例 その本《ほん》を読《よ》む。（讀那本書）
その本を読むの。（要讀那本書嗎・疑問、輕微斷定）
その本を読むね。（要讀那本書呢・確認）
その本を読むな。（別讀那本書・禁止）

解答

1 ①ね ②な ③ね・の ④さ ⑤よ、ぞ　2 c　3 ①禁止 ②疑問 ③確認 ④感動

27 助詞⑥

ー助詞的各種用法

有兩種功能的助詞ー

即使是同樣的句子形態，也可能是不同種類的助詞，或是助詞＋助詞的形態之類有兩種用法。

が
①格助詞 例 自転車《じてんしゃ》に乗《の》った中学生《ちゅうがくせい》が、やってきた。（騎自行車的國中生來了）
②接續助詞 例 お正月《しょうがつ》は来《き》たが、楽《たの》しくもない。（正月時雖然來了，但並不開心）

で
①格助詞 例 ナイフで手《て》を切《き》った。（用刀切到了手）
②接續助詞 例 お茶《ちゃ》を飲《の》んでお菓子《かし》を食《た》べる。（喝茶吃點心）

と
①格助詞 例 駅《えき》ビルのレストランでおじさんと食事《しょくじ》をした。（在車站大樓的餐廳和叔叔吃飯）
②接續助詞 例 ベルが鳴《な》り終《お》わると、電車《でんしゃ》はゆっくり動《うご》き始《はじ》めた。（鈴響完後，電車緩緩動起來了）

から
①格助詞 例 不当《ふとう》な判決《はんけつ》から暴動《ぼうどう》が起《お》こった。（不公正的判決引起了暴動）
②接續助詞 例 危《き》ないからそんなことはやめなさい。（很危險，所以別做那種事了）

の
①格助詞 例 私《わたし》が作《つく》ったのは、これです。（我做的是這個）
②終助詞 例 君《きみ》だけがなぜ行《い》かないの。（為什麼只有你不去呢）

か
①副助詞 例 彼《かれ》はなぜか少《すこ》しも話《はな》さなかった。（他為什麼一句話也不說）
②終助詞 例 昨日《きのう》、二人《ふたり》はどこへ行ったのか。（昨天兩個人去了哪裡呢）

のに
①格助詞＋格助詞 例 もっと大《おお》きいの に入《い》れないと、入《はい》らない。（要是不能裝進更大的，就不裝了）
②接續助詞 例 何《なに》も知《し》らないのに、知ったふりをする。（明明什麼都不知道，卻裝作知道）

ので
①格助詞＋格助詞 例 もっと太《ふと》いの で書《か》きなさい。（用更粗的來寫）
②接續助詞 例 とても遠《とお》いので、たどり着《つ》けない。（因為很遠，所以到不了）

深入解說

▼ **使用時疊加兩個以上的助詞**

例 雨《あめ》さえも降《ふ》り出《だ》した。（甚至開始下雨了・副助詞＋副助詞）
山には雪《ゆき》が積《つ》もった。（在山上積雪了・格助詞＋副助詞）

注意這裡！

▼ **「でも」的識別** 要多加留意同樣句型中會出現像上面的「のに」、「ので」這樣將助詞疊加使用，或者連起來是一個助詞的用法。其中「でも」需要特別注意。

例
a テレビでも報道《ほうどう》する。（在電視上也報導・格助詞＋副助詞）
b テレビでも見《み》ようか。（看看電視吧・副助詞）
c いくら踏《ふ》んでもつぶれない。（再怎麼踩都不會塌・接續助詞）
d 遊《あそ》んでもいい。（玩也沒關係・接續助詞＋副助詞）

必考問題

❶《助詞的種類》 請回答以下各句劃線部份助詞的種類。

① 友達[a]から手紙が来た[b]から返事を書いた。

② いくら結ん[c]でも、ほどけてしまう。

③ あの青い[d]のが、私の自転車な[e]の。

④ 雨が降ってきた[g]が、傘がない。

❷《助詞的意思・用法》 請從以下各組劃線部份的詞中，選出和其他選項不同種類的詞，並以字母代號作答。

①
a よくかんで食べなさい。
b 学校まで自転車で行く。
c 大雪で学校へ行けなかった。

②
a 氷がとけて水となる。
b 「おーい」と、呼びかけた。
c 春になると、暖かくなる。

③
a そんなこと、私でもわかるわ。
b 明日大阪でも音楽会がある。
c 暑いから水でも飲もうか。

④
a 傘を持っていないのに雨が降ってきた。
b 壁紙の色は、もっと明るいのにしよう。
c 夏休みなのに学校へ行くの。

問題解析

❶ ①的「から」、④的「が」，都是**識別格助詞或接續助詞**的題型。要記得**格助詞主要接在體言後面，而接續助詞主要接在用言或助動詞後面**。

②的「でも」可以參照右頁下方，但在看答案之前先自己試著想想吧。首先要注意的是，「結《むす》ぶ（繫）」這個行為和「ほどけてしまう（解開）」的**結果之間是逆接關係**。接著再確認**前方緊接著的動詞是音便形**「結ん」。

③的d是**使某詞語能夠像體言（名詞）一樣使用的**「の」。

❷ 讓我們逐一確認。

①只有a的「で」接著動詞。它是接續助詞。b和c接在名詞後面所以是格助詞。

② a的「と」是表示結果的格助詞。b的「と」則是表示引用的格助詞。只有c是接續助詞。

③ b的「でも」即使把「も」省略變成「大阪《おおさか》で音楽会《おんがっかい》が（大阪的音樂會…）」句子意思仍然是通順的。因此，「も」是用來添加意思的副助詞。於是也能得知「で」是表示地點的格助詞。a和c是一個副助詞。a表示類推其他，c則表示舉例。

④ b的「のに」表示「ものに」的意思。「の」是使某詞語能夠像體言（名詞）一樣使用的格助詞。「に」是格助詞。a和c是一個接續助詞。

解答

❶ ① a 格助詞　b 接續助詞　② c 接續助詞　③ d 格助詞　e 終助詞
④ f 格助詞　g 接續助詞

❷ ① a　② c　③ b　④ b

自我検測 7

解答▶p.148〜151

得分　／100

1

次の各文から助詞をすべて抜《ぬ》き出しなさい。ただし、（　）内の数字は助詞の個数を表している。〈15分＝3分×5〉

① 私は妹と学校へ行きます。（3）
② 私にこの本をくれるの。（3）
③ 山の静かな雰囲気《ふんいき》にひたる。（2）
④ 薬さえ飲めばよくなりますよ。（3）
⑤ ぼくと君とでやらないとだめだ。（4）

①　②　③　④　⑤

2

次の各文中の――線部の助詞の種類を答えなさい。〈15分＝3分×5〉

① 鉛筆《えんぴつ》よりボールペンがよい。
② 服を汚《よご》された客は激怒《げきど》した。
③ たくさんの人を助けたのか。
④ 風邪《かぜ》をひいて学校を休んだ。
⑤ 何もしていないのに、疑われた。

①　②　③　④　⑤

3

次の各文中の――線部「の」は、どんな意味を示しているか。あとのア〜エから選び、記号で答えなさい。〈10分＝2分×5〉

① 兄の通った中学校へ私も行く。
② お金を貸したの貸さなかったのと騒《さわ》いでいる。
③ 子どものころは幸せだった。
④ いつもうそをつくのが、困る。
⑤ 君たちの望みはかなったはずだ。

ア　連体修飾語《しゅうしょくご》を示す　　イ　主語を示す
ウ　並立《へいりつ》の関係を示す　　エ　体言と同じ資格にする

①　②　③　④　⑤

4

次の各文から格助詞のついた文節をすべて抜き出し、その格助詞がそれぞれどんな関係（資格）を示すか、あとのア〜エから選び、記号で答えなさい。〈16分＝4分×4〉

① 犬の散歩は運動です。
② 京都や奈良へ行きます。
③ その小さな部屋で演奏会があった。
④ アブとハチの区別もつかないのか。

ア　主語を示す　　イ　連体修飾語を示す
ウ　連用修飾語を示す　　エ　並立の関係を示す

①

②

③

④

5

次の各文中の——線部の接続助詞は、A順接・B逆接・C並立のどれを示すか、記号で答えなさい。 〈16分＝2分×8〉

① いくら手紙を書いても返事が来なかった。

② 案内板がないから道がわからない。

③ 犯人を知っていながら黙《だま》っているとは何事だ。

④ この家は明るくて広いからいいですね。

⑤ 体がだるくて学校を休んだ。

⑥ 雨が降ったりやんだりで嫌《いや》になる。

① ② ③ ④ ⑤ ⑥

6

次の各文中の——線部「が」は、どんな意味を示しているか。あとのア～ウから選び、記号で答えなさい。 〈9分＝3分×3〉

① 一週間考えたが、結論は出なかった。

② 札幌《さっぽろ》の冬は寒いが、青森も寒い。

③ 失礼ですが、あなたはどなたですか。

ア 確定の逆接　イ 単純な接続　ウ 並立

① ② ③

7

次の各組の——線部の副助詞の中で、ほかのものと意味の異なるものを一つ選び、記号で答えなさい。 〈12分＝3分×4〉

① ア 濃《こ》い霧《きり》のために自分の足下《あしもと》さえ見えない。
イ 強い雨に加えて、風さえ激しくなってきた。
ウ 足が痛くて歩くことさえできない。

② ア ひと抱《かか》えもある大きな柱だった。
イ 野菜の煮汁《にじる》も、スープとして利用する。
ウ 私だけでなく、私の一家も笑われる。

③ ア 今日のテストで八十点はとれたと思う。
イ 彼《かれ》のことを許しはしないでしょう。
ウ 家へやって来てはお金を借りて帰る。

④ ア 小雨《こさめ》のせいばかりでなく、村全体がやけに寂《さび》しい。
イ ほんの少しばかりの蓄《たくわ》えならあります。
ウ この程度の修理なら三日ばかりあればできます。

① ② ③ ④

8

次の文中の——線部の終助詞「か」と同じ意味のものをあとのア～ウから選び、記号で答えなさい。 〈5分〉

● 明日の天気は晴れるのか。

ア 何か探しているのですか。

イ いつもうそばかりついていていいのか。

ウ やはり、そうだったのか。

自我検測 8

解答▼p.151～155

得分　／100

1

次の各文中から助詞を抜《ぬ》き出し、種類ごとに分類して書きなさい。二度以上出てくるものも、出てくる順にすべて答えなさい。 〈20分＝5分×4〉

① 「春になったぞ。」という喜びを表現しています。

② 兄と私は、先生一人だけの分校にいた。

③ 頭がふらふらするのに、学校まで行った。

④ 家に帰ると、だれもいなかったよ。

⑤ 前日に勉強すれば、こんな問題ぐらい解けたはずだ。

格助詞	
接続助詞	
副助詞	
終助詞	

2

次の各問いに答えなさい。 〈計13分〉

① 次の文中の――線部「から」の意味・用法として正しいものを、あとのア～エから選び、記号で答えなさい。 〈2分〉

● 宿題がすんでから遊びに行きなさい。

ア 原因・理由を示す　イ 決意・断定を示す

ウ 起点・出発点を示す　エ 原料・材料を示す

② 次の各文中の――線部「に」と同じ働きをもつものを、あとのア～カから選び、記号で答えなさい。 〈4分＝2分×2〉

A 彼女《かのじょ》は、親友に出来事の一部始終を話した。

B それは、さぎ師にだまされたふりをする作戦だった。

ア 成功に終わる　イ 十時にもどる

ウ 走りに走る　エ 犬にかまれる

オ 父親に頼《たの》む　カ 駅に集まる

A　B

③ 次の文中の――線部「で」と同じ意味・用法のものを、あとのア～エから選び、記号で答えなさい。 〈2分〉

● 近くを走る電車の騒音《そうおん》で眠《ねむ》れない。

ア 家の中で、簡単なパーティーを開いた。

イ 大阪まで電車で行く。

ウ 今年で中学生活も終わりだ。

エ それぐらいのことでくじけるな。

④ 次の文中の――線部「ながら」と同じ意味・用法のものを、あとのア～エから選び、記号で答えなさい。 〈2分〉

● 「申しわけない」と言いながら、改める様子がない。

ア そのことを念頭におきながら考える必要がある。

イ 弟でありながら、兄にたてつくとは何事だ。

ウ よい知らせを聞き、泣きながら拳《こぶし》を上げて喜んだ。

エ 小さな声でささやきながら近づいてきた。

⑤ 次の文は、A・Bの「が」の使い方が原因で意味が曖昧《あいまい》になっている。意味をはっきりさせるために、A・Bを別の語で言いかえるとすると、あとのア～エのどの組み合わせがよいか。記号で答えなさい。〈3分〉

●私の学校は高台にあるが(A)、とても見晴らしがよいが(B)、坂を登っていくのが大変だ。

ア A—のに　B—ので
イ A—けれども　B—ので
ウ A—ので　B—から
エ A—ので　B—けれども

3 次の各文中の——線部の「の」について、それぞれ文法的に説明しなさい。〈12分＝3分×4〉

① 我慢《がまん》強い友達が泣くのを初めて見た。
② 筆者の研究方法を読み取る。
③ 横顔の美しい人を見かけた。
④ 子どもだけでプールに行くの。

①
②
③
④

4 次の各文中の——線部の助詞の意味を、あとのア～ケから一つずつ選び、記号で答えなさい。〈18分＝2分×9〉

① 友子《ともこ》よ、ちょっと手伝っておくれ。
② なぜ毎日寄り道してくるの。
③ 重要な問題だから決して忘れるな。
④ 土地がやせていて雑草しか生えません。
⑤ おとなでもこんなに夜更《よふ》かししないよ。
⑥ 三キロぐらい走れるとも。
⑦ 春になって、かえるも冬眠《とうみん》から覚めた。
⑧ どんなうわさが流れても、私は関係ありません。
⑨ 昼から二時間ばかり眠っただろうか。

ア それと限る（限定）
イ 疑問・質問を示す
ウ 特に取り出して言う
エ 呼びかけを示す
オ 例を挙げて他を類推《るいすい》させる
カ 強調する
キ 同類の一つであることを示す
ク 禁止を示す
ケ だいたいの程度を示す

① ② ③ ④ ⑤ ⑥ ⑦ ⑧ ⑨

5

次の各組の――線部の語の中に、一つだけほかと意味・用法の異なるものがある。それを選び、記号で答えなさい。 〈21分＝3分×7〉

① ア 海外へ行っているということだ。
イ 庭で遊んでいるとおじさんがやって来た。
ウ 姉と遊びに出かけた。

② ア 二時間歩いているのに、まだ着かない。
イ たくさんあるから、君の好きなのにしなさい。
ウ 買ってきてあげたのに、うれしくないの。

③ ア テレビを見ながら勉強するな。
イ 公園でも歩きながら考えよう。
ウ ゴール直前までたどりつきながら、倒《たお》れた。

④ ア 朝からずっと新聞を読んでいる。
イ 家を出て学校に向かう。
ウ 早く朝食を食べなさい。

⑤ ア この線の内側に入るな。
イ 本当に君は絵が上手だな。
ウ 三日ぶりにお天気になったな。

⑥ ア かなづちで手をたたいてしまった。
イ 紙ねんどで船を作ってごらん。
ウ ボールがはずんで、木に当たった。

⑦ ア 昨日からずっと本を読んでいる。
イ 風邪《かぜ》をひいているから、泳げません。
ウ 宿題が終わってから、遊びなさい。

① ☐ ② ☐ ③ ☐ ④ ☐ ⑤ ☐ ⑥ ☐ ⑦ ☐

6

次の一文に用いられている「でも」と同じ性質をもっているものを、あとの①～⑦の文から選び、番号で答えなさい。また、①～⑦の「でも」は、あとのア～キのどれに当たるか、記号で答えなさい。 〈16分＝2分×8〉

● 退屈《たいくつ》だからテレビでも見ようか。

① 彼《かれ》は、それほど丈夫《じょうぶ》でもない。
② 東京まで新幹線でも行けるよ。
③ この肉は、いくらかんでも軟《やわ》らかくならない。
④ 今は、パソコンぐらい小学生でもできるよ。
⑤ それほど熱心に頼《たの》んでもいなかった。
⑥ もう暗くなってきた。でも、弟は帰ってこない。
⑦ それは、桜の木でも梅の木でもない。

ア 助動詞＋副助詞　イ 接続助詞＋副助詞
ウ 接続助詞　エ 形容動詞の活用語尾《ごび》＋副助詞
オ 副助詞　カ 接続詞　キ 格助詞＋副助詞

同じ性質のもの ☐

① ☐ ② ☐ ③ ☐ ④ ☐ ⑤ ☐ ⑥ ☐ ⑦ ☐

5

助動詞

助動詞要掌握意思・活用・接續這三個部份。

28 助動詞①
—何謂助動詞

助動詞的性質和功能 — 助動詞具有以下性質和功能。

1 **是附屬語，有詞型變化。**

2 會接在用言和體言等後面，**加上各種意思。**

助動詞的種類 — 助動詞有以下這些類型。

れる　られる　せる　させる　ない　ぬ　たい　たがる　らしい　そうだ　そうです

ようだ　ようです　だ　です　ます　た　う　よう　まい

助動詞的三要素 — 意思・活用・接續這三點，稱為助動詞的三要素。

1 **意思**……這個助動詞會添加什麼意思，又有什麼功能呢。

2 **活用**……根據下面接續的詞，這個助動詞的形態會如何改變呢。

3 **接續**……這個助動詞會接續什麼語的什麼形態呢。

提醒

▼**助動詞的功能**　一般常說日語多是由句尾部份來決定整句意思的。例如說，只聽到「ぼくは、そう思《おも》（我覺得）」就認為必定是贊成的意思，但後面也可能接上反轉的意思「思わない（不這麼想）」。這是否定助動詞「ない」（→參考p.90）的用法。

然而，如果在「ない」後面再度加上表示過去的助動詞「た」（→參考p.94）翻轉意思，句意就會變成「雖然之前不這麼想，現在不同了」。

就如上述所示，**助動詞是接在近句尾處，扮演重要功能的品詞。**

深入解說

▼**助動詞的接續**　「助動詞」的名稱由來，是緊接在「動詞」後方並且「幫助」添加各種意思，但也會接在動詞以外的詞後面。

例 地球は、青《あお》い**そうだ**。（地球好像是藍色的）（表示傳聞的助動詞「そうだ」接在形容詞後面）

満開《まんかい》の桜《さくら》は、きれいだっ**た**。（盛開的櫻花很美）（表示過去的助動詞「た」接在形容動詞後面）

荷物《にもつ》を持《も》たせられ**る**。（被迫拿行李）（表示受身的助動詞「られる」接在助動詞後面）

必考問題

1 《助動詞的識別》 請找出以下各句中所有助動詞。

① 遠すぎて声が聞こえない。
② この辺りは少し危険なようだ。
③ 何時に出発しますか。
④ 弟におもちゃを壊される。
⑤ 私は決して他人の悪口は言うまい。

2 《助動詞的意思》 請將以下各句下方括號內的含意加入並改寫句子。

① 明日は小学校の入学式だ。（禮貌）
② 父は新聞を読む。（否定）
③ 私は図書室で勉強する。（意志）
④ 先生は教室で本を読む。（使役）

3 《助動詞的活用》 請將以下各句下方的助動詞改為句子的活用形並填入括號內。

① そんなひどいことはやり（　）ない。（たい）
② 母は私に手紙を書か（　）た。（せる）
③ 妹はジュースを飲み（　）た。（たがる）
④ もうこれ以上食べ（　）ない。（られる）
⑤ いつまでも子どもの（　）心でいたい。（ようだ）

問題解析

1 **助動詞**的功能是接在動詞等詞語後面，**添加各種意思**。讓我們來逐一思考它們各自都添加了什麼意思吧。

①「聞《き》こえる（聽得到）」後面接「ない」，意思就不一樣了。這個**「ない」**是添加**否定**意思的助動詞。
②不用「危険《きけん》だ（危險）」表示斷定，而是後面再加**「ようだ」**表示推定。
③比起「出発《しゅっぱつ》するか（出發嗎）」，加上**「ます」**的「出発しますか（出發嗎）」更有禮貌。
④「壊《こわ》す（弄壞）」的是弟弟，在「壊す」後面加上助動詞**「れる」**表示受身。
⑤「言《い》う（說）」加上「まい」之後，「我」下定決心的事就不同了。此時的**「まい」**加上的是否定意志的意思「不打算這麼做」。
此外，也可以依照以下步驟**識別出助動詞**。

重點

助動詞的識別步驟
①將句子**分成文節**。
②把自立語去除。
③從剩下的附屬語中找出**能活用的詞語**。

例如①的文節分為「遠《とお》すぎて／声《こえ》が／聞《き》こえない。（太遠了／聲音／聽不到。）」，再把自立語的「遠すぎ」、「声」、「聞こえ」去除。附屬語有「て」、「が」、「ない」，其中能活用的是「ない」。

2 這是加上助動詞之後，改變句子意思的題型。具體來說，①添加的是「です」，②是「ない」，③是「よう」，④是「せる」。④的「使役」，意思是讓其他人去做「読む（讀）」這個動作。

3 請思考平時常用的說法，改為活用形。

解答

1 ①ない ②ようだ ③ます ④れる ⑤まい **2** ①明日は小学校の入学式です。②父は新聞を読まない。③私は図書室で勉強しよう。④先生は教室で本を読ませる。**3** ①たく ②せ ③たがっ ④られ ⑤ような

29 助動詞② ─れる・られる

意思 ─

「れる」、「られる」有以下四種意思。

1 受身　被其他事物做了這個動作……例 足《あし》を踏《ふ》ま**れる**。（腳被踩）
友達《ともだち》に見《み》ら**れる**。（被朋友看到）

2 可能　這麼做是可行的……例 速《はや》く歩《ある》か**れる**。（可以快走）
自分《じぶん》で服《ふく》を着《き》**られる**。（可以自己穿衣服）

3 自發　自然地變得如此……例 故郷《ふるさと》がしのば**れる**。（不禁懷念起故鄉）
母《はは》の身《み》が案《あん》じ**られる**。（母親的身體令人不禁擔心）

4 尊敬　敬重他人……例 校長先生《こうちょうせんせい》が書《か》かれる。（校長揮筆）
先生《せんせい》が来《こ》**られる**。（老師光臨）

活用 ─

如下表所示是動詞（下一段）型活用。但在表示可能、自發、尊敬時沒有命令形用法。

基本形	未然形	連用形	終止形	連體形	假定形	命令形
れる	れ	れ	れる	れる	れれ	れろ／れよ
られる	られ	られ	られる	られる	られれ	られろ／られよ

接續 ─

「れる」接五段活用・サ行變格活用動詞的未然形，「られる」接上一段活用・下一段活用・カ行變格活用動詞・助動詞「せる」、「させる」的未然形。

! 注意這裡！

▼ **沒有語幹的助動詞**　如上方的活用表所示，要注意這和動詞等用言不同，是**沒有語幹**的。助動詞的活用表裡並沒有列出語幹和活用語尾的區別。

▼ 深入解說

▼ **「れる」、「られる」意思的識別**

①受身

採取行動的一方—接受行動的一方關係成立時就是「受身」。

例 踏《ふ》む人《ひと》がいて、踏ま**れる**人がいる。（有人踩，也有人被踩）

受身經常被使用，也容易搞錯。像以下這樣，**主語是無生物時需要特別注意**。

例 屋根《やね》は太《ふと》い柱《はしら》で支《ささ》えられている。（屋頂由粗柱子支撐著）
（可以想成支撐的是柱子，被支撐的是屋頂。）

②可能

和英語的**can**（能夠～）意思相同。

③自發

自發助動詞大多接在以下這種和**心情相關的動詞**後面。

例 思《おも》う（想）　思い出《だ》す（想起）　案《あん》じる（擔心）　しのぶ（懷念）　感《かん》じる（感受）　する（反省）

④尊敬

要表達敬意的人物登場，並且做了某個動作。

必考問題

❶《「れる」、「られる」的意思》 請回答以下各句劃線部份的助動詞的意思。

① 先生が来られたら呼んでください。
② 彼はよく先生に褒められる。
③ 写真を見ると昔のことが思い出される。
④ 聖書は世界中の人に読まれている。
⑤ 食べられる物は何でも食べた。

❷《「れ」的意思・用法》 請從a～d四個選項裡選出和以下句子中的「れ」相同意思的答案，以字母代號作答。

▼あじさいの花が雨に打たれている。
a 海外旅行で財布を盗まれた。
b 先生はもう帰られましたか。
c 君と離れるのは絶対嫌だ。
d 遠いふるさとがしのばれる。

❸《意思與活用形》 請從以下各句中找出含有助動詞「れる」、「られる」的部份，將其照句子裡的形式寫出，並回答意思和活用形。

① 今朝は眠くて起きられなかった。
② あなたはその本をいつ読まれましたか。
③ みんなに笑われて、顔が赤くなった。

問題解析

❶ 「れる」、「られる」意思的識別如右頁上方所示，在此再次整理出重點。

重點

「れる」、「られる」意思的識別
① **做動作的一方・接受動作的一方** → 受身
② **能夠** → 可能
③ **自然地～** → 自發
④ **需尊敬的人的動作** → 尊敬

這點絕對要背起來。在解題時，像是②就必須掌握誇獎人＝老師，被誇獎的人＝他，這樣的互動關係。

❷ 首先思考題目裡「れ」的意思。雖然沒有人類出現，但只要理解關係為**「做動作的一方」**＝雨，**「接受動作的一方」**＝繡球花，就能看出是受身用法。b是**尊敬**，d是表示**自發的「れる」的一部份**。

另外，c的「離れる（離開）」並非「動詞＋助動詞」的形態，而是**整體是一個動詞**。

❸ 活用形，可用形態和後面接的詞來進行辨別。由形態來判斷時，要注意未然形和連用形的形態是相同的。此時，可以根據下面接的字詞來分辨。

① 由於下面接「なかっ（ない）」……。
② 由於下面接「まし（ます）」……。
③ 由於下面接「て」……。

解答

❶ ①尊敬 ②受身 ③自發 ④受身 ⑤可能 ❷ a ❸ ①られ・可能・未然形 ②れ・尊敬・連用形 ③れ・受身・連用形

30 助動詞③ ―せる・させる

意思― 「せる」、「させる」表示使其他人事物進行某個動作，也就是表示使役的意思。

例

1 私《わたし》は妹《いもうと》に本《ほん》を読《よ》ま**せる**。（我讓妹妹讀書）（↑「做」的是妹妹，「讓對方做」的是我）

2 先生《せんせい》が私《わたし》に漢字《かんじ》を覚《おぼ》えさ**せる**。（老師讓我記住漢字）（↑「做」的是我，「讓對方做」的是老師）

活用― 如下表所示是動詞（下一段）型活用。

基本形	未然形	連用形	終止形	連體形	假定形	命令形
せる	せ	せ	せる	せる	せれ	せろ／せよ
させる	させ	させ	させる	させる	させれ	させろ／させよ

接續― 只接續動詞的未然形，不接其他字詞。

「せる」接五段活用・サ行變格活用的動詞
「させる」接上一段活用・下一段活用・カ行變格活用的動詞
｝的**未然形**。

深入解說

▼**「せる」、「させる」的接續** 動詞的活用有五種，以下列出各種情況下接「せる」、「させる」的形態。

● 五段活用

例 書《か》く（寫）↓**書かせる**（讓對方寫）…**未然形**

● サ行變格活用（サ變）

例 する（做）↓**させる**（讓對方做）……**未然形**

● 上一段活用

例 見《み》る（看）↓**見させる**（讓對方看）…**未然形**

● 下一段活用

例 寝《ね》る（睡）↓**寝させる**（讓對方睡）…**未然形**

● カ行變格活用（カ變）

例 来《く》る（來）↓**来《こ》させる**（讓對方來）…**未然形**

這些整理起來就是上面「接續」的部份。

「れる」和「られる」接續的不同，和這裡的「せる」和「させる」所說明的內容幾乎相同（↓參考p.86）。

必考問題

❶《使役句的書寫》 請將以下各句的主語改為「私は」，並將句子改寫為命令原先主語的人物做句中的動作。

① 弟がピアノを弾く。
② 子どもが部屋を整理する。
③ 山本君は買い物に行った。

❷《活用和活用形》 請在以下各句的括號內填入「せる」、「させる」的正確活用變化。

① 家でじっくり考え（　）ます。
② 太郎君にけんかさ（　）ないようにする。
③ 「あの音楽をやめ（　）」と、命令した。
④ ゆっくり休ま（　）ば、回復します。

❸《助動詞的識別》 請找出以下各句中所有使役的助動詞，並照句子裡的形式寫出。

① 他人を笑わせるのは難しい。
② この子に甘いものを食べさせないでください。
③ 毎日犬を散歩させてください。
④ 真実を見せるか、聞かせるか、どちらかにせよ。

問題解析

❶ 將句子改寫為使役句的時候，要注意以下三點。

重點

● 使役句的書寫
① 讓人做動作的人（下命令的人）作為主語。
② 原先主語的「〜は」、「〜が」，改成「〜に」或「〜を」。
③ 將動詞加上使役的助動詞「せる」、「させる」。

例如①就是將「弟《おとうと》が」改成「弟に」，「弾《ひ》く」改成「弾かせる」。

❷ 活用形可用助動詞的形態和後面接的詞來進行判斷。例如①加入「させ」，從形態來判斷的話是未然形或是連用形。接著看後面接的詞是「ます」，所以確定是連用形。

❸ 像③這樣在**サ行變格活用動詞的未然形「さ」後面接助動詞「せる」，要注意很容易和助動詞「させる」搞混**。

Q&A

Q ④的「見《み》せる」是「見」＋「せる（助動詞）」，還是說能把「見せる」想成是一個動詞呢。

A **「見る」是上一段活用，所以接使役助動詞時，應該是「見」＋「させる」結合成「見させる」**。這和規律有所矛盾，所以**「見せる」是一個動詞**。不過同樣是④的「聞《き》かせる」，就是「聞く（五段活用動詞）」＋「せる」，其中「せる」是助動詞。

解答

❶ ①私は弟にピアノを弾かせる。②私は子どもに部屋を整理させる。③私は山本君に買い物に行かせた。 ❷ ①させ・連用形 ②せ・未然形 ③させろ（させよ）・命令形 ④せれ・假定形 ❸ ①（笑わ）せる ②（食べ）させ（ない） ③（散歩さ）せ（て） ④（聞か）せる

31 助動詞④
―ない・たい・らしい

「ない」、「たい」、「らしい」的三要素―

這三個助動詞的活用形和形容詞相似（形容詞型活用）。

基本形	未然形	連用形	終止形	連體形	假定形	命令形	意思	主要接續
ない	なかろ	なかっ なく	ない	ない	なけれ	○	否定	動詞或部份助動詞的未然形
たい	たかろ	たかっ たく	たい	たい	たけれ	○	希望	動詞或部份助動詞的連用形
らしい	○	らしかっ らしく	らしい	らしい	らしけれ	○	推定	動詞 形容詞或部份助動詞的終止形、名詞、助詞「の」等

「ない」的辨識方式―

形容詞裡也有「ない」，活用形完全相同。形容詞「ない」和助動詞「ない」的辨別方式請見下列原則。

原則①……能否代換為「ぬ」、「ず」
- 可以 → **助動詞**
- 不可以 → **形容詞**

原則②……「ない」前面能否緊接著「は」、「も」
- 可以 → **形容詞**
- 不可以 → **助動詞**

用語

▼**推定和推量**　「らしい」的意思是「**推定**」，表示基於某項依據來推定事物。

　助動詞之中也有表示「推量」的用法，「**推量**」指的是不管有無依據進行推測，而「**推定**」指的是有確切依據，並抱持一定程度的確信來進行推測。

例　彼《かれ》は出発《しゅっぱつ》する**らしい**。……（他好像要出發）（推定）

　彼は出発するだろ**う**。……（他應該要出發吧）（推量）

深入解說

▼**助動詞「たがる」**

〔意思〕**希望**

〔接續〕**動詞的連用形**

〔活用〕**動詞（五段）型活用**

未然形	連用形	終止形	連體形	假定形	命令形
たがら／ たがろ	たがり／ たがっ	たがる	たがる	たがれ	○

　「たい」表示說話者的希望，而「**たがる**」表示的則是**說話者以外的人的希望**。

必考問題

1 《意思・活用形》 請從以下各句中找出助動詞「ない」、「たい」、「らしい」的部份，將其照句子裡的形式寫出，並回答意思和活用形。

① 行きたければ、行けばよい。
② 彼は明日欠席するらしい。
③ 男はそれ以上何も言わなかった。
④ この本はあまり読みたくない。

2 《「ない」的識別》 請回答以下各句劃線部份的「ない」的品詞。

① 太郎君は最近元気がない。
② 彼の言うことはよくわからない。
③ 泳げない人は手を挙げてください。
④ そんな情けない顔をするなよ。
⑤ この川の水は冷たくない。

3 《「らしい」的識別》 請找出以下各句劃線部份中助動詞有哪些，以數字代號作答。

① 君にすばらしい絵を見せてあげよう。
② 明日は雨になるらしい。
③ 彼女は来月結婚するらしい。
④ のびのびして子どもらしい作品だ。
⑤ 橋の下にいるのは子どもらしい。

問題解析

1 「ない」、「たい」、「らしい」各自都只有一個意思。容易弄錯的是活用形。即使這些詞後面接上「ない」也不一定就是「未然形」。由於它們是**形容詞型活用**，所以和形容詞一樣**後面接上「ない」的是「連用形」**。另外，④「読《よ》みたくない」的「ない」是形容詞的「ない」。

2 「ない」的辨別方式，請參照右頁上方說明。

? Q&A

Q 若是用辨識原則來看④的「情《なさ》けない（可憐）」，由於無法代換為「ぬ」，因而會認為是形容詞，但「情けは（も）ない」這種講法也很奇怪，所以應該是助動詞吧，讓人感到有點困惑。

A 先說結論，這不是助動詞，也不是形容詞。正確答案是「情けない」整個詞是一個形容詞。順帶一提，**「はかない（短暫的）」、「さりげない（漫不經心的）」、「しのびない（不忍心的）」、「つまらない（無聊的）」**等詞也一樣。

3 「らしい」身為助動詞以外，也會例如「すばらしい」這樣，作為形容詞的一部份出現。另外，例如「男《おとこ》らしい」這類「名詞＋らしい（接尾語）」是形容詞的用法。辨別方法如下所示。

重點
「名詞」和「らしい」之間，加入**「である」**意思不變。 → 助動詞的「らしい」

舉例來說，④的「子どもらしい」無法加入「である」，但⑤改成「橋の下にいるのは子どもであるらしい。（在橋下的好像是小孩）」意思也不變，所以是助動詞。

解答

1 ①たけれ・希望・假定形 ②らしい・推定・終止形 ③なかっ・否定・連用形 ④たく・希望・連用形 **2** ①形容詞 ②助動詞 ③助動詞 ④形容詞的一部份（「情けない」是一個形容詞） ⑤形容詞 **3** ②・③・⑤

32 助動詞⑤

ーそうだ・ようだ・だ

「そうだ」、「ようだ」、「だ」的三要素ー

這三個助動詞的活用形和形容動詞相似（形容動詞型活用）。

基本形	未然形	連用形	終止形	連體形	假定形	命令形	意思	主要接續
そうだ	そうだろ	そうだっ そうで そうに	そうだ	そうな	そうなら	○	樣態	動詞或部份助動詞的連用形、形容詞・形容動詞的語幹
そうだ	○	そうで	そうだ	○	○	○	傳聞	用言等詞的終止形
ようだ	ようだろ	ようだっ ようで ように	ようだ	ような	ようなら	○	推定／比喻／舉例	用言或部份助動詞的連體形／助詞「の」等詞
だ	だろ	だっ で	だ	（な）	なら	○	斷定	體言或部份助詞、動詞等的終止形

「ようだ」的意思ー

「ようだ」有以下三種意思。試著明確地分別出來吧。

1 推定……基於根據進行推測。例 どうしようかと迷《まよ》っているようだ。（正在猶豫該怎麼辦的樣子）

2 比喻……以相似的事物作比喻。例 この白《しろ》さは雪《ゆき》のようだ。（這個白像雪一樣）

3 舉例……舉例表示同樣性質的事物。例 山田君《やまだくん》のようにやりなさい。（像山田君那樣做吧）

深入解說

▼ **「そうだ」意思的識別**　「そうだ」根據前面緊接的詞的活用形不同，可以辨別出意思。

例 雨《あめ》が降《ふ》り（連用形）そうだ。（好像要下雨了・樣態）
雨が降る（終止形）そうだ。（聽說要下雨了・傳聞）

前者的「樣態」指的是這個狀態。後者的「傳聞」表示從他人口中聽說的意思。

提醒

▼ **「そうです」、「ようです」**　「そうだ」「ようだ」有禮貌形態「そうです」、「ようです」。活用形和助動詞「です」一樣。（→參考p.94）

例 雨が降りそうです。（好像要下雨了）
まるで夢《ゆめ》のようです。（簡直像夢一樣）

注意這裡！

▼ **「だ」的連體形「な」**　「だ」的連體形「な」，只用在後面接「の」、「ので」、「のに」的時候。

例 夢なのだ。（是夢）
事実《じじつ》なので認《みと》める。（是事實所以承認）
春《はる》なのに寒《さむ》い。（明明是春天但冷）

必考問題

1 《「そうだ」的意思》 請回答以下各句中劃線部份助動詞的意思，分別表示「樣態」或是「傳聞」。

① 彼は来年アメリカへ行くそうだ。
② その犬は悲しそうな目をしていた。
③ くやしくて涙が出そうだった。
④ 明日は晴れるそうだ。

2 《「ようだ」的意思》 請回答以下各句中劃線部份助動詞的意思，分別表示「推定」、「比喩」或是「舉例」。

① 彼女の笑顔は太陽のようだ。
② 彼のように優秀な人がいたらなあ。
③ その道は行き止まりのようだった。
④ 彼は忙しいようで、連絡がとれない。

3 《活用・活用形》 請在以下各句的括號內填入表示斷定的助動詞「だ」的正確活用變化。

① 真夜中（　）のに眠くならない。
② 春には退院できる（　）う。
③ 夢（　）ば、覚めないでほしい。
④ 彼の姉は医者（　）。

問題解析

1 「そうだ」的意思有「樣態」和「傳聞」，分辨方式有兩種。從內容來識別，如果意思是**「這個樣子」**就是「樣態」，意思是**「從他人那裡聽說」**就是「傳聞」。另外，從形態來識別的方法如下所示。

重點

「そうだ」意思的識別
- **動詞的連用形**、**形容詞・形容動詞的語幹** 接在前方 → 樣態
- **用言等的終止形**接在前方 → 傳聞

2 「ようだ」的意思和識別方式，請牢牢記住以下重點。

重點

「ようだ」意思的識別
- 和「**どうやら**」、「**どうも**」一起出現 → 推定
- 和「**まるで**」、「**あたかも**」一起出現 → 比喩
- 和「**例《たと》えば**」一起出現 → 舉例

3 斷定的助動詞，其活用形和形容動詞很相似，要仔細記住其中區別（↓參考p.99）。

PLUSα **〈斷定助動詞和形容動詞的活用語尾的不同〉**

①…斷定助動詞沒有連用形的「に」。（接名詞的「に」作為助詞使用。）

②…連體形的「な」後面的接續方式不同。（形容動詞的連體形可以自由接體言，但表示斷定的助動詞「な」，只能用在接助詞「の」、「のに」、「ので」的時候。）

解答

1 ①傳聞 ②樣態 ③樣態 ④傳聞 **2** ①比喩 ②舉例 ③推定 ④推定 **3** ①な・連體形 ②だろ・未然形 ③なら・假定形 ④だ・終止形

33 助動詞⑥
―ます・です・た・ぬ

「ます」、「です」、「た」、「ぬ」的三要素―
這四個助動詞各自有不同的特殊活用形（特殊型活用）。

基本形	未然形	連用形	終止形	連體形	假定形	命令形	意思	主要接續
ます	ませ／ましょ	まし	ます	ます	ますれ	ませ／まし	禮貌	動詞或部份助動詞的連用形
です	でしょ	でし	です	（です）	○	○	禮貌斷定	體言或部份助詞
た	たろ	○	た	た	たら	○	過去・完了・存續	用言或助動詞的連用形
ぬ	○	ず	ぬ	ぬ	ね	○	否定	動詞或部份助動詞的未然形

「た」的意思―「た」有以下三種意思。

1 過去……表示過去發生過這樣的事實。例 昨日《きのう》学校《がっこう》へ行《い》った。（昨天去了學校）
2 完了……表示動作剛剛結束。例 今《いま》食《た》べたところだ。（現在剛吃完）
3 存續……表示這個狀態現在也持續存在。例 壁《かべ》を赤《あか》く塗《ぬ》った家《いえ》。（牆壁塗成紅色的家）

提醒

▼**「ませ」、「まし」的接續** 「ます」的命令形「ませ」、「まし」，只會接在像是「いらっしゃい」、「ください」、「なさい」這類表示敬意的詞後面。

例 いらっしゃいませ。（歡迎光臨）
しからないでくださいまし。（請不要罵）

注意這裡！

▼**「です」的連體形** 「です」的連體形只用在接「のに」、「ので」的時候。

例 雨《あめ》ですので、外《そと》へは出《で》られません。（因為下雨，沒辦法出去）

▼**「た」的濁音「だ」** 「た」隨著上面接的動詞不同，可能轉換為濁音的「だ」。

例 泳《およ》いだ（游泳）　死《し》んだ（死亡）　飛《と》んだ（飛）　読《よ》んだ（讀）
上面所接的動詞都是音便的形態，活用形是連用形。

深入解說

▼**否定的「ん」** 表示否定的「ぬ」，有時會寫成「ん」。

例 そんなこと知《し》らんよ。（那種事我可不知道）

▼**「確認（想起）」的「た」** 「た」也會表示「確認（想起）」的意思。

例 そうだ、今日《きょう》はぼくの誕生日《たんじょうび》だった。（對了，今天是我的生日）

必考問題

❶《助動詞的識別・活用形》 請從以下各句中找出含有助動詞「ます」、「です」、「た」、「ぬ」的部份，並回答出正確活用變化。

① あの人には逆らわぬほうが良い。
② 次はこの曲を練習しましょう。
③ ごあいさつもせず、失礼しました。
④ 昨日読んだ本はおもしろかった。

❷《「た」的意思》 請回答以下各句劃線部份助動詞「た」的意思，分別表示的是「過去」、「完了」或是「存續」。

① たった今帰ってきたところです。
② かごに入ったりんごをもらった。
③ その日はとても暑かった。
④ きちんと手入れした庭をながめる。

❸《句尾表現》 以下各句劃線部份是禮貌用法。請各自改成普通用法。

① 昨日は家でゆっくり休みました。
② 太郎君はもう寝ているでしょう。
③ 彼はとても頭のきれる人物です。
④ 雨の日は外で遊びません。

問題解析

❶ 要特別注意辨別表示否定的「ぬ」，和表示過去・完了・存續的「た」。「ぬ」**的連用形是「ず」，假定形是「ね」，形態會變化**要注意別看漏了。

「た」會像④的「読《よ》んだ」那樣，**加上音便形之後讀音變化**（「た」變成「だ」），也要好好確認它的活用形。

❷ 「た」**表示過去和完了之間的差異**，可以由**語意是否為「現在才剛～結束」來判斷**。會令人猶豫的是表示「存續」的時候。這時候，就用以下方式來辨識即可。

重點

可以代換為「～ている」、「～てある」→表示存續的「た」

例如①、③無法代換，但②可以代換為「かごに入っている」，④則可以代換為「手《て》入《い》れしてある」，所以②、④的「た」表示的是「存續」的意思。

❸ 這個題型是問，不使用表示禮貌的助動詞「です」或「ます」時，究竟應該用什麼說法。「です」也含有斷定的意思，要特別留意。改成普通說法時，句子中各自表示①過去、②斷定和推量、③斷定、④否定的用法維持原樣，不可以改變。另外，例如③也有「人物《じんぶつ》である」這種說法，在作答時要注意不加新的補助用言。

解答

❶ ①ぬ・連體形 ②ましょ・未然形 ③ず・連用形／まし・連用形／た・終止形 ④だ・連體形／た・終止形 ❷ ①完了 ②存續 ③過去 ④存續 ❸ ①休んだ ②寝ているだろう ③人物だ ④遊ばない

34 助動詞⑦ ―う・よう・まい

「う」、「よう」、「まい」的三要素―

這三個助動詞都沒有活用形變化（無變化型）。

基本形	未然形	連用形	終止形	連體形	假定形	命令形	意思	主要接續
う	○	○	う	（う）	○	○	推量・意志	用言或部份助動詞的未然形
よう	○	○	よう	（よう）	○	○	推量・意志	動詞或部份助動詞的未然形
まい	○	○	まい	（まい）	○	○	否定推量 否定意志	五段動詞的終止形 其他動詞的未然形

推量和意志―「う」、「よう」有兩種意思。

1 推量……表示說話者對事物進行推測。

例 距離《きょり》は十《じゅっ》キロ以上《いじょう》はあろ**う**。（距離有十公里以上吧）

まもなく月《つき》も出《で》**よう**。（馬上月亮就要出來了吧）

2 意志……表示說話者的意志。

例 ぼくも、その本《ほん》を読《よ》も**う**。（我也來讀這本書吧）

私《わたし》も一緒《いっしょ》に行《い》ってみ**よう**。（我也一起去吧）

2 之中也有**向對方提出邀請「要不要一起～」**這種用法，稱為**「勸誘」**。

深入解說

▼ **「う」、「よう」、「まい」的連體形**

「う」、「よう」、「まい」的連體形**後面只會接形式名詞「こと」、「もの」、「はず」等詞**。

例 勉強《べんきょう》しよう**はず**もない。（不可能打算讀書）

あろう**こと**かあるまい**こと**か。（事情可能還是不可能）

▼ **「う」、「よう」的區別** 根據上面接的詞不同，使用如下所示。

五段活用動詞的未然形→う

形容詞・形容動詞的未然形→う

五段活用以外的動詞的未然形→よう

注意這裡！

▼ **「まい」** **「う」、「よう」** 「まい」有否定推量・否定意志的意思，與此對應的「う」、「よう」則表示肯定推量・意志的意思。

另外，「まい」在接五段活用動詞以外時也**可能接終止形**，要多加留意。

例 見《み》るまい（不看・上一段活用・終止形）

投《な》げるまい（不投・下一段活用・終止形）

来《く》るまい（不來・カ行變格活用・終止形）

するまい（不做・サ行變格活用・終止形）

必考問題

❶ **《「う」、「よう」的意思》** 請回答以下各句中劃線部份「う」、「よう」的意思，分別表示「推量」還是「意志」。

① 明日は山のふもとまで行ってみよう。
② もう値段が下がることはなかろう。
③ あと一時間だけ待とう。
④ がんばれば、成果も出よう。

❷ **《「まい」的意思》** 請從a~d四個選項裡選出和以下句子中的「まい」相同意思的答案，以字母代號作答。

▼母はこんなことでごまかされまい。

a われわれは今後そこへは行くまい。
b 彼も今回は断るまい。
c 私は、二度と彼をからかうまいと思った。
d ぼくらは二度とあの川では泳ぐまい。

❸ **《「まい」的接續》** 請在以下各句括號部份填入適當的一個平假名文字。

① 決して他人の失敗を笑（　）まい。
② 彼はきっと納得（　）まい。
③ 犬はそんなものを食（　）まい。
④ 彼女が損をすることはあ（　）まい。

問題解析

❶ 「う」、「よう」意思的識別並不困難。表示**「推量」的用法**辨別方式如下所示。

重點
可以代換為**「だろう」**→**推量的「う」、「よう」**

另外，「う」、「よう」在表示**「意志」**時，**句子的主語**（此處省略）會是**「私（が）」、「ぼく（が）」之類的第一人稱**（自稱）。

❷ 「まい」有**「う」「よう」的否定意思**，可以用以下方式牢記。

重點
否定推量「まい」＝**「ないだろう**（不是吧）」
否定意志「まい」＝**「ないつもりだ**（沒打算）」

句子也可以改成「ごまかされないだろう」，所以表示的是否定推量。a~d之中，b以外都可以代換成「ないつもりだ」。

❸ **「まい」前面緊接著的動詞的活用形，根據活用種類不同也有所不同**，這點要多注意。不過，②除了「納得《なっとく》し」之外也可以代換成「納得する」，③也是除了「食《た》べ」之外可以代換成「食べる」。但千萬別被這種特殊用法所迷惑，請照題目所規定的，以一個字的平假名回答。

解答

❶ ①意志 ②推量 ③意志 ④推量 ❷ b ❸ ①う ②し ③べ ④る

35 助動詞⑧

─助動詞總整理

依意思分類 ─ 之前學的助動詞按照意思分類，可以整理成以下表格。

助動詞	用例	意思	參考
れる られる	人《ひと》に笑《わら》われる。（被人笑） 実《じつ》は食《た》べられる。（果實可以吃）	受身 可能 自發 尊敬	p.86
せる させる	彼《かれ》に行《い》かせる。（讓他去） 家《いえ》を建《た》てさせる。（讓人蓋房子）	使役	p.88
ない ぬ （ん）	本《ほん》を読《よ》まない。（不讀書） 星《ほし》が出《で》ぬ。（星星不出來）	否定	p.94 p.90
たい たがる	彼女《かのじょ》に会《あ》いたい。（想見她） 空《そら》を飛《と》びたがる。（想在空中飛翔）	希望	p.90
らしい	弟《おとうと》が行《い》くらしい。（弟弟好像會去）	推定	p.90

助動詞	用例	意思	參考
ようだ ようです	特急《とっきゅう》で帰《かえ》るようだ。（應該會搭特快車回去） 雪《ゆき》のような白《しろ》い肌《はだ》。（像雪一樣的白皮膚）	推定 比喻 舉例	p.92
だ	もうすぐ春だ。（馬上就要春天）	斷定	p.92
です	これが桜の花です。（這是櫻花）	禮貌斷定	p.94
ます	ぼくは帰ります。（我要回去）	禮貌	p.94
た	先週出かけた。（上週出去了）	過去完了 存續	p.94
う よう	十《じゅっ》キロはあろう。（十公里是有的吧）	推量 意志	p.96
まい	そんなにあるまい。（沒有那麼多）	否定推量 否定意志	p.96

▼深入解說

▼助動詞的分類

①根據意思分類（參考上方）

②根據活用形分類

動詞型	れる　られる　せる　させる　たがる
形容詞型	ない　たい　らしい
形容動詞型	そうだ　ようだ　だ
特殊型	そうです　ようです　ます　です　た　ぬ
無變化型	う　よう　まい

③根據接續方式分類

接未然形	れる　られる　せる　させる　ない　ぬ　う　よう　まい
接連用形	たい　たがる　ます　そうだ（様態）　そうです（様態）　た
接終止形	まい　そうだ（傳聞）　そうです（傳聞）　らしい
接連體形	ようだ　ようです
接體言／助詞	らしい　だ　です

必考問題

1 《助動詞的識別・意思》請從以下各句中找出所有助動詞，照句中形態寫出，並回答其意思。

① 機会を与えられているから走るのだ。
② 泳がなければならぬ。敵は近いのですぐに追い越される。
③ すぐそこで、水が流れているらしい。
④ 一人旅を終え、死んだように眠った。
⑤ 取り柄がないと思いこむ妹に、自信を持たせたいのです。
⑥ 夜には、雨も小降りになっていよう。
⑦ その生徒は悪びれずに答えた。
⑧ どうか、助言を受け入れてくれまいか。

2 《「だ」的識別》以下各句劃線部份「だ」的意思分別是什麼，請從選項選出合適答案，以片假名記號作答。

① 彼女のお母さんはいつも親切だ。
② 生徒たちはまっすぐ一列に並んだ。
③ これは、昔住んでいた家だ。
④ 今日の彼女はとても立派だ。
⑤ 私にとって一番大切なのは友情だ。

ア　斷定的助動詞
イ　形容動詞的活用語尾
ウ　過去・完了的助動詞

問題解析

1 助動詞為數眾多，要注意別漏掉了。④的「死《し》んだ」的「だ」是助動詞「た」轉為濁音的用法（→參考p.94），可以代換為「死んでいる」，所以表示「存續」的意思。另外，「ように」是「ようだ」的連用形。意思請參考93頁下方的辨別方式來辨識。⑦的「ず」也要特別注意。表示否定的助動詞「ぬ」的活用特別容易混淆，所以要仔細記牢。

2 **「だ」的識別的題型**。必須把之前學過的形容動詞（→p.56）、表示斷定的助動詞（→p.92）、表示過去・完了的助動詞（→p.94）的知識綜合使用進行判斷才能回答出來。

選項中的**三種識別方式**如下所示。

重點

「だ」的識別
- 上面接**五段活用動詞的音便形**
  ↓**表示過去・完了的助動詞**
- 「だ」代換成「な」後**接體言**
  ↓**形容動詞的活用語尾**
- 「だ」代換成「な」後**不接體言**
  ↓**表示斷定的助動詞**

①親《しん》切《せつ》だ↓親切な（人）……代換成「な」後接體言↓**形容動詞的活用語尾**
②並《なら》んだ↓並んだ……「並ん」是動詞的音便形↓**表示過去・完了的助動詞**
③家《いえ》だ↓家な（こと）……代換成「な」後不接體言↓**表示斷定的助動詞**
④立派《りっぱ》だ↓立派な（人）……代換成「な」後接體言↓**形容動詞的活用語尾**
⑤友情《ゆうじょう》だ↓友情な（人）……代換成「な」後不接體言↓**表示斷定的助動詞**

解答

1 ①られ・受け身／だ・断定　②なけれ・否定／ぬ・否定／れる・受身　③らしい・推定　④だ・存續／ように・たとえ／た・過去　⑤せ・使役／たい・希望／です・禮貌斷定　⑥よう・推量　⑦ず・否定／た・過去　⑧まい・否定推量

2 ①イ　②ウ　③ア　④イ　⑤ア

自我検測 9

解答▼p.155〜158

得分　／100

1 **次の各組の――線部には、一つだけほかと性質の異なるものが含ふくまれている。それを記号で答えなさい。**〈12分＝4分×3〉

①
ア　子どもに泣かれるのは苦手だ。
イ　彼女《かのじょ》はだれからも好かれる。
ウ　雨にぬれるのは嫌《いや》だ。
エ　その場の雰囲気《ふんいき》に流される。

②
ア　風に帽子《ぼうし》を飛ばされた。
イ　車は急に止まれない。
ウ　もう読まれましたか。
エ　母のことが思い出された。

③
ア　時計を修理させる。
イ　野菜を食べさせる。
ウ　試験を受けさせる。
エ　家で寝《ね》させる。

2 **次の各文中の――線部の助動詞「れる」「られる」の意味を答えなさい。**〈16分＝2分×8〉

① 先生は一人で教室を掃除《そうじ》された。
② この作品を書かれたのはいつですか。
③ 環境《かんきょう》が悪化しているように思われる。
④ このコートはまだ着られる。
⑤ 君の手紙に慰《なぐさ》められた。
⑥ 考えられる限りの方法を考えた。
⑦ 彼《かれ》のことが案じられてならない。
⑧ 春は南風に運ばれてくる。

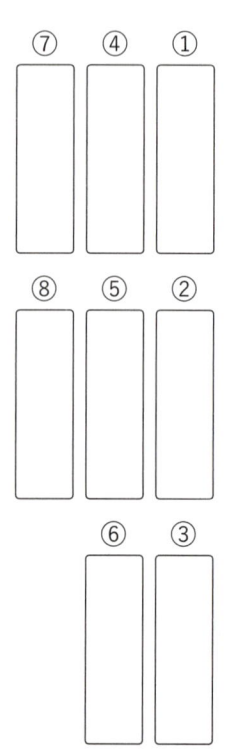

①　②　③　④　⑤　⑥　⑦　⑧

3 **次の各文中から使役《しえき》の助動詞をそのままの形で抜《ぬ》き出し、それぞれの活用形を答えなさい。**〈20分＝4分×5〉

① 自分で調べさせましょう。
② この薬を飲ませれば、治ります。
③ 彼を行かせることはできません。
④ 彼にはもっと運動させろ。
⑤ 少しの間夢を見させてもらいました。

①　②　③　④　⑤

4

次の各文中の――線部「ない」はA助動詞か、B形容詞か。それぞれ記号で答えなさい。 〈5分＝1分×5〉

① 指をけがしたので、字が書けない。
② この値段は決して安くはない。
③ この店の料理はおいしくなかった。
④ 間に合わないと困るので、急ごう。
⑤ 健康でなければできない仕事だ。

① □ ② □ ③ □ ④ □ ⑤ □

5

次の各文中の――線部「らしい」は、A推定の助動詞か、B形容詞の一部か。それぞれ記号で答えなさい。 〈5分＝1分×5〉

① 彼のお姉さんはとても女らしい人だ。
② 彼女は口は悪いが繊細《せんさい》な心をもつ女の人らしい。
③ 今年は冬が早く来るらしいとのことだ。
④ 若者らしい勇敢《ゆうかん》さで突進《とっしん》していった。
⑤ 各地で自然破壊《はかい》が急激に進んでいるらしい。

① □ ② □ ③ □ ④ □ ⑤ □

6

次の各文中の――線部「ない」の活用形を答えなさい。 〈10分＝2分×5〉

① 彼に面と向かっては言えなかろう。
② 遊べなければつまらない。
③ 考えすぎてわからなくなった。
④ 最後まであきらめなかった。
⑤ 行けないときは、電話します。

① □ ② □ ③ □ ④ □ ⑤ □

7

次の各文中の――線部の助動詞の基本形と意味を答えなさい。 〈10分＝2分×5〉

① 最近、彼のことが思い出されてならない。
② 君とはもう口もききたくない。
③ 船は波にのまれてしまった。
④ 彼は悩《なや》んでいるらしくて、元気がなかった。
⑤ すぐに全員を避難《ひなん》させよ。
⑥ そんな所へは行けなかろう。
⑦ どうしてもあの事件が忘れられない。
⑧ しばらく考えさせてください。

① □ ② □ ③ □ ④ □ ⑤ □ ⑥ □ ⑦ □ ⑧ □

自我検測10

解答▼p.158～161

得分　／100

1

次の各文中の□内に、下の（　）内の助動詞を活用させて入れ、また、その活用形を答えなさい。 〈24分＝4分×6〉

① 私と一緒《いっしょ》に来□んか。　（ます）

② これだけは言わ□ばならない。　（ぬ）

③ 彼《かれ》は社長□ので責任がある。　（だ）

④ 昨日は父の誕生日□た。　（です）

⑤ 雨が降り□ば、中止しよう。　（そうだ）

⑥ 彼はまた掃除《そうじ》をせ□に帰った。　（ぬ）

① 　② 　③ 　④ 　⑤ 　⑥

2

次の各文中の――線部「そうだ」が助動詞であれば、A様態か、B伝聞かを記号で答え、助動詞でなければ×印をつけなさい。 〈8分＝2分×4〉

① 彼女《かのじょ》は歩いて来るそうだ。

② 明日は忙《いそが》しくなりそうだ。

③ そうだ、山田《やまだ》君に聞いてみよう。

④ これ以外に方法はなさそうだ。

① 　② 　③ 　④

3

次の各文中の――線部と同じ意味をもつものを、あとのア～ウから選び、記号で答えなさい。 〈3分＝1分×3〉

① 花はいずれも米粒《こめつぶ》のような小さいもので、赤と白のものがあった。

② 母親が言ったように、伯父《おじ》はいけない道を選んでいたのである。

③ どこか子ども道や、いぬ道に通ずるものがあるように思える。

ア　沖縄ではもう桜が咲《さ》いたようだ。

イ　彼のような悪人には、いずれ天罰《てんばつ》が下るだろう。

ウ　三塁手《さんるいしゅ》が流れるような動作でボールを一塁におくった。

① 　② 　③

4

次の各文中の――線部の助動詞「う」「よう」「まい」の意味を、それぞれあとのア～エから選び、記号で答えなさい。 〈10分＝2分×5〉

① あの人にお礼の手紙を書こう。

② さまざまな意見もあろうが、多数決で決定しよう。

③ もう、君に心配をかけるのはやめよう。

④ 今日は、これで終わりにしよう。

⑤ まさか、そんなことはあるまい。

⑥ もう、彼の忠告は聞くまい。

ア　推量　　イ　意志

ウ　打ち消しの推量　　エ　打ち消しの意志

① 　② 　③ 　④ 　⑤ 　⑥

5

次の各文中の——線部の助動詞「た」は、A過去、B完了《かんりょう》、C存続のうちのどの意味か、記号で答えなさい。 〈6分＝1分×6〉

① 壁《かべ》にかけた絵はセザンヌだ。
② 父は三時間前に出かけた。
③ 二人は異なった意見をもっている。
④ 今、朝日が差し始めた。
⑤ 昨日は一日中雨が降っていた。
⑥ やっと宿題が終わった。

① ② ③ ④ ⑤ ⑥

6

次の各文中の——線部「だ」を、A形容動詞の活用語尾《ごび》、B過去の助動詞「た」の濁音《だくおん》化、C断定の助動詞「だ」の三種類に分け、記号で答えなさい。 〈7分＝1分×7〉

ア 二階はいやに静かだ。
イ プールで一時間泳いだ。
ウ この表はとても便利だ。
エ 今日はよい天気だ。
オ この本は先生が選んだ。
カ あの人は有名な画家だ。
キ 彼はとても誠実だ。

7

次の各文中の□内に、下の（　）内の語を活用させて入れ、また、その活用形を答えなさい。 〈8分＝2分×4〉

① そんなことを言わないで□ましょう。 （行く）
② 来週のパーティーに彼女を□た。 （誘さそう）
③ 彼はいつもわけの□ぬことを言っていた。 （わかる）
④ この場所に家を□よう。 （建てる）

8

次の各文中の——線部の助動詞の基本形と意味を答えなさい。 〈32分＝4分×8〉

① 坂本《さかもと》君のように泳ぎなさい。
② 君が今朝飲んだジュースはこれか。
③ 難しそうな本を読んでいるね。
④ 喜んでくださいまし。
⑤ おかしくて、笑わずにはいられない。
⑥ 大雨なら仕方がない、中止にしよう。
⑦ もう雨も降るまい。
⑧ これでよろしいでしょうか。

① ② ③ ④ ⑤ ⑥ ⑦ ⑧

自我検測11

解答▼p.161〜164

得分　／100

1

次の各文中の――線部の語を、（　）内に示した意味の助動詞を一つだけ下につけて、書き改めなさい。 〈18分＝3分×6〉

① 何かおもしろい映画はあるかい。（様態）

② 彼《かれ》は歯が丈夫《じょうぶ》で、固いものでも食べる。（可能）

③ この木には登らないでください。（使役《しえき》）

④ 彼は来週アメリカへ行く。（伝聞）

⑤ その古い城はどことなく不気味だ。（過去）

⑥ 明日はがんばって働くと決めた。（意志）

①　②　③　④　⑤　⑥

2

次の各文中の――線部の助動詞と同じ意味のものを、それぞれの組の――線部の中から選び、記号で答えなさい。 〈10分＝2分×5〉

① まだみんな眠《ねむ》っているようだった。

ア　エジソンのような発明家になりたい。

イ　彼女《かのじょ》の手は氷のように冷たかった。

ウ　友人を裏切るようなことはしたくない。

エ　忙《いそが》しいようなら、延期しましょうか。

② きれいに洗ったシャツを着ている。

ア　彼はその時病気だった。

イ　乾《かわ》いた布で磨《みが》くときれいになる。

ウ　弟は今出かけたところです。

エ　子どものころに描《えが》いた絵が出てきた。

③ やっと家に帰れそうだ。

ア　明日は台風が来るそうだ。

イ　この辺りは年中泳げるそうだ。

ウ　彼はもう元気だそうで安心した。

エ　あの優《やさ》しそうな人が先生かい。

④ ぼくは遠くまでボールを投げられる。

ア　公園に捨てられていた犬を拾った。

イ　褒《ほ》められて、やる気が出た。

ウ　その猫《ねこ》は玄関《げんかん》のドアを開けられる。

エ　はっきりした口調に彼女の自信が感じられる。

⑤ もう泣いたりしまいと誓《ちか》った。

ア　彼はもう私を信じまい。

イ　私は決してあきらめまい。

ウ　今日のような日は二度と来《こ》まい。

エ　彼は私のことを忘れまい。

3

次の各文中の——線部の助動詞の活用形を書きなさい。また、意味をあとのア〜コから選び、記号で答えなさい。〈18分＝2分×9〉

① 子どもにこれをわからせるのは無理だ。
② いらっしゃいませ。
③ 今電話しようと思っていた。
④ もうすぐ桜が咲《さ》きそうだ。
⑤ もっと早くお会いしたかった。
⑥ 花びらが風に吹《ふ》かれて散っていく。
⑦ 彼は元気で働いているらしい。
⑧ 学校へ行かねばならない。
⑨ 子どものころに書いた日記を読む。

ア 過去　イ 断定　ウ 意志　エ 推定　オ 受け身
カ 様態　キ 丁寧《ていねい》　ク 使役　ケ 希望　コ 打ち消し

①　②　③　④　⑤　⑥　⑦　⑧　⑨

4

次の①〜④の各組にあるそれぞれの——線部の語のうち、一つだけほかの語と性質が異なるものがある。それをア〜エの記号で答えなさい。また、それを選んだ理由をあとのA〜Cから選び、記号で答えなさい。〈12分＝3分×4〉

①
ア 春らしい色のカーテンに変える。
イ 彼は今、病気らしい。
ウ 向こうに立っているのは男らしい。
エ 彼が帰ってくるのは夏らしい。

②
ア 大きな木がゆっくり倒《たお》れた。
イ ふざけていたら、しかられた。
ウ 海が夕日に照らされた。
エ 先生は静かに話された。

③
ア 明日は山越《やまご》えに挑戦《ちょうせん》だ。
イ 彼はいつも慎重《しんちょう》だ。
ウ 今必要なのは情報だ。
エ これがこの車の特徴《とくちょう》だ。

④
ア どうしても不安が消えない。
イ 掃除《そうじ》をしないとしかられる。
ウ 彼女の優しさはさりげない。
エ 委員長がいないのでまとまらない。

A ほかが助動詞であるのに対し、これは動詞の一部である。
B ほかが助動詞であるのに対し、これは形容詞の一部である。
C ほかが助動詞であるのに対し、これは形容動詞の一部である。

5

次の各組の――線部の助動詞の意味には違《ちが》いがある。それぞれの意味を答えなさい。〈24分＝4分×6〉

① ア 彼《かれ》のような人がいれば安心だ。
　 イ 馬が風のように走っていった。

② ア そこが彼の席だとは知らなかった。
　 イ 手になじんだ道具を使いたい。

③ ア これからいろいろなことが起きよう。
　 イ どうしても打ち合けようとしない。

④ ア 荷物が馬車で運ばれる。
　 イ その方はにっこりほほえまれた。

⑤ ア 白く塗《ぬ》った壁《かべ》が清潔な感じだ。
　 イ 昨日見た映画はおもしろかった。

⑥ ア ここから街まで五キロはあろう。
　 イ 明日はハイキングに行こう。

	ア	イ
①		
②		
③		
④		
⑤		
⑥		

6

次の各文中の――線部の語について、助動詞ならその意味を、助動詞でなければ何であるかを答えなさい。〈18分＝2分×9〉

① 指がぎこちなく(ア)なって、思うように動かない(イ)。自分の手ではない(ウ)ように思えてきた。

② 弟は前の年に私が使った(エ)小さなかばんを父から渡《わた》され(オ)た。

③ 友人は独り言のように(カ)つぶやいたが、何かを思い出したらしく(キ)、急いで学校へ向かった。

④ 彼は頑固《がんこ》だっ(ク)た。どんなに説得しても、決して自分の意見を変えよう(ケ)とはしなかった。

ア	ウ	オ	キ	ケ

イ	エ	カ	ク

6

敬語

敬語是向對方或第三者表示敬意的詞語。
使用日語時需注意正確地使用敬語。

36 敬語①
—尊敬語

敬語的意義和種類 — 對談論對象或聽者（讀者）表示敬意的詞，稱為敬語。敬語有以下三種。

1 尊敬語……例 先生《せんせい》が**おっしゃる**。（老師説）↓「先生が言う」有點失禮，所以改成這樣的用法。

2 謙讓語……例 私《わたし》が**申《もう》しあげる**。（我説）↓語意上有「私が」對某個上位者說話的意思。

3 丁寧語……例 私《わたし》が言《い》い**ます**。（我説）↓比起「言う」，這樣更有禮貌。

尊敬語 — 說話者（書寫者）在談論的對象中，將做這個動作的人地位抬高以表示敬意的敬語

尊敬語的結構	用例
加接頭語的詞	**ご**両親《りょうしん》（雙親） **お**言葉《ことば》（金言） **ご**立派《りっぱ》だ（偉大）
加接尾語的詞	妹《いもうと》**さん**（令妹） 山本**様**《やまもとさま》（山本先生）
含有尊敬意思的名詞	**先生**《せんせい》（老師） **殿下**《でんか》（殿下） **方**《かた》（↑人《ひと》・人）
加「れる」、「られる」的詞	話《はな》**される**（↑話す 説） 来《こ》**られる**（↑来る・來）
「お（ご）………になる」 「お（ご）………なさる」	**お**読《よ》み**になる**（↑読む・讀） **ご**心配《しんぱい》**なさる**（↑心配する・擔心）
含有尊敬意思的動詞（尊敬動詞）	**いらっしゃる**（↑いる、行く、来る・在、去、來） **おっしゃる**（↑言《い》う・說） **召《め》しあがる**（↑食《た》べる・吃）

深入解說

▼**表示尊敬的「れる」、「られる」的特徴** 「れる」、「られる」是有四種意思的助動詞，分別是**受身、可能、自發、尊敬**（→參考p.86）。作為尊敬意思使用時，有以下兩點特徵。

① **接要表達敬意的人物的動作。**

② **可以代換成其他尊敬語。**

以上可作為辨識時的參考。

注意這裡！

▼**表示尊敬的「れる」、「られる」的使用方法**

接助動詞「れる」、「られる」時，可以用來表示尊敬。但是，

食べられる　言《い》われる

這種用法根據場景不同，也可能表示受身意思的「食べられてしまう（被吃）」」、「言われてしまう（被說）」」。

召《め》しあがる　おっしゃる

請務必牢記這兩個**表示尊敬的動詞**。

必考問題

❶《尊敬語的識別》

請回答以下各句中哪一個不是尊敬語。以數字代號作答。

① 保護者の皆様ありがとうございます。
② どなたがお越しになったの。
③ 先生に私語を注意された。
④ 先ほど電話を取られたのはお姉さんね。

❷《轉換為尊敬語》

請將以下各句劃線部份改寫為尊敬語。但各句均需寫出兩種。

① 田中さんなら、もう帰ったよ。
② 先生は何と言うだろう。
③ 今夜は和食を食べるらしい。
④ 明日、出発する。

❸《尊敬動詞的意思》

請回答以下各句劃線部份「いらっしゃる」分別為「いる」、「行く」、「　る」之中的哪一種意思。

① ご夫婦でよく旅行にいらっしゃるみたいよ。
② あちらにいらっしゃるのがお母様ですか。
③ 遠いところをよくいらっしゃいました。

問題解析

❶

尊敬語包含以下這些詞語。

(1) 對要表達敬意的人或其親近的人，稱呼上抬高對方地位的詞語
……あの方（那一位）　奥様《おくさま》（太太）　御兄弟《ごきょうだい》（您兄弟）

(2) 對要表達敬意的人，動作上抬高對方地位的詞語
……話《はな》される（說）　お話しになる（說）　おっしゃる（說）

(3) 對要表達敬意的人，模樣或相關事物上抬高對方地位的詞語
……お召《め》し物《もの》（您的衣服）　御病気《ごびょうき》（您的病症）　御不幸《ごふこう》（您的喪事）

①「ありがとうございます」是「ありがとう」這種感謝詞語禮貌說法的丁寧語。跟要表達敬意的人的動作或模樣無關。

③「注意《ちゅうい》された（被注意）」的是「私語《しご》（私語）」的學生。「老師」並不是動作主體，這個句子表示的是受身。也無法用其他尊敬語進行代換。

④可以用例如「先《さき》ほど電話《でんわ》をお取《と》りになったのはお姉《ねえ》さんね（剛剛接電話的是姐姐啊）」這樣的句子進行代換。

❷

將動詞改為尊敬語，有以下三種方法。請好好思考其中區別。

重點

代換成尊敬語
①加「れる」、「られる」。
②改為「お（ご）～になる」、「お（ご）～なさる」的形態。
③代換為**尊敬動詞**。

❸

「いらっしゃる」有三種意思。辨別時，可以加進不含敬意的動詞來看。另外，「おいでになる」也同樣有三種意思。

解答

❶①・③　❷①帰られた・お帰りになった　②言われるだろう・おっしゃるだろう　③お食べになるらしい・召しあがるらしい（食べられるらしい）　④出発される・ご出発になる（出発なさる）　る・ご出　にな る（出　なさる）　❸①行く　②いる　③来る

37 敬語②
ー謙讓語

謙讓語ー 說話者（書寫者）在談論對象中，將接受這動作的人地位抬高以表示敬意的敬語。

謙讓語的結構	用例
加接頭語的詞	**粗品《そしな》**（小禮物） **拙宅《せったく》**（寒舍） **愚息《ぐそく》**（兒子）
加接尾語的詞	わたくし**め**（我） わたし**ども**（我）
「お（ご）……する」 「お（ご）……申す（いたす）」	**お**待《ま》ち**する**（↑待つ・等） **ご**報告《ほうこく》**する**（↑報告する・報告） **お**尋《たず》ね**申《もう》す**（↑尋ねる・問）
含有謙讓意思的動詞（謙讓動詞）	**申す**（↑言《い》う・說） **いたす**（↑する・做） **あげる**（↑やる・給） **伺《うかが》う**（↑行《い》く、聞《き》く・去、聽）
含有尊敬意思的名詞	**家内《かない》**（↑妻《つま》・妻） **せがれ**（↑息子《むすこ》・兒子） **わたくし**（↑わたし・我） **手前《てまえ》**（↑わたし・我）

表示尊敬・謙讓的補助動詞ー 尊敬・謙讓的動詞中，有些是作為補助動詞使用的（例句左側為補助動詞）。

1 尊敬動詞　「いらっしゃる」、「くださる」

…… 例 あそこに**いらっしゃる。**（在那裏）　座《すわ》っていらっしゃる。（坐著）

手紙をくださる。（給我信）　届《とど》けて**くださる**。（送給我）

2 謙讓動詞　「あげる」、「さしあげる」、「いただく」

…… 例 この本《ほん》を君《きみ》にあげる。（這書給你）　この本を読んで**あげる**。（為你讀書）

手紙をいただく。（收到信）　教えて**いただく**。（請您教）

深入解說

▼常見謙讓動詞　請和尊敬動詞（若無則用其他形態的尊敬語）一起背起來。

普通	尊敬	謙讓
する（做）	なさる	いたす
食《た》べる（吃）	召《め》しあがる	いただく
言う（說）	おっしゃる	申す 申しあげる
行《い》く（去）	いらっしゃる おいでになる	参《まい》る 伺《うかが》う
来《く》る（來）		
いる（在）		おる
見る（看）	ご覧《らん》になる	見する
もらう（收）	（おもらいになる）	いただく
聞《き》く（聽）	（お聞きになる）	伺う 承《うけたまわ》る
思《おも》う（想）	（お思いになる）	存《ぞん》ずる 存じあげる
知《し》る（知道）	（お知りになる）	
やる（做） **与《あた》える**（給）	（おやりになる） （お与えになる）	あげる さしあげる
会《あ》う（見面）	（お会いになる）	お目《め》にかかる

用語

▼丁重語　在謙讓語之中，將己方的行為、事物等對聽者鄭重敘述的稱為**丁重語**。

例 明日《あした》から海外《かいがい》に**参《まい》り**ます。（明天要前往海外）

必考問題

❶《轉換為謙讓語》請將以下各句劃線部份改寫為謙讓語。

① 先生の意見を聞く。
② 注意事項を言う。
③ 隣家に旅行の土産をやる。
④ 学生時代の恩師を招く。

❷《謙讓動詞的意思》請回答以下各句劃線部份「伺う」分別為「行く」、「来る」、「聞く」之中的哪一種意思。

① ご結婚が決まったと伺いましたが。
② 来週そちらに伺います。
③ 突然伺ったのにはわけがあるのです。

❸《尊敬語和謙讓語》請回答以下各句中劃線部份何者為尊敬語，何者為謙讓語。若為尊敬語請回答A，謙讓語請回答B。

① 山田先生のことはよく存じあげています。
② 私の隣の席におつきになった。
③ もっと早くお願いしておけばよかった。
④ 母もお目にかかりたいと申しております。
⑤ ぜひ、私にも知らせてください。

問題解析

❶ 謙讓語其中一個用法是「お～する」，但②、③改為「お言《い》いする」、「おやりする」作為謙讓語來說並不適合。這裡必須**改成**表示同樣意思的**謙讓動詞**（參考右頁下方）。

❷ **「伺う」有三種意思**，要特別留意。此外，有複數意思的謙讓動詞還有「いただく（→もらう・食《た》べる）」、「存《ぞん》じあげる（→思《おも》う・知《し》る）」等等。

❸ 除了**從形態分辨以外，尊敬語和謙讓語的區別**還能從以下方法分辨。

重點

●尊敬語和謙讓語的區別

主語是**自己**（或者**己方的人**）時→**謙讓語**
主語是**上位者**時→**尊敬語**

日語經常會省略主語，所以請像以下舉例這樣**加入主語來判別**。①「私《わたし》」、②「目上の人」、③「私」、⑤「目上の人」。

⑤可能會誤把「私」當作主語，但「知らせてくださる」的是「目上の人」。

「ください」是「くださる」的命令形，要記住尊敬動詞的命令形語尾是「い」這個特徵。

例　いらっしゃい　おっしゃい　なさい　ください　ご覧《らん》なさい　おいでなさい
（注意「召しあがる」的命令形為「召しあがれ」）

解答

❶ ①お聞きする・伺う・承る ②申しあげる・申す ③さしあげる・あげる ④お招きする　❷ ①聞く ②行く ③来る　❸ ①B ②A ③B ④B・B ⑤A

38 敬語③ ー丁寧語

丁寧語ー 說話者（書寫者）對聽者（讀者）以鄭重的心情禮貌發言，將聽者地位抬高以表示敬意的敬語。

丁寧語的結構	用例
加接頭語的詞	**お**茶（茶）　**お**菓子（點心）　**ご**飯（飯）
加「ます」、「です」的詞	食べ**ます**（吃・食べる） 生徒**です**（學生・生徒だ）
含有禮貌意思的動詞	**ございます**（有・ある）

敬語的疊加使用ー 尊敬語和丁寧語經常疊加使用。並且，謙讓語和丁寧語也是一樣。

1 尊敬語＋丁寧語……例 先生《せんせい》が**いらっしゃいました**。（有・ある）
どうぞのんびりと**なさいませ**。（請放鬆）
山本《やまもと》さんはそのように**話**《はな》**されません**でした。（山本先生沒説那種話）

2 謙讓語＋丁寧語……例 お手紙《てがみ》拝見《はいけん》**しました**。（看了信）
こちらから**ご連絡**《れんらく》**しましょう**か。（要我來聯絡嗎？）
お願《ねが》**いいたします**。（麻煩您）

深入解說

▼**「ます」和「です」** 「ます」是**表示禮貌**的助動詞，「です」是**表示禮貌斷定**的助動詞（↓參考p.94）。

▼**敬體和常體** 句尾表現是**「です・ます」**這類的句子稱為**敬體**，是**「だ・である」**這類的句子則稱為**常體**。

▼**補助動詞的「ございます」**

例 何《なに》か質問《しつもん》はございませんか。（有疑問嗎？）
この問題《もんだい》は難《むずか》しゅう**ございます**。（這問題很難・補助動詞）

用語

▼**美化語** 比起對聽者的禮貌，說話者更著重在**讓自身用詞遣字聽來更優美有氣質，此時使用的詞語**稱為**美化語**。

例 もうすぐ**お昼**《ひる》ね。（已經中午了呢）
このお**店**《みせ》のお**団子**《だんご》は、おいしいのよ。（這家店的糰子很好吃喔）

必考問題

1 《轉換為丁寧語》 請將以下各句劃線部份改寫為丁寧語。

① この角を曲がると交番がある。
② 故郷には年老いた両親がいる。
③ 先生はおでかけになった。
④ その件はすぐ解決するだろう。

2 《敬語的重疊》 請將以下各句劃線部份改寫，每句均分別改寫為：A尊敬語＋丁寧語、B謙讓語＋丁寧語、C丁寧語三種句子。

① もう少し待つか。
② 来週には訪ねるだろう。
③ 部屋に通した。

3 《正確敬語》 請找出以下各句中敬語的錯誤使用和使用上不恰當的部份，改成正確敬語用法。

① 私のお父さんは入院中です。
② 先輩がお話しすることを、みんなでお聞きしよう。
③ ご乗車になります方には切符をお配りします。
④ ごゆっくりお召しあがりになってください。
⑤ 先生がおっしゃられたことを思い出す。

問題解析

1 改寫為**丁寧語**時，**加上助動詞「です」、「ます」**就好，但有時也會**改用**含有禮貌意思的動詞**「ございます」**。③的「おでかけになる」尊敬語試著和丁寧語疊加使用。句尾是過去形的「～た」，這點要注意。④的「だろう」改寫為禮貌用法後是「でしょう」。

2 首先牢記**尊敬語・謙讓語・丁寧語的基本形態**。

重點
尊敬語……「お～になる」、「ご～になる」
謙讓語……「お～する」、「ご～する」
丁寧語……「です」、「ます」

將①A「お待《ま》ちになる」、B「お待ちする」、C「待つ」各自加上「ます」和「か」。也別忘記加上附屬的助動詞和助詞。

3 雖然是日常用法，但仔細一看其中有錯誤的用法。

① 對他人説自己親人的事時，要使用謙讓語。「お父《とう》さん」是尊敬語。
② 「お話《はな》しする」是謙讓語，所以不能在主語是「先輩が」時使用。
③ 「ます」在句子中間出現時建議省略。
④ 尊敬動詞「召《め》しあがる」和「お～になる」，同時出現，使用了雙重尊敬語。
⑤ 尊敬動詞「おっしゃる」和表示尊敬的助動詞「れる」是雙重敬語。

解答

1 ①あります・ございます ②います ③おでかけになりました ④解決するでしょう **2** ①A お待ちになりますか B お待ちしますか C 待ちますか ②A お訪ねになるでしょう B お訪ねするでしょう C 訪ねるでしょう ③A お通しになりました B お通ししました C 通しました **3** ①私の父は入院中です。②先輩がお話しになることを、みんなでお聞きしよう。③ご乗車になる方には切符をお配りします。④ごゆっくり召しあがってください。⑤先生がおっしゃったことを思い出す。

自我検測12

解答▼p.164〜168

得分　／100

1

次の各語に対応する尊敬語と謙譲《けんじょう》語を、あとのア〜スから選び、記号で答えなさい。〈10分＝2分×5〉

① 食べる　② 言う　③ する　④ 見る　⑤ 来る

ア おっしゃる　イ なさる　ウ 参る　エ いただく

オ あげる　カ ご覧になる　キ いらっしゃる

ク 拝見する　ケ 申しあげる　コ くださる

サ いたす　シ 召《め》しあがる　ス 存じる

①　②　③　④　⑤

2

次の各文中の――線部が、尊敬語であればA、謙譲語であればB、丁てい寧ねい語であればCとそれぞれ答えなさい。〈6分＝1分×6〉

① ご連絡《れんらく》していただき、ありがとうございます。

② このお菓子《かし》はとてもおいしいですね。

③ 近所の方から、野菜をいただいた。

④ 明日の集会には、おいでになりますか。

⑤ 先生はそのことをご存じだった。

⑥ 私はこの学校の生徒でございます。

①　②　③　④　⑤　⑥

3

次の各組のア〜エの――線部の敬語について、種類が異なるものをそれぞれ一つずつ選び、記号で答えなさい。〈3分＝1分×3〉

①
ア ご注文をお伺《うかが》いします。
イ いらっしゃいませ。
ウ どちらからお越《こ》しになりましたか。
エ ごゆっくり、お召しあがりください。

②
ア 子どもたちと遊んでくださる。
イ お手伝いいたしましょうか。
ウ 荷物を持ってさしあげる。
エ お電話させていただきます。

③
ア お休みなさっています。
イ まもなくお帰りになるでしょう。
ウ おっしゃることはわかります。
エ 手紙をくださった。

4

次の各文中の――線部を尊敬語に直しなさい。〈12分＝2分×6〉

① 先生は何を食べたのですか。

② 明日、吉本《よしもと》さんは九時に来る。

③ 監督《かんとく》が、少し休んでもいいと言った。

④ お医者様が、薬をくれた。

⑤ ご両親が心配するよ。

⑥ あそこに座《すわ》っているのが私の上司だ。

5

次の各文中の――線部を謙譲語に直しなさい。 〈10分＝2分×5〉

① 間違《まちが》ったところを正してもらう。
② おいしい手料理を食べる。
③ 先日のお礼を言う。
④ お世話になった人にお歳暮《せいぼ》をやる。
⑤ 先生に、昨日の出来事を報告する。

① □ ② □ ③ □
④ □ ⑤ □ ⑥ □

① □ ② □ ③ □
④ □ ⑤ □

6

次の各語の謙譲語を答えなさい。 〈3分＝1分×3〉

① 先生は何を食べたのですか。

① □ ② □ ③ □

7

次の各文中の――線部を丁寧語に直しなさい。 〈15分＝3分×5〉

① 娘《むすめ》は今年で十歳《じっさい》になる。
② その書類は隣《となり》の部屋にある。
③ 先生がいらっしゃる。
④ 忘れ物はないか。
⑤ 明日はピクニックにでかけよう。

① □ ② □ ③ □
④ □ ⑤ □

8

次の各文中の□にふさわしい語をあとのア～クから選び、記号で答えなさい。同じものを何度選んでもよい。 〈12分＝2分×6〉

① 先生は、いつも丁寧に教えて□。
② お年寄りに、戦争の話を□。
③ あそこに□のはどなたですか。
④ 先生が、生徒の作品を□。
⑤ お医者様の□ことをよく聞きなさい。
⑥ お隣《となり》さんに、旅行のお土産《みやげ》を□。

ア 伺う　イ 拝見する　ウ さしあげる
エ 申しあげる　オ ご覧になる　カ いらっしゃる
キ おっしゃる　ク くださる

① □ ② □ ③ □ ④ □ ⑤ □ ⑥ □

9

次の各文中の――線部を正しい敬語表現に直しなさい。 〈8分＝2分×4〉

① 校長先生が一言申しあげると、生徒は静かになった。

② 先生がケーキをいただいている。

③ 社長が自社工場の仕事を見に来た。

④ 恩師から手紙をもらった。

① ② ③ ④

10

次の各文中の――線部の敬語を正しく書き直しなさい。また、その説明として適当なものをあとのア～オから選び、記号で答えなさい。 〈15分＝3分×5〉

① うちの父はあなたのお父様のことをよくご存じですよ。

② あなたが実際にご覧になってお感じになったことを言ってくれ。

③ 孫に久しぶりにお会いするのが楽しみだ。

④ 先生がそんなことをいたしては困ります。

⑤ この雑誌の今月号、もうお読みになられましたか。

ア 尊敬語であるべきところに謙譲語《けんじょうご》を使っている。

イ 謙譲語であるべきところに尊敬語を使っている。

ウ 使うべきでないところに敬語を使っている。

エ 使うべきところに敬語を使っていない。

オ 敬語が過度になっている。

① ② ③ ④ ⑤

11

次の各場面における敬語の使い方として適切なものを、それぞれア～エから選び、記号で答えなさい。 〈6分＝2分×3〉

① まさおさんが、遠くに住む親戚《しんせき》のおじさんからかかってきた電話に出たとき。

ア「お父さんが、近いうちにおじさんの所に参ると言っていました。」

イ「父が、近いうちにおじさんの所に伺うと申していました。」

ウ「父が、近いうちにおじさんの所へいらっしゃるそうです。」

エ「父が、近いうちにおじさんの所へ伺うとおっしゃっていました。」

② 高校生の陽子《ようこ》さんが、中学校のときの担任の先生に手紙を書くとき。

ア「卒業式で、先生の申されたことが忘れられません。」

イ「卒業式で、先生の言われたことがお忘れできません。」

ウ「卒業式で、先生のおっしゃったことが忘れられません。」

エ「卒業式で、先生の話したことが忘れられません。」

③ 学校の先生が家庭訪問に来て、お茶を出すとき。

ア「先生、どうぞ飲んでください。」

イ「先生、どうぞお飲みになられてください。」

ウ「先生、どうぞお召しあがられてください。」

エ「先生、どうぞお召しあがりください。」

① ② ③

7

挑戰日本的升學考試試題

文法學習的總整理。
挑戰日本的高中入學考試問題，測驗一下自己的實力吧。

最終測驗①—挑戰日本的升學考試試題

時間 20分
解答▼p.169～171
得分 ／100

❶ 次の各問いに答えなさい。

〈42分＝7分×6〉

問一 次の文の文節の数を書きなさい。

二〇〇八年に登場した「琉神《りゅうじん》マブヤー」は、沖縄《おきなわ》の正義を守るヒーローだ。

（沖縄県）

問二 「みんなを待っていた」を単語に分けるとどうなるか。最も適当なものを次のア～エから一つ選び、記号で答えなさい。

（三重県）

ア みんなを｜待っていた
イ みんなを｜待って｜いた
ウ みんな｜を｜待っ｜て｜いた
エ みんな｜を｜待っ｜て｜い｜た

問三 次の文の——線部と品詞が同じものはどれか。あとのア～エから一つ選び、記号で答えなさい。

（東京　産業技術高専・改）

● 身近な草花に親しみを感じます。

ア 一回り大きなサイズの帽子《ぼうし》を探しています。
イ 負けた時の悔《くや》しさから学ぶことも多くある。
ウ 彼《かれ》は何が起きても少しも動じない。
エ こうしてお目にかかれることを喜ばしく思っています。

問四 次のア～エの中から普通《ふつう》名詞を選び、記号で答えなさい。

（東京　十文字高・改）

ア 枕草子《まくらのそうし》　イ 和歌　ウ 醍醐《だいご》天皇　エ 京都

問五 次の——線部ア～エの四つの動詞のうち、一つだけ活用形の異なるものがある。それを記号で答えなさい。

（千葉県）

ア 何かをやろうと思ったときに、さまざまな情報があり、安易な道、やさしい道が目の前に数多くある。
イ 選択《せんたく》の余地なくその道を歩んだけれど、
ウ 「何をやっているのだ」と思うこともあるだろう。
エ あとになってプラスになったということはいろいろある。

問六 次の文の——線部の動詞と同じ活用のしかたをするものを、あとのア～エの——線部の動詞の中から一つ選び、記号で答えなさい。

（静岡県）

● このことから思い起こされるのは、……

ア 五分も歩けば着くだろう。
イ 帰ったら家の手伝いをする。
ウ 母校の勝利を信じている。
エ 簡単に答えることができた。

2 次の各問いに答えなさい。 〈42分＝7分×6〉

問一 次の文の――線部の「れる」と同じ意味で使われているものを、あとのア〜エから一つ選び、記号で答えなさい。 （奈良県）

●師匠《ししょう》から教わったいろいろの約束事に縛《しば》られることもあるだろう……。

ア　ふるさとに帰ると、昔のことが思い出される。
イ　隣《となり》のおじいさんには高校生のお孫さんがおられる。
ウ　彼女《かのじょ》の誕生日を祝うパーティーに招かれる。
エ　朗読の手本として、まず先生が読まれる。

□

問二 「学校祭の準備で、今週はとても忙《いそが》しい。」の――線部と、文法的に同じ意味・用法のものはどれか。次のア〜エから一つ選び、記号で答えなさい。 （栃木県）

ア　生徒が帰った後の教室はとても静かで、物音一つしない。
イ　ここ二、三日の暖かさで、桜のつぼみがふくらんできた。
ウ　僕《ぼく》の弟は小学生で、野球チームのキャプテンをしている。
エ　朝食後に新聞を読んで、散歩に出かけるのが父の日課だ。

□

問三 次の文の――線部a・bの「より」と同じ品詞の単語を、あとのア〜オから、それぞれ一つずつ選び、記号で答えなさい。 （長野県）

●自分たちの組織内で業務を行うaよりもbより高い成果が期待できる。

ア　弟と遊ぶ。　　　イ　あの山に登る。
ウ　ひたすら歩く。　エ　友のために歌う。
オ　雨が降らない。

a □　b □

問四 次の文の――線部の助詞「ながら」と同じ意味・用法のものを、あとのア〜エから一つ選び、記号で答えなさい。 （大分県）

●海生《かいせい》は風を見ながら、慎重《しんちょう》に舵《かじ》を切った。

ア　子どもながらに厳しい試練によく耐《た》えた。
イ　公園の中を散歩しながらお話ししましょう。
ウ　昔ながらの町並《な》みを保存するたたずまい。
エ　及《およ》ばずながら私もその企画《きかく》に協力します。

□

問五 次の文中の＝線部が修飾《しゅうしょく》している部分を、同じ文中のア〜オから一つ選び、記号で答えなさい。 （福島県・改）

そのとき、僕は、あの犯《おか》した罪は、もう ア償《つぐな》いの イできない ウものだと エいうことを オ悟《さと》った。

□

3 次の文章は、年上の人に書いた手紙の一部分である。――線部(1)の「もらった」、(2)の「聞きたい」を、それぞれ適切な敬語表現に直して書きなさい。 〈16分＝8分×2〉

先日は大変お世話になり、ありがとうございました。

山登りに慣れていないので、つらい思いもしましたが、登り切った時の気持ちは何ものにも代え難《がた》いものでした。山の上で、あなたから(1)もらったオレンジの味が忘れられません。

またいつか、山のお話をいろいろと(2)聞きたいと思います。

(1) □
(1) □

最終測驗②

—挑戰日本的升學考試試題

時間 20分
解答▼ p.171～174
得分 ／100

❶ **次の各問いに答えなさい。** 〈45分＝5分×9〉

問一 「回数券は一枚ずつ減っていく」を文節に分けるとどうなるか。最も適当なものを、次のア～エから一つ選び、記号で答えなさい。（三重県）

ア 回数券は／一枚ずつ／減っていく
イ 回数券は／一枚ずつ／減って／いく
ウ 回数券は／一枚／ずつ／減っていく
エ 回数券は／一枚／ずつ／減って／いく

□

問二 次の文について、——線部の語の品詞をあとの語群ア～クからそれぞれ一つずつ選び、記号で答えなさい。（東京　多摩大目黒高）

① 彼《かれ》が何でその話をしたのか分からない。
② 私が着いた時、バスは既《すで》に出発してしまっていた。
③ 僕《ぼく》の荷物だけが少ない。
④ その文字は彼が書いた。
⑤ そこから見ると、のどかな春の田んぼが広がっていた。

《語群》
ア 形容詞　イ 副詞　ウ 形容動詞　エ 名詞
オ 助詞　カ 連体詞　キ 助動詞　ク 動詞

① □　② □　③ □　④ □　⑤ □　⑥ □

問三 「昨日はおなかが痛かった。」の——線部と、同じ品詞のものはどれか。次のア～エから一つ選び、記号で答えなさい。（栃木県）

ア 痛みを分かちあってこそ、真の友達と言える。
イ もう熱も下がったし、頭もそれほど痛まない。
ウ 幼い男の子が頭を柱にぶつけ、泣いて痛がる。
エ 歯が痛ければ、早く歯医者に行った方がいい。

□

問四 次の文の——線部の「染まる」と、同じ活用の種類の動詞を含《ふく》む文を、あとのア～エから一つ選び、その記号で答えなさい。（高知県）

● イチョウの葉が黄金《こがね》色に染まる。

ア 昨夜はあまりにも寒かったので重ね着をした。
イ 私の趣味《しゅみ》は休みの日にゆっくりと本を読むことだ。
ウ この数学の問題は公式を用いれば簡単だ。
エ この仕事を軌道《きどう》に乗せるにはもうひと工夫《くふう》が必要だ。

□

問五 次の文の——線部の「もし」はどの言葉を修飾《しゅうしょく》しているか。その言葉を文中から一文節でそのまま抜き出して書きなさい。（高知県）

もしあの時彼がいなかったら町はどうなっていただろう。

□

❷ 次の各問いに答えなさい。 〈21分＝7分×3〉

問一 次の文の――線部「ない」と用法・働きが同じものはどれか。最も適当なものをあとのア～エから一つ選び、記号で答えなさい。（三重県）

●基本的には物と物のあいだの何もない空間のことだ。

ア 予想もしないことが突然《とつぜん》起こった。
イ 今日は野球の練習がない日だ。
ウ やらなければならない仕事がある。
エ ずっと変わらないものがある。

問二 次の文の――線部と文法的に同じ意味・用法のものはどれか。あとのア～エから一つ選び、記号で答えなさい。（栃木県）

●彼女《かのじょ》はとても悲しそうだ。

ア 台風の影響《えいきょう》で、激しい雨が降るそうだ。
イ 今度の試合では、僕たちが勝てそうだ。
ウ 飛行機の到着《とうちゃく》は、一時間遅《おく》れるそうだ。
エ ノルウェーの冬は、かなり寒いそうだ。

問三 次の文の――線部「に」と同じ働きで用いられている「に」を含む文を、あとのア～エから一つ選び、記号で答えなさい。（神奈川県）

●今日はいつもより早く学校に向かった。

ア 彼女はうれしそうに笑った。
イ 宿題はすでに終わっている。
ウ 花壇《かだん》の花がきれいに咲《さ》いた。
エ 転校した友人に手紙を書く。

❸ 次の文の――線部a・bの「の」と同じ働きのものを、あとのア～エからそれぞれ選び、記号で答えなさい。 〈14分＝7分×2〉（東京 成城高）

さまざまな公共建築を、並木道の行きどまりや広場、水辺などの、建物うつりの(a)よい格別の場所におさめるの(b)も、共同体へ帰依《きえ》する精神の造形表現なのである。

ア 彼の食べたのはパンです。
イ 彼女の食べたのはご飯です。
ウ 彼の本は面白《おもしろ》かった。
エ その本は面白かった。

a
b

❹ 次の文の――線部「られる」と意味・用法が同じものを、あとのア～エから一つ選び、記号で答えなさい。 〈7分〉（富山県）

そのいい例が「結構です」という慣用語であろう。この場合の「結構」というのは、「申し分のない」「たいへんよい」という意味であるが、同時に拒絶《きょぜつ》の意志を表明する際にも用いられる。

ア 旧友に声をかけられる。
イ 美しい草花が見られる。
ウ 春の気配が感じられる。
エ 先生が入って来られる。

❺ 次の文の――線部と＝＝線部の関係が適切になるように、――線部を書き直しなさい。 〈13分〉（埼玉県）

最近、私が決意したことは、人の話を最後まできちんと聞きたいと思った。

最終測驗③

—挑戰日本的升學考試試題

時間 20分
解答▼p.174～176

得分 ／100

1 **次の各問いに答えなさい。** 〈56分＝8分×7〉

問一 「自然に大きな変動を与《あた》えることはなかったように」を単語に分けると、最後の単語は「ように」となり、十一の単語に分けることができる。このとき最初から六番目の単語を書きなさい。また、その品詞名を書きなさい。（徳島県）

問二 「この四季の変化」の「この」と品詞が同じものを、次のア～エから一つ選び、記号で答えなさい。（滋賀県）

ア そう遠くはなかろう
イ ある深さから下層の雪の中は
ウ そこに息づく生きものたち
エ ただ遠い景色としてながめる

問三 次の文の——線部と同じ活用形のものはどれか。あとのア～エから一つ選び、記号で答えなさい。（栃木県）

● 彼《かれ》の家にうれしい知らせが届いた。

ア 今年の夏は例年よりとても暑い。
イ 日曜日のデパートはにぎやかだ。
ウ これは卒業の記念に描《か》いた絵だ。
エ 電話で祖母の元気な声を聞いた。

問四 次の文の——線部の「答え」の活用の種類を、あとのア～エから一つ選び、記号で答えなさい。（高知県）

● 子どもたちは、私の質問に口々に答えてくれた。

ア 五段活用　　イ 下一段活用
ウ カ行変格活用　　エ 上一段活用

問五 次の文の——線部「ばかり」と同じ意味・用法で用いられているものはどれか。あとのア～エから一つ選び、記号で答えなさい。（東京　国分寺高）

● どれも今日の問題とつながるものばかりである。

ア うたた寝《ね》をしたばかりに、風邪《かぜ》を引いてしまった。
イ 泳ぎ疲《つか》れたので、一時間ばかり眠《ねむ》ることにした。
ウ わたしも妹もその推薦《すいせん》図書を読んだばかりです。
エ 静寂《せいじゃく》の中、聞こえてくるのはせみの声ばかりだ。

問六 次の文の——線部の「で」と言葉のきまりや意味のうえで同じ「で」を含《ふく》む文を、あとのア～エから一つ選び、記号で答えなさい。（高知県）

● 案内された部屋は静かで広かった。

ア 遠足は雨で中止された。
イ 用紙はボールペンで記入する。
ウ あの人は親切で優《やさ》しい人だ。
エ 映画は三時で終わると聞いた。

❷ 次の文について、あとの問いに答えなさい。〈18分＝9分×2〉（長崎県）

ある春の日にふとその古歌が自らの実感として口から洩《も》れ出ることがある。

問一 「ふと」の品詞名を書きなさい。

問二 「ふと」が係っていく語句を次のア〜エから一つ選び、記号で答えなさい。

ア 自らの　イ 実感として　ウ 口から　エ 洩れ出る

❸ 次の文中の――線部ア〜エの「ある」のうち、他の三つと品詞が異なるものを一つ選び、記号で答えなさい。〈7分〉（富山県）

しかし、グローバリゼーションそのものは、危機でもなんでもない。ア ある文化が主流になるという動きは、これまでもあったし、これからもあるだろう。

ただ、もしイ ある文化が、その文化にとっては一風変わったと考えられるライフスタイルや価値観の存在を認めず、抑圧《よくあつ》しようとするなら、それは人類の生存にとってたいへん危険なことである。ウ ある特定の文化への極端《きょくたん》な固執《こしつ》や信仰《しんこう》は、氷河期の終わりにあたって発揮された人類の適応力を失わせてしまうかもしれないからだ。

それなら、いまエ ある文化の多様性を維持《いじ》するために、私たちは何ができるだろうか。

❹ 次の文中の――線部ア〜エの「ない」のうち、文法上の性質が異なるものを一つ選び、記号で答えなさい。〈7分〉（石川県）

しかも外側のぬれた木肌《きはだ》からは全く考えられア ないことに、そこは乾《かわ》いていた。林じゅうがぬれているのに、そこは乾いていた。古木の芯《しん》とおぼしい部分は、新しい木の根の下で、乾いて温味《ぬくみ》をもっていた。古木が温度をもつのか、新樹が寒気をさえぎるのか。この古い木、これはただ死んじゃいないんだ。この新しい木、これもただ生きているんじゃないんだ。生死の継目《つぎめ》、輪廻《りんね》の無惨《むざん》をみたって、なにもそうこだわることはイ ない。あれもほんのいっ時のこと、そのあとこの温味がもたらされるのなら、ああそこをうっかり見落とさなくて、なんと仕合わせだったことか。木というものは、こんなふうに情感をもって生きているものなのだ。今度はよほど気を配らウ ないと、木の秘《ひ》めた感情はさぐれエ ないぞ、とも思った。

（幸《こう》田《だ》文《あや》『木』による）

❺ 次は、中学校に入学した正夫《まさお》さんが、小学校の担任の先生に出したはがきの一部です。――線部を、尊敬語と謙けん譲じょう語を使って、適切に表現しなさい。〈12分〉（山形県）

近いうちに、先生がご自宅にいる時、遊びに行くつもりです。その時、たくさんお話しいたします。またお会いできる日を楽しみにしています。

詞語總整理

完美掌握如何辨識單字！

文法問題中經常出現分辨品詞容易混淆的單詞的題目。嘗試辨識下面列出的單字吧。

詞	品詞	用例	識別法
ある	①動詞 ②連體詞	飛び込み台の**ある**プール。（有跳水台的游泳池） 夏の夜の**ある**出来事。（夏天夜晚發生的某件事）	可以代換為「存在する」。 無法代換為「存在する」。
が	①格助詞 ②接續助詞 ③接續詞	校長先生**が**、お話しになる。（校長說話） 正月は来た**が**、楽しくもない。（正月雖然到來了，但並不開心） 空は快晴だ。**が**、波は高い。（天氣晴朗但海浪很高） 像「だれが」、「何が」這樣表示主語。	有接續兩個句子的作用。 是自立語，出現在句首。
で	①格助詞 ②接續助詞 ③助動詞（斷定） ④形容動詞的活用語尾	公園**で**音楽会が開かれる。（在公園舉辦音樂會） 二階の窓から飛ん**で**みた。（從二樓窗戶飛出去） ここは山の中**で**ある。（這裡是山裡面） 山の中は静か**で**ある。（山裡很安靜）	表示地點・手段・材料・理由。 接動詞音便形「い」、「ん」。 接名詞時，「～な」形態會不自然。 將「で」改為「な」時接體言。
ない	①形容詞 ②助動詞（否定） ③形容詞的一部份	この本はおもしろく**ない**。（這本書不有趣） あまり本を読ま**ない**。（不太讀書） その本はつまら**ない**。（這本書很無聊）	「ない」前面緊接著「は」、「も」。 可以代換為「ぬ」。 和前面緊接著的部份自成一個詞。
だ	①形容動詞的活用語尾 ②助動詞（斷定） ③助動詞（過去等）	花がきれい**だ**。（花很美） 美しい花**だ**。（美麗的花） 花をつん**だ**。（摘了花）	將「だ」改為「な」時接體言。 接名詞時，「～な」形態會不自然。 接動詞音便形「い」、「ん」。
また	①副詞 ②接續詞	今朝も**また**あの人に会った。（今早又遇到那個人） よく遊び、**また**よく学びなさい。（要好好玩且好好用功）	可以代換為「再び（again）」。 可以代換為「そして（and）」。

らしい	①助動詞（推定） ②形容詞的一部份（接尾語）	今日はデパートは休み**らしい**。（今天百貨公司好像休息） 彼はいかにも学者**らしい**人物だ。（他看起來很有學者氣質）	「らしい」前面可以緊接著補上「である」。 可以代換為「～にふさわしい」。
れる	①助動詞（受身等） ②動詞的一部份	父にしかられ**る**。（被父親罵） 川が静かに流**れる**。（河靜靜地流）	接五段・サ變動詞的未然形。 和前面緊接著的部份自成一個詞。
でも	①副助詞 ②接續助詞 ③接續助詞＋副助詞 ④形容動詞の活用語尾＋副助詞 ⑤格助詞＋副助詞 ⑥助動詞（斷定）＋副助詞	ちょっとお茶**でも**飲もうか。（稍微喝些茶吧） 何度呼ん**でも**、返事がない。（再怎麼呼喊都沒有回應） 車内はあまり混ん**でも**いない。（車內並不算擁擠） それほど暖か**でも**ない。（並沒有那麼暖和） 新聞**でも**報道された。（報紙上也報導了） 悪い人**でも**なかろう。（也不是個壞人吧）	表示類推，或舉例表示大部份的事物。 接動詞音便形的詞。 ③④⑤⑥即即使去掉「も」，句子意思也不變。 接著再識別「で」。
に	①格助詞 ②接續助詞的一部份 ③助動詞的一部份 ④形容動詞的活用語尾 ⑤副詞的一部份	毎日、七時**に**起きる。（每天七點起來） 知らないの**に**、知ったふりをする。（明明不知道卻裝作知道） 終わったように思われる。（覺得似乎結束了） 桜の花がきれい**に**咲いた。（櫻花開得很美） ただち**に**出かけよう。（我們趕緊出去吧）	接名詞。 「のに」用來逆接，不能去掉「の」。 「ように」自成一個詞。 有「～だ」、「～な」的活用形。 沒有「～だ」、「～な」的活用形。
な	①終助詞 ②助動詞（斷定） ③助動詞的一部份 ④形容動詞的活用語尾 ⑤連體詞的一部份	だれにも話す**な**。（對誰都別說） 春**な**のに、まだまだ寒い。（明明是春天還是很冷） 雪のよう**な**白さだ。（像雪一樣的白皙） 静か**な**湖畔の森の中。（安靜湖畔的森林裡） 小さ**な**魚しかいない。（只有小魚）	出現在句尾。 只用在接「の」、「のに」、「ので」時。 「ような」自成一個詞。 有「～だ」、「～に」的活用形。 沒有「～だ」、「～に」的活用形。

五十音表索引

た行

な行

は行

ま行

や行

ら行

解答・解說・問題中譯

自我檢測 1

❶

請在下列文章的每個句子的結尾加上句點，並用數字回答共有幾個句子。

我在各處尋找，也叫家臣們在宮殿裡搜尋。然而，哪裡也沒有看到那個女人的身影。我失望地回到了房間。然後，我看向那個女人坐過的長椅，那裡掉落了大約兩根濕漉漉的野鴨羽毛。

解答 **6**

わたしは～捜した。家臣たちを～捜させた。しかし～見えなかった。わたしは～戻って来た。そして～目をやった。そこには～落ちていたのだ。

思考方式 **句子斷句的部份**，在文章裡總共有五處。因此包括最後一句在內，共有六個句子。此外，**連接詞**「しかし」和「そして」**可以作為尋找句子分段處的線索**。要注意別把「女が座っていた長いすに～」分段成「女が座っていた。長いすに～」。

❷

請回答下列各句各由幾個文節構成，並用數字作答。

① 我遇見了都市裡沒有的風景。
② 這位青年是村民選出的勞動者。
③ 吹著混合了各種香氣的令人心曠神怡的風。

解答 ①**6**　②**6**　③**7**

① 私は、／都会には／ない／風景に／出会って／きた。
② この／青年は／村人に／選ばれた／働き手で／あった。
③ いろいろの／香りの／混ざった／心地よい／風が／吹いて／いる。

思考方式 **找出加入「ネ」、「サ」後意思不會不自然的分段處。**別把①的「出会って／きた」或③的「吹いて／いる」分成一個文節。②的「働き手で」似乎可以改成「働きネ手でネ」，但「働き手」整個詞表示的是一個完整意思，不可以在中間切斷。

❸

請回答下列各句各由幾個文節、幾個詞構成，並用數字作答。

① 感受到生物的孤獨。
② 湖中有白鳥。
③ 中間矗立著一棵空心樹。
④ 他正在尋找的是那本書。

解答
文節…①**3**　②**3**　③**6**　④**5**
單字…①**6**　②**8**　③**10**　④**10**

①生き物 の／さびしさ を／感じ た。
②湖 に は／白鳥 が／い た よ。
③真ん中 に／くり の／木 が／一本／立っ て／いる。
④彼 が／探し て／いる の は、／その／本 です。

思考方式 在分割文節時，③的「くりの／木が」，是用「くりの」來說明「木（が）」。注意別當成一個文節。**在分割成單字時，區分附屬語（助詞・助動詞）很重要。**②的「には」是由助詞的「に」、「は」合併而成。「いたよ」，則是「い（動詞）＋た（助動詞）＋よ（助詞）」。④的「探し て いる の は」是由五個單字所組成的。注意別把「その」分成兩個單字。

4

從以下各句中，①～③挑選出並列關係的兩個文節，④～⑥挑選出補助關係的兩個文節。

① 這朵花又小又可愛。
② 踢球、投球來玩。
③ 正在思考父親和母親的事情。
④ 坐定期船向這個城市前進。
⑤ 吃了放在盤子裡的沙拉。
⑥ 父親給我披上了外套。

解答
①小さくて　かわいい　②蹴ったり　投げたり
③お父さんや　お母さんの　④走って　いる
⑤とって　おいた　⑥かけて　くれた

思考方式 **並列關係，就是即使順序調換，句子意思也不會改變。**此外也要仔細找出每個文節。像是③的句子，要注意別分割成「お父さん」、「お母さん」。

補助關係可以從後面接的補助語看出來。「いる」、「おく」、「くれる」是補助語。讓我們牢記主要的重點詞語。

5

從以下各句中挑選出獨立語和接續語。

① 大家，快集合吧。
② 因為有點發燒，去了醫院。
③ 春天，那是生命萌芽的季節。
④ 這家店的料理很好吃。而且便宜。
⑤ 雖然天晴了，但還是帶著傘出門。

解答
獨立語…①みなさん　③春
接續語…②熱っぽいので　④しかも　⑤晴れたけれども

思考方式 **獨立語**是例如①和③句子裡，**獨立於其他文節**的部份。①是「呼喚」，③是「提示」。

接續語表示關於後續部份的理由或條件。②和⑤，是由接續助詞連結在一起，接續後面部份的句子。

6

從以下各句中的劃線兩個文節的關係中，選擇後面的a～d，用符號回答。

① 吃了紅色的大蘋果。
② 那裡閃耀的星星是什麼？
③ 在海邊許多人游泳。
④ 這種事即使小孩也能做到。

a. 主述關係
b. 修飾與被修飾關係
c. 並列關係
d. 補助關係

解答 ①c　②d　③b　④a

思考方式 **①可以改換順序**，所以表示的是**並列關係**。②的「いる」是代表性的**補助語**。③的「海で」和述語「泳ぐ」相關，不是主語，所以是**連用修飾語**。④要思考「できる」的主語是什麼。將**「子どもでも」代換為「子どもが」句子意思仍然是通順的**。

7

從以下各句中的劃線文節的關係中，回答它們之間是什麼關係。

① 你這麼自私的人沒見過。
② 夜晚逐漸深了。
③ 你有妹妹或弟弟嗎？
④ 她總是穿著可愛的衣服。

解答
①主・述的關係　②補助的關係　③並列的關係
④修飾・被修飾的關係

思考方式 和前一題的題型相同。①的「いない」是**述語**，再接著思考**主語**。②後面的文節「ゆく」，對前面的「更けて」添加了**補助的意思**。③**可以改換順序**。④裡，「かわいい」是**詳細說明「服を」的文節**。

8 **從以下各句中，挑選出連體修飾語及其所修飾的體言所含的文節。（括號內的數字表示連體修飾語的數量。）**

① 僅剩一點水。（1）
② 這是我弟弟的照片。（2）
③ 電視吵鬧的聲音。（2）

解答 ①わずかな→水しか　②私の→弟の　弟の→写真です
③テレビの→音が　うるさい→音が

思考方式 **連體修飾語**，指的是**和後面接續的含有體言（名詞）的文節有所聯繫，並詳細說明其意思內容的文節**。並不只有像③這樣，**連體修飾語緊接在體言文節前方的情況**。另外，**一個文節也可能和兩個以上的修飾語相關聯**，要多加注意。

9 **從以下各句中，挑選出連用修飾語及其所修飾的用言所含的文節。（括號內的數字表示連用修飾語的數量。）**

① 夕陽非常美麗。（1）
② 因為很熱，所以脫掉了衣服。（1）
③ 在公園裡吃了很多美味的便當。（3）

解答 ①とても→美しかった　②服を→　いだ
③公園で→食べた　弁当を→食べた　いっぱい→食べた

連用修飾語，指的是**和用言（動詞・形容詞・形容動詞）有所聯繫，詳細說明其意思內容的文節**。題目中每一句的被修飾語都是述語。②和③都省略了主語。另外像③這樣，**連用修飾語也可能會一個文節和兩個以上的修飾語相關聯**，要多加注意。

自我檢測 2

1 **將以下各句的文節合併為幾個連文節。**

① 昨天的傍晚，雷在東邊的天空中轟鳴。
② 學校的池塘裡住著很多生物。
③ 今天早上心情不好，所以打算請假不上學。

解答 ①昨日の夕方／ひどい雷が／東の空で／鳴っていた。
②学校の池には／たくさんの生き物が／すんでいる。
③今朝は気分が悪いので／学校を／休もう。

思考方式 ①「鳴っていた」和②「すんでいる」是表示**補助關係**的連文節，是述部。也有像③這樣，含有多個文節的連文節。在此扮演的是接續部的功能。**不要拘泥於文節長度，多從作用上思考**。

2 **從以下各句中挑選出並列或補助關係的連文節，並回答這些文節的成分。**

例：家裡的燈光熄滅了。→熄滅了（述部）

① 畫那幅畫的是著名的畫家。
② 因為過得舒適，所以喜歡春天和秋天。
③ 選擇紅色還是藍色？

解答 ①画家である（述部）　②春と秋が（修飾部）
③赤と青（獨立部）

思考方式 ①的「画家で」和「ある」的部份是補助關係。②的述語是「好きだ」，與它相對的主語被省略了。要注意別把「春と秋が」誤當成主部。③是表示「提示」的獨立部。

3

回答以下各句中劃線部分的文成分。

① 窗戶透進來的青白色光線讓人感受到涼意。
② 撥開落葉一看，蜂斗菜的蕾露了出來。
③ 角長的形狀也和其他牛不同。
④ 初春的白榊林比冬天的山更讓人感到凄涼。
⑤ 對某件事感動，是重要的事情。
⑥ 如果不治好水，則無法過上安心的生活。

解答 ①主部　②接續部　③主部　④修飾部　⑤獨立部　⑥接續部

思考方式 思考句子成份時，**首先掌握主語（部）和述語（部），接著再找出修飾語（部）等**。①的「窓から差しこむ青白い」修飾「光（が）」，「光が」是主語，與述語「感じさせた」對應。②、⑥是表示後續句子的**條件或理由**的連文節。③將**「も」代換成「が」句子意思仍然是通順的**。④對述語「感じられた」詳細進行說明。⑤**是表示「提示」的獨立部**。

4

回答以下各句中劃線部分的文成分，並從選項中選擇記號作答。

① 我們聽到了有趣又有益的故事。
② 竹林和森林減弱了湧出的洪水的力量。
③ 清晨的天空中美麗地閃耀的星星，那就是金星。
④ 到達目標地點後，我們立刻搭起了帳篷。

ア 主部
イ 述部
ウ 修飾部
エ 接續部
オ 獨立部

解答 ①ウ　②イ　③オ　④エ

思考方式 這題和前一題是相同的題型。①是和述部相關的連用修飾部。②裡的述部是補助關係的連文節。③由五個文節組成，獨立於其他句子的成份。④在前面句子接上接續助詞，接續後面的句子。

5

請回答以下每句的述語（部）。另外，請指出這些述語（部）與其修飾的部分在文中的成分關係。

① 絕對不會讓渡。只有這是。
② 沒出息的人。你是。
③ 我會再睡一會兒。在那個房間裡。
④ 我會再做一次。一個人來。

解答 ①渡さない・修飾語　②本当に情けない人です・主語
③眠ります・修飾部　④やり直します・修飾語

思考方式 **述語（部）將其他句子的成份和位置改變**，稱為**倒置**。由此來**提昇呈現效果，或是吸引對方注意**。**和述語（部）相關的，除了主語（部）以外就是修飾語（部）**了。①的「これだけは」乍看之下像是主語，其實是和「渡さない」相關的修飾語。這個句子**省略了主語**。

6

從以下各句中提取所有連文節，並根據例子回答它們的文成分。

例：上週日去了圖書館。→上週日（修飾部）

① 她在傾盆大雨中跑了過去。
② 雨停了，所以在公園裡玩。
③ 我正在找的東西，那就是房間的鑰匙。

解答 ①どしゃ降りの雨の中を（修飾部）　走っていった（述部）
②雨がやんだので（接續部）　遊んでいた（述部）
③探していたもの（獨立部）　部屋のかぎだ（述部）

思考方式 將句子分割成不同意思的區塊來思考。

①「どしゃ降りの雨の中を」是**詳細說明**述部「走っていった」的部份。

②「雨がやんだので」表示後述部份的**理由**。

③「探していたもの」並不是主部。

7、②的述部，是**含有補助關係的連文節**。

7

請選擇下列句中劃線部分的文成分，並從ア～オ選項中選擇記號作答。

① 吃了很多後，變得睏了。

② 我對山田的意見持反對意見。

③ 給了她美麗的戒指。

④ 任性的那個人，就是你。

解答

a…エ　b…イ　c…ア　d…ウ　e…イ

f…ウ

g…ウ　h…オ　i…ア　j…イ

思考方式 首先請記住，**句子末尾的述語（部）很多**，並掌握與它們關聯的部分。①的 a 表示理由（原因）。另外，這個句子**省略了主語**。②的 d 和③的 f、g，都是詳細說明述語的部份。④的 h 則是獨立於其他部份。

8

請從ア～エ中選擇下列句子的結構，並以記號作答。

① 松本君，幫我拿那本書。

② 因為雨很大，今天的計畫取消了。

③ 戴著白色帽子的長髮少女是我的妹妹。

④ 一隻黑色的大狗慢慢地走了過來。

選項：

ア 主語 + 述語

イ 述語 + 主語

ウ 句子結構

エ 其他結構

選項：

ア 主語（部）

イ 述語（部）

ウ 修飾語（部）

エ 接續語（部）

オ 獨立語（部）

解答 ①エ　②ウ　③ア　④イ

思考方式 將每個句子以句子成分分割，來檢查其結構。

①「松本君」是獨立語。「その本を」則是和述部「取ってくれ」關聯的修飾部。

②**注意「ので」**。它前面的部份是**表示理由（原因）的接續部**。「今日の予定は」是主部，「取り消しだ」是述語。

③「白い帽子をかぶった髪の長い」是和「少女（が）」關聯的連體修飾部，並不構成句子成份。**這部份作為主部的一部份**使用。

④「一頭の黒い大きな」是「犬（が）」的連體修飾部，直到「犬が」的部份都作為主部使用。「ゆっくりと」是和述部「いてきた」相關的連用修飾語，以句子成份而言是修飾語。

9

請回答下列句子的結構圖中，每個（　　）中應填入的詞語。

① 老人和年輕人都享受了那個盛大的祭典。

② 她因為驚訝，掉下了湯碗。

解答

ア…主部　イ…修飾部　ウ…述語　エ…並列

オ…接續語　カ…修飾部　キ…連體修飾語　ク…補助

思考方式 右側劃線部份表示**句子的成份**，左側劃線部份表示**文節間的相互關係**。

①的「老いも」、「若きも」是並列關係。
②的「落としてしまった」是**補助關係**。補助關係，是由後面文節來補助前面的文節，並且在表示修飾與被修飾時，**箭頭方向會相反，要多加注意**。

10

請從以下各句中找出有活用的附屬語。

① 那是森林中吹來的風。
② 那個少女似乎要去遠方。
③ 冬天來臨時，那隻鳥會來。
④ 我想從客人那裡獲得熱烈的掌聲。

解答 ①で・た　②らしい　③そうだ　④たい

思考方式 **助動詞是接在自立語後，不足以自成文節的附屬語中，可活用的部份。無法活用的則稱為助詞。要明確地分辨出助詞和助動詞的區別**。
③的「そうだ」自成一個單詞。要注意別單獨寫成「だ」。

11

請選擇以下句中劃線部分的單詞詞性，並從選項ア～コ中選擇作答。

① 清涼的風吹了出來。
② 明天，我打算回故鄉。
③ 我是中學生。
④ 穿著白色衣服的女孩騎著自行車經過。
⑤ 明天一定會去。
⑥ 你是一個非常可愛的人。
⑦ 風開始吹了。然後雨也下了。
⑧ 那應該是最合適的方法。

解答 ①イ　②ア　③コ　④エ　⑤ケ　⑥オ　⑦キ　⑧ウ

思考方式 品詞，由⑴**是自立語或附屬語**，⑵**是否能夠活用**，還有⑶**在句中的功能**，等要點作為基礎來判定。**記得把品詞分類表背起來**。
③和⑤是附屬語。無法活用的有③、④、⑥、⑦。①、②、⑧可以從原形形態判斷。⑥是修飾用言（形容詞）「かわいい」且無法活用的自立語。

12

請回答以下各句是單句、複句還是合句。

① 我們整天默默地在森林裡走來走去。
② 海浪拍打著，土地發出悲鳴。
③ 那是六月陽光明媚的美好日子。
④ 當我想要出去的時候，他來了。

解答 ①單句　②疊句　③複句　④複句

思考方式 **單句是只有一個主述結構的句子，複句是句子的組成份中含有主述結構的句子**。
①由五個文節所組成，有主述結構的部份，只有主語「私たちは」和述語「歩き回った」。
②的**主述結構是並列關係**，所以是**疊句**。
③修飾部的「日がさんさんと照る」的部份**有主述結構存在**，是**複句**。
④修飾部的「私が外に出ようとしたときに」的部份**有主述結構存在**。

自我檢測 3

❶

請從以下各句中提取所有名詞，並將其分類為普通名詞、代名詞、固有名詞、數詞和形式名詞。

① 有一天，她和姐姐兩個人去了附近的公園。
② 我們的人生就是不如意的事。
③ 今天凌晨，太郎從住慣的城鎮出發，越過野地和山，來到了這個離十公里的村子。
④ 學習日語並想了解日本的外國人的存在是珍貴的。
⑤ 那是他還七歲的正月。
⑥ 我期待著下週的國語課上讀《枕草子》。

解答

普通名詞…①日・姉・近く・公園　②人生　③今日・未明・町・野・山・村　④日本語・外国人・存在　⑤正月　⑥来週・国語・時間・楽しみ

代名詞…①彼女　②私たち　⑤それ、彼

固有名詞…③太郎　④日本　⑥枕草子

數量詞…①ふたり　③十キロメートル　⑤七歳

形式名詞…②もの　⑤こと

思考方式 **普通名詞，指表示一般事物名稱的名詞**，數量很多。有①像「近く」這樣**從其他品詞轉品成為名詞**的，還有像⑥「楽しみ」這樣**加上接尾語成為名詞的，也要注意別漏掉了**。④「貴重で」是形容動詞。

代名詞有人稱**代名詞**「彼女」、「私たち」、「彼」，和**指示代名詞**「それ」。**固有名詞**指的是像人名、國名、作品名等，**獨一無二的事物名稱**。**數量詞**指的是**表示物品數目或份量、順序等的詞**，「ふたり」即使沒有寫成漢字，依然表示數量。

形式名詞是削弱名詞原本意義，**基於句型補助或形式上使用**的名詞。

❷

請從以下各句中提取副詞，並回答該副詞修飾的文節。

① 戴上眼鏡後，看得很清楚。
② 需要一個稍微大一點的容器。
③ 即使在比賽中輸了，也不必感到羞恥。
④ 星星閃閃發光。
⑤ 在路上偶然遇到了舊友。
⑥ 早餐要每天吃得飽。
⑦ 不會吧，他怎麼會説那樣的話。

解答

①はっきり→見えた　②やや→大きめの
③たとえ→負けても　④きらきら→輝く
⑤ばったり→会った　⑥しっかり→食べなさい
⑦まさか→あるまい

思考方式 副詞有三種，分別是**狀態副詞**、**程度副詞和呼應副詞**這三種。

①、④、⑤、⑥是狀態副詞，其中「きらきら」、「ばったり」又稱作**擬態語**，**用來表示事物樣態**。

③、⑦均為呼應副詞，**「たとえ～ても」**呼應的是假定條件用法，**「まさか～まい」**則呼應的是否定推量用法。

❸

請從以下選項中選擇符合每個描述的副詞，並回答記號。

① 修飾動詞的狀態副詞。
② 修飾其他副詞的程度副詞。
③ 擬態語作為狀態的副詞。
④ 修飾體言的程度副詞。
⑤ 下面有一定表達方式的呼應副詞。

選項：

ア 哥哥睜眼瞪著我，我停止了説話。
イ 在半夜，突然醒來了。
ウ 今天真是太熱了呢。

エ 他走得非常慢。
オ 那是相當早的事情。
カ 我決不會給你帶來困擾。

解答 ①イ　②エ　③ア　④オ　⑤カ

思考方式 將ア～カ的副詞標示出來如下所示。

ア「じろっと」是擬態語，所以是狀態副詞，用來修飾「にらまれて」。
イ「ふと」是修飾「覚めた」的狀態副詞。
ウ「たいそう」是修飾形容詞「暑い」的程度副詞。
エ「とても」是修飾副詞「ゆっくり」的程度副詞。
オ「かなり」是修飾名詞「前」的程度副詞。
カ「決して」是呼應「～しません」的呼應副詞。

4

請從以下句子中提取連體詞。

① 任何人都有缺點。
② 在國外會有奇怪的體驗。
③ 我國的首都東京。
④ 請坐在那把椅子上。
⑤ 他擁有各種郵票。
⑥ 即使是小小的生命也必須尊重。

解答 ①いかなる　②おかしな　③わが　④その　⑤いろんな　⑥小さな

思考方式 **連體詞經常作為連體修飾語**使用，思考時可以和被修飾的體言一併處理，會比較容易找出。①修飾的是「人」，②是「体験」，③是「国」，④是「います」，⑤是「切手」，⑥是「命」。

5

請回答以下句中劃線部分的詞語是A連體詞還是B副詞，並提取每個詞所修飾的文節。

① 兄回到家後，過了一會兒父親也回來了。
② 祖父的家裡有各種各樣的古董。
③ 你知道這朵花的名字是什麼嗎？
④ 除非是非常猛烈的雨，否則我會按計劃出發。
⑤ 請稍微向右移動一下。
⑥ 為什麼聽不進媽媽的話呢？
⑦ 並沒有太大的擔心。
⑧ 我想去世界上所有的國家。

解答 ①B・すると　②A・ものが　③A・花が　④B・激しい　⑤B・右に　⑥B・聞けないの　⑦A・心配は　⑧A・国に

思考方式 **連體詞是修飾體言文節的詞，而副詞則是主要修飾用言文節的詞。**

不過要注意，也有像⑤的「少し」這樣的用法，用**副詞來修飾含有地點・方向・數量・時間等的體言文節**。「もっと」、「かなり」等詞也是一樣的。

連體詞的數量稀少，就全部背起來吧。

①的「しばらく」是狀態副詞。
④的「よほど」和⑤的「少し」是程度副詞。
⑥的「どうして」是呼應「～の」的疑問的呼應副詞。

6

請從以下句子中提取感嘆詞，並根據後面的分類進行填寫。

①「好吧，再加把勁。」
②「喂，快點起來。」
③「真是的，又要從頭再來一次了。」
④「你喜歡棒球嗎？」「嗯。」
⑤ 她說「謝謝」，然後對我微笑。

解答

感動…③やれやれ　呼叫…②おい
應答…④うん　招呼…⑤ありがとう
吆喝…①よいしょ

思考方式 **感動詞一般會在句首出現**，很容易找到。這裡也全都出現在句子開頭處。

②的「おい」和「こら」、「ちょっと」等詞一樣，是在呼喚時使用的詞語。

③「やれやれ」是在表示疲憊感等狀態時的詞語，是感情的一種，所以表示「感動」的意思。

④的應答乍看之下出現在句子後面，但其實是出現在回答問題時答案的開頭。

7

請從以下句子中填入最適合的連接詞，並從後面的選項ア～ク中選擇相應的連接詞功能。另外，請選擇該連接詞的功能，並用字母記號a～g回答。

① 請在星期六（　）星期天來。
② 他們拼盡全力戰鬥。（　）贏得了比賽。
③ 他們拼盡全力戰鬥。（　）輸掉了比賽。
④ 首先回家，（　）我們去打棒球吧。
⑤ 飲食是自由的。（　）請大家自行帶回垃圾。
⑥ 他游泳很好，（　）跑得也快。
⑦ 大家都到了呢。（　）我們出發吧。
⑧ 那個人一定會來。（　）因為他有約。

ア 所以　イ 那麼　ウ 但是　エ 然後
オ 或者　カ 再者　キ 不過　ク 因為

a 順接　b 逆接　c 累加　d 並立
e 對比・選擇　f 解釋・補充　g 轉換

解答

①オ・e　②ア・a　③ウ・b　④エ・c
⑤キ・f　⑥カ・d　⑦イ・g　⑧ク・f

思考方式 **接續詞**包含像是②、③、⑤、⑦、⑧這種**接續句子和句子的詞語**，以及像是①、④、⑥這樣，**接續文節（連文節）和文節（連文節）的詞語**。理解句子的意思，並思考其功能。

①填入和「それとも」、「あるいは」相同意思，表示從前一事物和後一事物之間做選擇的詞語。

②和③填入的詞語分別表示相反的意思。

④填入表示在前一事件之後，添加後一事件的詞語。

⑤填入說明前一事件的詞語。

⑥填入表示「水泳が上手で」和「足が速い」並列關係的詞語。

⑦填入轉換話題的詞語。

⑧填入表示前一事件的原因・理由的詞語。

8

請回答下列各文中劃線部分的詞性。

① 在學校放學回家時，順便去了一下朋友家。
② 回到故鄉，度過了暑假。
③ 那個紅綠燈右轉就是市政府。
④ 嗯，我想詢問一下。
⑤ 最近有機會，我們再見吧。
⑥ 這本書有趣，而且還有用。
⑦ 那隻狗怎麼這麼大啊。
⑧ 一座大樓在空地上建好了。
⑨ 這個先到底會怎麼樣呢？
⑩ 你認為哪個方法最好呢？
⑪ 森田先生，有客人來了。
⑫ 喂，這裡是宮家先生的家嗎？
⑬ 母親的病漸漸好了起來。
⑭ 教室裡，大家一起安靜下來了。

解答 ①名詞 ②動詞 ③連體詞 ④感動詞 ⑤副詞 ⑥接續詞 ⑦形容詞 ⑧連體詞 ⑨副詞 ⑩連體詞 ⑪名詞 ⑫感動詞 ⑬副詞 ⑭形容動詞

思考方式 劃線部份都是很容易混淆品詞的用法。要特別注意正確識別它們。

①的「帰り」是由動詞「帰る」轉品的名詞。②的「帰り」是動詞（中止法→參閱本冊p.47），表示動作。

③的「あの」是「こ・そ・あ・ど」＋「の」形態的連體詞。④也是同樣形態，但**要注意是獨立語**。這裡的「あの」是表示呼喚的感動詞。

⑤的「また」是含有「再び」意思的副詞，而⑥的「また」則是表示並列的接續詞。**接續詞不能改變在句子裡的位置，副詞可以改變在句子裡的位置**，也有這樣的辨識方式。

⑦的「大きい」是形容詞，⑧的「大きな」是連體詞。「～な」的形態很容易和「静かな」這類形容動詞混淆。要仔細分辨它們之間的區別。

⑨的「どう」是副詞。⑩的「どの」和③一樣是連體詞。

⑪的「森田さん」的句子成份是獨立語，品詞則是名詞。要注意**別把獨立語＝感動詞**。⑫的「もしもし」是表示呼喚的感動詞。

⑬的「しだいに」如果只看「～に」的形態，很容易當成是形容動詞。**要確認它是否有「～だ・な」的形態**。⑭的「静かに」有「静かだ」的用法，是形容動詞。

自我檢測4

1 **請從以下①、②兩首詩中找出所有動詞（包括補助動詞），並回答動詞的原形。**

① 從會看的人看來 樹木在低語著 悠哉又小小聲地
樹木在行走著 朝著天空 樹木如同閃電般奔跑著 朝著地下
樹木確實不會呼喊 樹木 就是愛本身 若非如此鳥兒就不會飛來
停在枝頭上了 就是正義本身 若非如此就不會用根部吸取地下水
然後返還給天空了 （田村隆一「樹木」）

② 妹妹啊 今夜下起雨來 聽不到妳的木琴聲
（金井直「木琴」）

解答 ①見る 見る 囁く いる く いる むかう 走る いる わめく 飛ぶ くる とまる 吸いあげる かえす
②降る いる きける

思考方式 **尋找動詞時，要注意動詞的性質**。留意**「表示事物的動作（作用）・存在等」「有活用形，原形形態是五十音表的ウ段音結尾」**這些點，就能更容易找到。

別把複合動詞的「吸いあげる」分割成「吸い」和「あげる」。①的「囁いている」、「歩いている」、「走っている」、「飛んでくる」，②的「降っている」都是**補助動詞**。②的「きける」是**可能動詞**。要注意別把原形當成「きく」。

2

請回答下列各文中劃線的動詞「來る」的活用形式，包括「來」的讀音和每個活用形。

① 下次來的時候，把盤子拿過來喔。
② 要是早點來的話，就能見到了。
③ 明天早上，到車站來。
④ 客人會來。
⑤ 那隻狗，每天都會來我家。
⑥ 不久之後郵件聯繫也不再來了。

解答
①く・連體形　②く・假定形　③こ・命令形
④き・連用形　⑤く・終止形　⑥こ・未然形

思考方式 **カ行變格活用（カ変）動詞只有「来る」一個**，要牢牢記住。**注意當寫成漢字的「来」時，隨活用形不同讀音也會不同。**⑤和①的語形相同，但活用形不同。動詞包括カ變在內，終止形和連體形的語形是相同的。句子在此結束的話是終止形，後面接「とき」、「こと」、「人」、「もの」等體言時則是連體形。

3

在以下各句的空格中，填入下列括號內詞語的活用形。

① ＿＿手的話，或許能夠接觸得到。（伸長）
② 什麼都不＿＿，只是祈禱著。（做）
③ 「別光說些你喜歡或討厭的，快＿＿。」（吃）
④ 將今天一天發生的事情＿＿在日記。（寫）
⑤ 很開心地＿＿著外面的景色。（眺望）
⑥ 昨天，第一次＿＿上了和服。（穿）

解答
①のばせ　②せ　③食べろ（食べよ）　④書こ
⑤ながめ　⑥着

思考方式 依序寫出它們的活用形，分別是①假定形，②未然形，③命令形，④未然形，⑤連用形，⑥連用形。②「する」的未然形有「し」、「せ」、「さ」三種，當後面接「ず」時用的是「せ」。「し」後面接「ない」，「さ」則接「れる」、「せる」。

當用於句尾時，一般使用終止形或命令形。使用何者要依前後文來判斷。③「好き嫌いばかり言わずに、さっさと……」應該使用命令形。另外，「食べる」是下一段活用，所以命令形有「食べろ」、「食べよ」這兩種，兩者皆可。

4

將空格填滿，完成以下整理表。

基本形中譯：運送　在　掉落　做　來　出來　幫助　有

解答

基本形	語幹	未然形	連用形	終止形	連體形	假定形	命令形
運ぶ	運	—ば/—ぼ	—び/—ん	—ぶ	—ぶ	—べ	—べ
居る	○	い	い	いる	いる	いれ	いろ/いよ
落ちる	落	—ち	—ち	—ちる	—ちる	—ちれ	—ちろ/—ちよ
する	○	さ/せ/し	し	する	する	すれ	しろ/せよ
来る	○	こ	き	くる	くる	くれ	こい
出る	○	で	で	でる	でる	でれ	でろ/でよ
助ける	助	—け	—け	—ける	—ける	—けれ	—けろ/—けよ
ある	あ	—ら/—ろ	—り/—っ	—る	—る	—れ	—れ

思考方式 活用分類依序為：運ぶ＝五段活用，居る＝上一段活用，落ちる＝上一段活用，する＝サ行變格活用（サ變），来る＝カ行變格活用（カ變），出る＝下一段活用，助ける＝下一段活用，ある＝五段活用。**カ變和サ變要牢記活用表**。**カ變・サ變動詞和部份上一段・下一段活用動詞，無法區分語幹和活用語尾**。這種情況就將語幹記為〇，或是以（　）表示語幹。另外，**上一段活用・下一段活用・サ變的命令形有兩種**，作答的時候不要忘了。

「ある」的未然形「あら」後面接「ぬ」、「ず」，形態是「あらぬ」、「あらず」。

5

請回答以下各句劃線部份的動詞的活用形。

① 你也給我把頭低下。
② 要是上午來的話，就能悠閒一點了。
③ 不管多少次都沒法成功，正在煩惱著。
④ 母親一邊喊叫著，一邊以視線追逐著火車窗戶。
⑤ 無論如何都不在都市居住。
⑥ 到了夜晚，紅色和黃色的電燈點亮了。
⑦ 喝紅茶時，請不要加進砂糖。
⑧ 父親的聲音在我耳邊響起。
⑨ 可以先讓我回去嗎。

解答 ①命令形　②假定形　③未然形　④連用形　⑤未然形　⑥終止形　⑦連體形　⑧連用形　⑨未然形

思考方式 **在思考活用形時，可以從後面接續詞語來判斷，或是由活用語尾來判斷。**

①「下げろ。」和⑥「つく。」**位於句尾**，是**終止形或命令形**。接著用活用語尾來判斷就可以了。

②「来れば」只要牢記**カ行變格活用的活用表**就沒問題，從**接續的「ば」**可以判斷是**假定形**。

③是**サ行變格活用的複合動詞**。當後面接「ず」時，使用未然形「－せ」。

④的「叫びながら」是在「叫ぶ」後面接**助詞「ながら」**。另外⑨的「帰らせ」則是在「帰る」後面接**助動詞「せ（せる）」**。另外光從後面接續的詞語（「ながら」「せる」）來判斷，可能有點難以看出活用形。不過只要知道「叫ぶ」、「帰る」是**五段活用**，就可以從活用語尾判斷活用形為何了。

⑤的「住もう」是未然形。**接「う」、「よう」時也使用未然形**，要多加留意。

⑦的「飲む時」和終止形形態相同，但**後面接的是「時」這個體言，所以是連體形**。

⑧的「よみがえった」是**五段活用的促音便**，活用形是**連用形**。

6

請回答以下動詞的活用分類。

①飛べる（飛翔）　②祈る（祈禱）　③　明する（發明）　④追う（追逐）　⑥　る（來）　⑦あふれる（湧出）　⑤用いる（使用）　⑧似る（相似）

解答 ①下一段活用　②五段活用　③サ行變格活用　④五段活用　⑤上一段活用　⑥カ行變格活用　⑦下一段活用　⑧上一段活用

思考方式 回答活用分類時，沒有必要一一寫出活用表。記住**後面接「ない」時，以ア段音接續的是五段活用，以イ段音接續的是上一段活用，以エ段音接續的則是下一段活用**。

例如②「祈る」後面接「ない」時是「祈らない」。「ら」是ア段音，所以是五段活用。

另外，**カ行變格活用只有「来る」一個**，**サ行變格活用則有「する」和其複合動詞**（勉強する・運動する・散歩する等），這些千萬不要忘記。

①的「飛べる」是「飛ぶ」的可能動詞。**可能動詞是下一段活用。**

自我檢測 5

❶

請回答以下各句中劃線部份的動詞是自動詞或是他動詞，並將句子中的自動詞改成他動詞，他動詞改為自動詞。

① 樹枝折斷。
② 送生日禮物。
③ 把晚餐的青椒剩下來。
④ 所有人在車站集合。

解答 ①自動詞・木の枝を折る。
②他動詞・誕生日のプレゼントが届く。
③他動詞・夕食でピーマンが残る。
④自動詞・全員を駅に集める。

思考方式 **他動詞**作為述語時，經常和表示動作或作用所及事物的**「～を」一同出現**。將自動詞改為他動詞，句子主語也會改變，所以要將原先是「～が」的句子改為「～を」。

並非所有動詞都同時有自動詞和他動詞存在。也找找看其他像題目中這樣，有自動詞和他動詞成組出現的動詞吧。

❷

請從以下動詞中找出可以改為可能動詞的選項，並按照順序以片假名代號作答。

ア 使用　イ 工作　ウ 看　エ 思考
オ 表示　カ 出發　キ 說　ク 前進
ケ 感覺　コ 逃　サ 獲得　シ 打

解答 ア・イ・オ・キ・ク・シ

思考方式 **能改成可能動詞的只有五段活用動詞**，所以在仔細辨識活用分類之後，選出五段活用的選項。按照順序改成可能動詞，分別是：ア「使える」、イ「働ける」、オ「表せる」、キ「言える」、ク「進める」、シ「打てる」。

最近有人模仿可能動詞的用法，將動詞說成「見れる」、「食べれる」，但「見る」＝上一段活用、「食べる」＝下一段活用，都不是可能動詞。「見られる」、「食べられる」才是正確的動詞用法。「られる」則是表示可能的助動詞。

❸

請找出以下各句中的補助動詞。

① 貓咪正在洗臉。
② 匆匆忙忙地吃晚餐。
③ 不懂的話請老師教導。
④ 暫時不奔跑了。

解答 ①いる　②しまう　③くださる　④おく

思考方式 注意**補助動詞前面的文節是「～て（で）」的形態**。補助動詞，是這個動詞失去了原本的意思，作為補助前面文節作用的用法。例如①「猫が顔を洗っている。」的「いる」，就沒有「存在」的意思，而只有補助「洗って」的功能。

補助動詞另外還有例如：「置いてある」、「やってみる」、「やってくる」、「教えてやる」等用法。

「いらっしゃる」、「くださる」、「あげる」、「さしあげる」這類的敬語動詞也會作為補助動詞使用，這點要多留意。

4

請從以下各句中找出所有形容詞和形容動詞，並將句子裡的形式照樣寫下回答。

① 四年間和大家一樣用功，但成績談不上好，排名也總是從後面找起比較容易。

② 只要是美麗又大片的布，就算不是特別稀有的也沒關係。

解答　形容詞…①いい　ない　②美しい　珍しい　なく

形容動詞…①人並みに　楽で　②特別に

思考方式　選出**表示事物性質或狀態的詞**。關於形容詞，辨識②的「珍しいのでなくても」和「かまわない」的區別非常重要。前者是自立語所以是形容詞，後者則是接動詞「かまう」未然形的附屬語（助動詞）。①的「いい」只有終止形和連体形，其他活用形則是「よい」，或者也會用「よかろう」、「よかった」。

形容動詞的辨識方式必須牢牢記住。②的「大きな」，要**確認是否能改成「－だ」、「－に」的形態**。如果沒有「－だ」、「－に」的形態，就是不能活用的自立語，作為連體詞使用。形容動詞在「人並みに」、「楽で」、「特別に」這類活用形態時很容易被忽略，要特別注意。

5

請從選項中選出適合下列各句的形容詞或形容動詞，並填入正確的活用形變化。

① 被父親訓斥很＿＿，所以沉默了。

② 這條魚今天才剛買，所以＿＿。

③ 這件行李對你來說＿＿，所以我拿吧。

④ 外表看起來好像很強壯，但其實是＿＿的人。

⑤ 那件事如果是真的，這裡有寶物就是＿＿。

⑥ 越過這座高山，接下來就一直是＿＿的山丘了。

⑦ 話題完全不＿＿，所以大家都靜不下來聽。

⑧ 在醫院接受治療的話，應該就可以變得＿＿。

⑨ 昨天因為很＿＿，所以在公園曬了日光浴。

⑩ 你想要我買＿＿的衣服呢。

ア　有活力的　イ　溫暖的　ウ　確定的
エ　有趣的　オ　新鮮的　カ　重的
キ　怎樣的　ク　柔弱的　ケ　平緩的
コ　可怕的

解答　①コ・怖く　②オ・新鮮だ　③カ・重かろ　④ク・か弱い　⑤ウ・確かだろ　⑥ケ・なだらかな　⑦エ・おもしろく　⑧ア・元　に　⑨イ・暖かかっ　⑩キ・どんな

思考方式　**首先，選出最適合句子意思的詞。接著再根據下面接的詞決定活用形。**

②是在句尾，所以是終止形或命令形，而形容詞・形容動詞是沒有命令形的，所以只可能是終止形。

③、⑤是以「う」結尾的形態。分別填入未然形的用法「重かろう」、「確かだろう」。

④、⑥後面接的是「人」、「丘」，所以接連體形。④填入形容詞的「か弱い」，形態和終止形一樣。但⑥是形容動詞，所以填入「なだらかな」。要注意和終止形「なだらかだ」的形態是不一樣的。

像⑦這樣**後面接「ない」時，形容詞・形容動詞要使用連用形**。動詞的話「ない」要接未然形，千萬別搞錯了。

⑨要小心別寫成「暖かだっ（た）」。要選的選項是「暖かい」（形容詞），所以活用形只能是「暖かかっ（た）」。「暖かだっ（た）」則是「暖かだ」（形容動詞）的連用形。

⑩的形容動詞「どんなだ」並沒有連體形，在接體言等詞的時候直接使用語幹。「こんなだ」、「そんなだ」、「あんなだ」也是一樣的。

6

請回答以下各句劃線部份的形容詞的活用形。

① 天氣逐漸變壞，風吹過來了。
② 要是再短一點的話，就能放進箱子裡了。
③ 雖然個性不好，但還是僱用了。
④ 在嚴寒之中，在腳邊養了小雞。
⑤ 正是這位女性，很適合當女王吧。
⑥ 在都市中，所見之物全都很新奇。

解答 ①連用形　②假定形　③連用形　④連體形　⑤未然形　⑥終止形

思考方式 請一邊在腦子裡默背形容詞的活用形「かろ／かっ・く／い／い／けれ／○」，一邊確認用法。特別是③的「よくなかったが」，後面接的是「ない」，所以別和未然形用法搞混了。是**形容詞時，「ない」接的是連用形**。④後面接的是「寒さ」這個體言（名詞），所以使用的不是終止形，而是連體形。

7

請回答以下各句劃線部份的形容動詞的活用形。

① 要是很大不方便搬動就放著吧。
② 遠離都市豐饒地生活著。
③ 京都是一片非常棒的地方。
④ 思考的過程很重要，答案怎樣都沒關係。
⑤ 在山上看到的星空，非常神秘。
⑥ 不管再怎麼安慰，她的心情都很複雜吧。

解答 ①假定形　②連用形　③連體形　④連用形　⑤終止形　⑥未然形

思考方式 **形容動詞連用形的活用語尾**有三種：「だっ」、「で」、「に」。後面各自接的是「た」、「ない」、「なる」等字。

像①的「不便なら」，有時候形容動詞的假定形不會和助詞「ば」一起出現。②的「豊かに」接的是「暮らして」。「―に」的形態用於接續各種用言。也會像例如「右より左がわずかに重い。」這樣接形容詞使用。④的「重要で」是**連用形的中止法**（中斷句子再接下去）。另外，**形容詞・形容動詞是沒有命令形的**。

自我檢測 6

1

以下的單詞中，有音便形態的是哪些呢？請根據音便的種類分類，並以音便的活用形回答。

考える（思考）　聞く（聽）　違う（不同）　居る（在）
つらい（痛苦）　済む（結束）　示す（表示）　鳴る（響）
おもしろい（有趣）　飛ぶ（飛）　持つ（持有）
注ぐ（注入）　絶える（斷絕）　かつぐ（扛）
（例）　書く→イ音便「書い」　ぶ→撥音便「学ん」

解答
イ音便…聞い　注い　かつい
促音便…違っ　持っ　鳴っ
撥音便…済ん　飛ん
ウ音便…つろう　おもしろう

思考方式 **動詞的音便**分別有：**イ音便・促音便**（有促音「っ」）**・撥音便**（有撥音「ん」）這三種。**動詞的音便形只在五段活用的連用形時出現**，所以下面加「た」就可以。

形容詞的連用形「―く」，只有在接續「ございます」、「存じます」時使用ウ音便的形態。ウ音便會將連用形的活用語尾，和語幹的一部份一起變化。例如「つらく→つろう」。其他也有「あぶなく→あぶのう」、「たのしく→たのしゅう」這些用法。

❷

請將以下各句中劃線部份的用言改為原形，並回答出它們的品詞。

① 他的音量迅速地變小了。他開始很可憐地說：「狗很可怕。」然後他彷彿逃一般離開，到有點遠的地方，去見親近的朋友。

② 偶爾也會讓我擺弄那個奇妙的機械，但那是為了讓有太多空閒時間的我安靜下來吧。

解答

ア…急激だ・形容動詞　イ…小さい・形容詞
ウ…情けない・形容詞　エ…離れる・動詞
オ…会う・動詞　カ…奇妙だ・形容動詞
キ…いじる・動詞　ク…おとなしい・形容詞

思考方式 每個答案使用的活用形分別為：ア連用形、イ連用形、ウ連體形、エ連用形、オ連用形、カ連體形、キ未然形、ク連用形。

原形字尾**以五十音ウ段音結尾的品詞是動詞**。另外，**形容詞原形字尾是「い」、形容動詞的原形字尾則是「だ」、「です」**。要好好記住活用表的整理。

❸

請回答以下各句中劃線部份的詞語，各自的品詞及活用形是什麼。

① 自主地去撿拾垃圾，真是令人感動的學生。
② 「加油。」對方對我說。
③ 即使只晚了一點點，一切也將徒勞無功。
④ 一邊躺著一邊思考壓歲錢要怎麼用。
⑤ 加那麼多鹽的話會很鹹吧。
⑥ 要是那麼喜歡哈密瓜的話，我買給你吧。
⑦ 將信件委託給認識的人。
⑧ 受到孩子和動物的喜愛。

解答

①形容動詞・連體形　②動詞・命令形
③動詞・假定形　④動詞・連用形
⑤形容詞・未然形　⑥形容動詞・假定形
⑦動詞・終止形　⑧動詞・未然形

思考方式 先把所有詞改為原形（基本形）來辨識。

①的基本形是「感心だ」所以是形容動詞。
②的「がんばれ」是「がんばる」的命令形。
③的「遅れれば」的基本形是「遅れる」（下一段活用）。可以從活用語尾看出是假定形變化。或者也能由後面接「ば」這一點判斷是假定形。
④的「寝」的基本形是「寝る」（下一段活用），但只看「寝」還看不出是未然形或是連用形。從後面接「ながら」可以判斷是連用形。
⑤的「辛かろう」基本形是「辛い」。
⑥的基本形是「好きだ」所以是形容動詞。
⑧基本形是「好く」所以是五段活用的動詞。

❹

以下各句中劃線部份的動詞活用種類，分別和選項ア～オ劃線部份的動詞何者相同，請以片假名代號作答。

① 在棒球大賽中加入了二年級的隊伍。
② 父親不會來。
③ 對合適的文章表現印象深刻。
④ 在車站遇見了和你相似的人喔。
⑤ 再各收一百日圓左右，就夠了。

ア 也請讓我幫忙。
イ 父親在客廳放鬆。
ウ 在中途不放棄繼續下去。
エ 明天你八點過來。
オ 闔上書本，看黑板。

解答 ①イ　②エ　③ア　④オ　⑤ウ

思考方式 **動詞活用的種類有五種。カ行變格活用的動詞只有「来る」一個**，②的「来ません」和選項エ的「来い」都是カ行變格活用。

サ行變格活用的動詞，只有「する」和它的複合動詞。③「感心し」的原形是「感心する」，它是「する」的複合動詞。ア的「させて」則是「する」的未然形。

五段活用・上一段活用・下一段活用的區別，是在**後面接「ない」時，若活用字尾是ア段的音就是五段活用，イ段的音是上一段活用，エ段的音則是下一段活用**。①的「加わった」的基本形是「加わる」である。接「ない」時是「加わらない」所以是五段活用。另外，「加わった」是促音便，從音便形也可以判斷是五段活用。同理，イ的「くつろいで」也是五段活用。

5

請回答以下各句劃線部份的動詞，各自的活用種類和活用形分別是什麼。

① 失敗的話會被人笑的喔。
② 傍晚出發，早上回來。
③ 請告訴我會什麼時候來接我。
④ 別傳這些無聊的謠言。
⑤ 請寄信來。
⑥ 只要相信，心情一定能相通的。

解答
①五段活用・未然形　②下一段活用・連用形
③カ行變格活用・連體形　④サ行變格活用・未然形
⑤下一段活用・連用形　⑥上一段活用・假定形

思考方式 **要判斷活用形，可以從動詞語形和後面接的詞來看**。從後面接的詞來看，③接的是體言「時間」所以是連體形，⑤接「て」是連用形，⑥接的是「ば」所以能看出是假定形。

①後面接助動詞「れる」能簡單地看出是未然形，但即使不知道這個辨識法，只要注意到「笑う」是五段活用的動詞，也就能判斷是未然形了。

②使用了**中斷句子的中止法**，是連用形。

④是サ行變格活用「する」的未然形「せ」。要**注意サ行變格活用的未然形有「し」、「せ」、「さ」三種**。

6

請從以下選項中選出最適合放入各句括號部份的詞，並以片假名代號作答。

① 和他一起（　）吧。
〔ア くる　イ こ　ウ き〕
② 已經（　）在人前唱歌。
〔ア 歌わ　イ 歌い　ウ 歌う〕
③ 別再次（　）玻璃杯。
〔ア 割り　イ 割ら　ウ 割れ〕
④ （　）擔心，總之過來就對了。
〔ア し　イ さ　ウ せ〕
⑤ 雖然有點硬，（　）嗎。
〔ア 食べれ　イ 食べられ〕

解答 ①イ　②ウ　③イ　④ウ　⑤イ

思考方式 ①カ行變格活用動詞後面接「よう」時是未然形。

②後面接的是助動詞「まい」，要記得接五段活用動詞時使用終止形。

③填入五段活用動詞「割る」的未然形。前面接的是「ガラスを」，所以是他動詞。注意別和自動詞的「割れる」搞混了。

④「する」的未然形接「ず」時，要考慮一下是使用「し」、「せ」、「さ」中的哪一個。

⑤「食べる」是下一段活用所以沒有可能動詞，在句子裡用的是未然形＋可能的助動詞「られる」的形態。

7

請從以下選項中選出各形容詞的組成結構，並以片假名代號作答。

①見苦しい（難看的）　②薄暗い（黯淡的）　③腹いい（黑心的）　④若者らしい（年輕氣盛的）　⑤たのもしい（可靠的）　⑥こ高い（稍高的）　⑦手がたい（踏實的）　⑧あまずっぱい（酸酸甜甜的）

ア　動詞＋形容詞　　イ　接頭語＋形容詞
ウ　動詞＋接尾語　　エ　名詞＋接尾語
オ　名詞＋形容詞　　カ　形容詞的語幹＋形容詞

解答　①ア　②カ　③オ　④エ　⑤ウ　⑥イ　⑦オ　⑧カ

思考方式　形容詞有以兩個以上的單詞結合而成的類型，也有加上接頭語或接尾語的類型。

除了例句以外也有許多例子可以參考。

動詞＋形容詞………「聞きづらい」、「寝苦しい」等。
接頭語＋形容詞……「こにくらしい」、「か細い」等。
動詞＋接尾語………「望ましい」、「押しつけがましい」等。
名詞＋接尾語………「子どもらしい」、「粉っぽい」等。
名詞＋形容詞………「力強い」、「心細い」等。
形容詞的語幹＋形容詞……「暑苦しい」、「細長い」等。

除了上述所舉的例子之外，也有像是「重たい」、「古めかしい」這類，**「形容詞的語幹＋接尾語」**的類型。

8

請從以下各組中，各選出一個性質不同的選項，以片假名代號作答。並在後面的句子空格中填入適當的詞，完成後的句子會是選擇此選項的理由。

①　ア　跑　イ　死　ウ　借
　　エ　扛　オ　用
　　▼　其他所有的詞都是［a］活用動詞，只有這個詞是［b］活用動詞。

②　ア　使其寫作業　イ　不出色　ウ　寂寞的
　　エ　在家　オ　每天運動
　　▼　其他所有詞的活用形都是［c］形，只有這個詞是［d］形。

③　ア　柔和的陽光　イ　很大的人　ウ　誠實的生活方式
　　エ　有精神的時候　オ　靜謐的湖
　　▼　其他所有的詞都是［e］詞的［f］形，只有這個詞語是連體詞。

④　ア　能跑　イ　能飛　ウ　能打
　　エ　能喝　オ　決定
　　▼　只有這個詞不是［g］動詞。

⑤　ア　沸騰　イ　煮　ウ　借
　　エ　渡過　オ　離開
　　▼　其他所有的詞都是［h］動詞，只有這個詞是［i］動詞。

⑥　ア　馬在小屋裡　イ　狗被綁起來
　　ウ　坐在客廳裡　エ　在讀書
　　▼　只有這個「いる」不是［j］動詞。

解答　①オ　②ア　③イ　④オ　⑤ウ　⑥ア

a…五段（活用）　b…上一段（活用）　c…連用（形）
d…未然（形）　e…形容動（詞）　f…連體（形）
g…可能（動詞）　h…自（動詞）　i…他（動詞）
j…補助（動詞）

思考方式　①後面接「ない」時語尾是ア段音的動詞是五段活用。是イ段音的動詞是上一段活用。

②接「た」、「ます」、「て」的動詞ウ・エ・オ是連用形。イ是後面接「ない」的形容動詞，所以是連用形。ア是サ行變格活用的未然形「し」、「せ」、「さ」中的一個。

③連體詞是不能活用的修飾語。只有イ的「大きな」不能改為「大きだ」，可看出不是形容動詞。
④**可能動詞有「～できる」的意思**。只有オ的「決める」沒有「～できる」的意思，所以這個詞不是可能動詞。
⑤**自動詞・他動詞的區別**，可以**從後面接「～を」就是他動詞這點來判斷**。ウ「借りる」可以用於「お金を借りる」，但ア「わく」不能用於「湯をわく」。不過エ「渡る」、オ「離れる」雖然無法用於「橋を渡る」、「村を離れる」，也是自動詞。**當「～を」表示經過地點・起點時，後面接的動詞是自動詞，這點要多加注意**。
⑥只有ア的「いる」是表示「存在する」意思的動詞。另外，補助動詞前面的文節會是「～て（で）」的形態，也可以從這點來判斷。

自我檢測 7

❶

請找出以下各句中所有助詞。括號中的數字是每句所含助詞的個數。

① 我和妹妹去學校。（3）
② 要給我這本書嗎。（3）
③ 沉浸在山林靜謐的氛圍。（2）
④ 至少能吃藥的話就會好轉。（3）
⑤ 我和你必須一起做。（4）

解答 **(1)**

①は・と・へ　②に・を・の　③の・に
④さえ・ば・よ　⑤と・と・で・と

思考方式 接續名詞（體言）的助詞應該比較容易發現。其他助詞也要仔細找出來。
②的「くれるの」，是接動詞・形容詞・助動詞的終止形的終助詞。
④的「飲めば」是接用言或助動詞的假定形的接續助詞。「なりますよ」和②的「の」一樣是終助詞。接助動詞的終止形。
⑤的「やらないと」是接用言或助動詞的終止形的接續助詞。

❷

請回答以下各句劃線部份助詞的種類。

① 比起鉛筆，原子筆更好。
② 衣服被弄髒的客人勃然大怒。
③ 幫助了很多人啊。
④ 感冒於是休假沒去上學。
⑤ 明明什麼都沒做，卻受到懷疑。

解答 ①格助詞　②副助詞　③終助詞　④接續助詞
⑤接續助詞

思考方式 回答時請思考這些助詞各自在句子裡有哪些功能。
①是格助詞，表示「鉛筆より」這個文節是連用修飾語。
②的「客は」點出了主語文節，所以很容易被當作是格助詞，但其實是表示和其他有所區別、表示強調意思的副助詞。
③是表示疑問・質問意思的終助詞。
④是接續助詞，表示確定的順接。
⑤也是接續助詞，表示確定的逆接。

❸

請從選項中選出以下各句劃線部份的「の」分別表示什麼意思，以片假名代號作答。

① 我也將去哥哥上過學的國中。
② 正在吵著到底借了錢還是沒借錢。
③ 孩提時代很幸福。
④ 總是說謊很令人困擾。

⑤ 你們的期待理應已實現了。

ア 表示連體修飾語　イ 表示主語
ウ 表示並列關係　エ 和體言的資格相同

解答 ①イ　②ウ　③ア　④エ　⑤ア

思考方式 **格助詞「の」有ア～エ這四種功能。**

①「兄の」這個文節表示是主語。與其對應的述語是「通った」。可以試著代換成「兄が」來看。
②「貸したの」和「貸さなかったのと」這兩個文節是並列的關係。
③「子どもの」這個文節表示和「ころは」的文節相關的連體修飾語。
④的「つく」是和體言資格相同的「の」。
⑤「君たちの」的文節是表示和「望みは」的文節相關的修飾語。

4

請從以下各句中找出所有包含格助詞的文節，並從選項裡選出句中的格助詞各表示什麼關係（資格），以平假名作答。

① 狗的散步是運動。
② 去京都或奈良。
③ 在那個小房間有演奏會。
④ 連虻和蜂都無法區別嗎。

ア 表示主語　イ 表示連體修飾語
ウ 表示連用修飾語　エ 表示並列關係

解答 ①犬の・イ　②京都や・エ　奈良へ・ウ
③部屋で・ウ　演奏　が・ア　④アブと・エ　ハチの・イ

思考方式 首先找出格助詞，將有格助詞的文節一一列出。接下來再來思考格助詞的功能作用。

①「犬の」這個文節是和「散歩は」這個文節關聯的連體修飾語。
②「京都や」這個文節，和「奈良へ」的文節表示並列關係。「奈良へ」表示的是動作的歸著點，有修飾述語的作用。
③「部屋で」表示地點，有修飾述語的作用。「演奏　が」則是述語「あった」的主語。
④「アブと」這個文節和「ハチの」的文節表示並列關係。「ハチの」是和「区別も」相關的連體修飾語。另外，「区別も」的「も」是副助詞。

5

以下各句中劃線部份的接續動詞分別表示A順接・B逆接・C並列中的何者，請以字母代號作答。

① 不管寫多少信也沒有收到回覆。
② 沒有導覽牌所以不認得路。
③ 知道犯人還保持沉默是怎麼回事。
④ 這個家明亮又寬廣，很不錯呢。
⑤ 身體很疲憊，請假沒去學校。
⑥ 雨下下停停的讓人很討厭。

解答 ①B　②A　③B　④C　⑤A　⑥C

思考方式 **接續助詞的意思・用法**，大多都是用來表示**順接・逆接・並列**的接續關係，但除此之外**也有表示單純接續、同時、舉例的意思，要多加留意。**

①的「ても」是「～にもかかわらず」的意思，表示確定的逆接。
②「から」只有表示確定的順接這個用法。
③「ながら」在「笑いながら話す」這樣的句子中可以表示同時的意思，但在這裡表示的是確定的逆接。
④**「て」有四種功能，分別是：確定的順接、單純的接續、表示並列、在動詞・助動詞後接補助用言**這四種。這裡表示的是並列用法。

⑤的「て」表示確定的順接。
⑥表示並列。使用「~たり、~たり（する）」的句型。

6

從選項中選出以下各句劃線部份的「が」分別表示什麼意思，以片假名代號作答。

① 思考了一個星期，但沒有得出結論。
② 札幌的冬天很冷，青森也是。
③ 不好意思，請問你是哪位。

ア 確定的逆接　イ 單純的接續　ウ 並列

解答 ①ア　②ウ　③イ

思考方式 **這是辨識接續助詞「が」的意思・用法的題型。**

①是一般最常出現的用法。這個文節作為接續語，前面句子是所發生的事實，後面則接續與其相反的事件，表示確定的逆接。
②很容易和確定的逆接搞混。後面的句子和「札幌の冬は寒い」這個句子是並列關係。
③這個文節是連用修飾語，意思是「前置詞」，表示單純的接續。

7

從以下各組劃線部份的副助詞中，選出和其他選項意思不同的那個，並以片假名記號作答。

① ア 由於濃霧甚至連自己的腳下也看不清楚。
　イ 除了傾盆大雨，風也變得猛烈了。
　ウ 腳痛得甚至連走路都不行。
② ア 是有雙臂合抱那麼粗的柱子。
　イ 煮蔬菜的湯也作為高湯使用。
　ウ 不只我，我的全家人也被笑了。
③ ア 今天的考試我覺得八十分是有的。
　イ 不會原諒他的吧。
　ウ 每次來家裡都借錢回去。
④ ア 不只是因為小雨害的，村子整體都非常寂寥。
　イ 如果只是一點點的儲蓄的話是有的。
　ウ 這種程度的修理大概三天就能好。

解答 ①イ　②ア　③ウ　④ア

思考方式 解題時也同時**辨別出每個副助詞各自的意思・用法**吧。

①**「さえ」**有**類推・限定・添加**的意思。ア、ウ是舉例類推其他的意思，イ表示添加，有「除此之外」的意思。
②**「も」**有**同類・強調・並列**的意思，イ、ウ表示同類，只有ア表示強調。
③**「は」**有表示**和其他的區別・強調・重複**的意思，ア、イ表示強調，ウ則表示重複。
④**「ばかり」**有表示**程度・限定・剛剛結束**等的意思。イ、ウ表示程度，ア則表示限定。

8

從以下選項中，選出和劃線部份的終助詞「か」意思相同的那個，並以片假名記號作答。

● 明天的天氣會是晴天嗎。
ア 在找什麼嗎。
イ 總是說謊難道是好事嗎。
ウ 果然是這樣的嗎。

解答 ア

思考方式 **這是辨識終助詞「か」的意思的題型。**

例句的「か」有疑問・問題的意思。在選項中，ア表示疑問・質問。イ雖然是以疑問的形態提問，但卻有「總是說謊難道是好事嗎，不，並不是」，語帶反問之意。ウ表示感動的意思。

自我檢測8

❶

請找出以下各句中的助詞，按照種類分別寫出。出現兩次以上的助詞，也請依出現順序一一作答。

①「春天到了喔。」表現出了這樣的喜悅心情。
②哥哥和我在只有一位老師的分校。
③明明頭暈目眩的，還是去了學校。
④當我回到家，誰都不在喔。
⑤要是前一天有讀書的話，這種問題應該能解出來的。

解答 格助詞……①に・と・を ②と・の・に ③が ④に ⑤に
接續助詞…①て ③のに ④と ⑤ば
副助詞……②は・だけ ③まで ④も ⑤ぐらい
終助詞……①ぞ ④よ

思考方式 **格助詞**請參閱本書p.69下方的**「をに（鬼）がと（戸）よりで（出）、から（空）のへや（部屋）」**這句口訣來辨識。**接續助詞或副助詞都可以掌握特徵牢記。終助詞**只要看**句尾**的地方就好。

①「春に」的「に」有事態會如何轉變的意思，是表示變化結果的格助詞。「なったぞ」的「ぞ」，是表示確認的終助詞。加在「春になったぞ」這個句子的句尾處。引號後面緊接著的「と」是**表示引用的格助詞**。「表現しています」的「て」，是連接「表現し」和「います」的接續助詞。

②「兄と私は」的「と」是格助詞，**「は」則是副助詞**。「先生一人だけ　の」的「だけ」是表示限定的副助詞，緊接在後的是格助詞的「の」。

③「のに」是「頭がふらふらする」和「　校まで行った」這兩句之間表示確定逆接的接續助詞。「まで」是表示動作・作用所及終點的副助詞。

④「と」是連接「家に帰る」和「だれもいなかったよ」的接續助詞。「だれも」的**「も」並非格助詞而是副助詞**，這一點要特別注意。

⑤「ば」是表示假定的順接，用來接續前後兩句的接續助詞。「ぐらい」的意思是「這種問題的程度」，是表示程度的副助詞。

❷

請回答以下問題。

①請從選項中選出以下句子劃線部份中「から」的正確意思、用法，以片假名代號作答。
●寫完作業之後再去玩吧。
ア 表示原因・理由　イ 表示決心・斷定
ウ 表示起點・出發點　エ 表示原料・材料

②請從選項中選出和以下句子劃線部份的「に」相同用法的答案，以片假名代號作答。
A 她把發生的事向好友從頭到尾說了。
B 那是假裝被騙子欺騙了的策略。
ア 以成功告終　イ 十點回去
ウ 全力奔跑　エ 被狗咬
オ 拜託父親　カ 在車站集合

③請從選項中選出和以下句子劃線部份的「で」相同意思・用法的答案，以片假名代號作答。
●由於附近行駛的電車噪音而睡不著。
ア 在家裡開了簡單的派對。
イ 搭電車到大阪。
ウ 今年國中生活也結束了。
エ 別因為這種小事就灰心。

④請從選項中選出和以下句子劃線部份的「ながら」相同意思・用法的答案，以片假名代號作答。
●邊說著「不好意思」卻沒有要改的樣子。
ア 有必要將那件事放在心上思考。

イ　身為弟弟，卻敢跟哥哥作對，這是怎麼回事。
ウ　聽到好消息，我一邊哭一邊開心地舉起了拳頭。
エ　一邊小聲地耳語一邊靠近。

⑤ 以下句子A・B的「が」的用法不容易分辨意思。為了清楚分辨，請將A・B代換成其他詞，選出正確意思的選項組合。以片假名代號作答。

● 我的學校在高地，眺望出去的景色很棒，但爬坡非常辛苦。

ア　A—のに　B—ので
イ　A—けれども　B—ので
ウ　A—ので　B—から
エ　A—ので　B—けれども

解答　①ウ　②A…オ　B…エ　③エ　④イ　⑤エ

思考方式　①的句子中的「から」是**表示動作起點的格助詞**。格助詞主要接體言，但也有時候會像這樣接在接續助詞「て（で）」後面。

②格助詞「に」的意思・用法很多，要根據文脈來辨別其中區別。首先，理解A是動作・作用的對象，B表示受身的動作出處之後，再來看選項的「に」。順帶一提，ア表示作用或變化結果，イ表示時間，ウ表示並列，カ表示地點。

③的句子裡的「で」，是表示原因・理由的格助詞。ア表示地點，イ有「**經由**電車」的意思，表示手段。ウ表示時限，エ有「**為了**這種程度的事」的意思，和例句相同。

④的句子的「ながら」，有「～にもかかわらず」的意思，是表示確定逆接的接續助詞。除了イ以外，都是表示兩個動作同時發生的意思。

⑤如何理解接續助詞「が」的意思就是解題關鍵。

首先，B「見晴らしがよい**が**」後面接的是「坂を登っていくのが大変だ」，敘述了脈絡相反的事件，所以表示的是確定逆接的意思。看選項裡的B表示確定逆接的意思的，只有エ「けれども」了。

仔細理解這點後，在A的「高台にある**が**」加入エ的「ので」之後，句子就十分順暢地接續為「高台にあるので、とても見晴らしがよい」。

3

請寫出以下各句劃線部份的「の」，文法上的分類分別是什麼。

① 第一次看到擅長忍耐的朋友哭泣。
② 理解筆者的研究方法。
③ 看到側臉很美的人。
④ 只有小孩去游泳池嗎？

解答　①和體言資格相同格助詞　②表示連體修飾語的格助詞　③表示主語的格助詞　④表示疑問的終助詞

思考方式　**助詞「の」**分別有**格助詞和終助詞**的用法，但終助詞是在句尾，所以一眼就能看出區別。這裡的重點放在辨識格助詞的意思・用法。請回憶起**四種意思・用法**來回答吧。

①的「泣くのを」可以代換為「泣くことを」，「の」接的「泣く」和體言有相同資格。

②「筆者の」的文節是「研究方法（を）」的連體修飾語。

③「横顏の」是「美しい」的主語。可以代換為「横顏が」這個說法。

4

請從選項中選出以下各句劃線部份助詞的意思，以片假名代號作答。

① 友子啊，稍微幫點忙吧。
② 為什麼每天繞道過來呢。
③ 是重要的問題所以絕對不可以忘記。
④ 土地貧瘠只生長雜草。
⑤ 就算是大人也不會熬夜到這麼晚喔。

⑥ 三公里左右當然能跑了。
⑦ 到了春天，青蛙也從冬眠中醒來。
⑧ 不管流傳怎樣的謠言，我都不在乎。
⑨ 從中午開始足足睡了大概兩小時吧。

ア 限定此事（限定）
イ 表示疑問・問題
ウ 特別提出來說
エ 表示呼喚
オ 舉例並類推其他
カ 表示強調
キ 表示是同類之一
ク 表示禁止
ケ 表示大概程度

解答 **(4)**

①エ ②イ ③ク ④ア ⑤オ ⑥カ
⑦キ ⑧ウ ⑨ケ

思考方式 首先判斷所有助詞分別是什麼意思，再從選項中選出合適的答案。

①表示**呼喚**。是在句子中間所使用的終助詞。「よ」另外還有感動・確認的意思。

②表示**疑問**。有時候「の」會作為女性常用詞語，表示輕微斷定的意思。

③是表示**禁止**的終助詞。

④「しか」只有表示**限定**的意思。後面接否定的詞。

⑤「でも」有**類推其他**的意思，所以「おとなでも夜更かししない」，也就表示孩子不該熬夜到這麼晚的意思。

⑥「とも」並不常見，只會用在表示**強調**的意思時。

⑦「も」有**同類・強調・並列**的意思，這裡的「かえる」，表示的是「冬眠から覚めた」的生物（同類）的其中一種。

⑧「は」表示**特別提出來說**。其他還有**強調**、**重複**等意思。

⑨「ばかり」有僅限這個的**限定**意思，或者**表示剛剛結束**的意思，這裡則表示的是「兩小時」這個**大概程度**。

5

選出以下各組中意思、用法和其他不同的選項。以片假名代號作答。

① ア 去海外的意思。
イ 在庭院玩時叔叔來了。
ウ 和姐姐一起出去玩。

② ア 明明都走了兩小時，還沒到。
イ 因為有很多，就選你喜歡的吧。
ウ 明明買給你了，還不高興嗎。

③ ア 不要邊看電視邊讀書。
イ 邊在公園散步邊思考吧。
ウ 到了終點前方卻倒下了。

④ ア 從早上開始就一直看報紙。
イ 離開家往學校前進。
ウ 早點吃早餐吧。

⑤ ア 不准進入這條線的內側。
イ 你真的是很擅長畫畫呢。
ウ 三天以來天氣首次有變化呢。

⑥ ア 用鎚子不小心敲到手了。
イ 試著用紙黏土做船看看。
ウ 球彈起來擊中一顆樹。

⑦ ア 從昨天起就一直在看書。
イ 因為感冒了所以不能游泳。
ウ 寫完作業後再去玩吧。

解答 ①イ ②イ ③ウ ④イ ⑤ア ⑥ウ ⑦イ

思考方式 讓我們好好練習並掌握**助詞的意思・用法**。可以**試著代換成其他詞，來確認它的意思**。

①ア表示引用，ウ有「～とともに」的意思，表示共同對象。ア和ウ都是格助詞。イ是表示確定的順接的接續助詞。
②ア、ウ都是表示確定的逆接的接續助詞，イ可以代換為「（好きな）ものに」，所以接續的詞是和體言資格相同的格助詞「の」＋格助詞「に」。
③全部都是接續助詞，ア、イ表示兩個動作同時發生的意思，ウ表示「～にもかかわらず」這種確定的逆接。
④全部都是格助詞。ア、ウ表示動作・作用的對象，イ表示動作的起點。
⑤全部都是終助詞。イ、ウ表示感動，ア表示禁止。
⑥ア、イ是表示手段・材料的格助詞，ウ是接續助詞。「て」接動詞「はずむ」的音便形，並且濁音化成「で」。
⑦ア、ウ是表示動作起點的格助詞。ウ是沒有接在體言下方的例子，要特別留意。イ是表示確定的順接的接續助詞。

6

請從①～⑦句子裡選出和以下例句的「でも」相同性質的選項，以數字代號作答。再從片假名選項中選出各自符合①～⑦的「でも」的選項，以片假名代號作答。

● 很無聊所以看看電視吧。

① 他並沒有那麼堅強。
② 到東京可以搭新幹線去喔。
③ 這塊肉怎麼咬都不變軟。
④ 現在電腦這種東西小學生也會用了。
⑤ 沒有那麼熱心地拜託。
⑥ 已經變暗了。但是弟弟還沒回來。
⑦ 這不是櫻花樹也不是梅花樹。

ア 助動詞＋副助詞　イ 接續助詞＋副助詞
ウ 接續助詞　エ 形容動詞的活用語尾＋副助詞
オ 副助詞　カ 接續詞　キ 格助詞＋副助詞

解答 同性質的選項…④

①エ　②キ　③ウ　④オ　⑤イ　⑥カ　⑦ア

思考方式 首先要**分辨出「でも」是一個品詞，或者是「で」＋副助詞「も」的形態**。這時候**可以用是否能夠拿掉「も」**來看看。於是可以得知③、④、⑥的「でも」整體是一個詞。

⑥由於是自立語，所以馬上能看出是接續詞。③接的是動詞「かむ」的音便形，所以將接續助詞的「ても」濁音化。④是副助詞。例句也是副助詞。

①、②、⑤、⑦的「で」各自如下所述。①是形容動詞「丈夫だ」連用形的活用語尾。②是格助詞。⑤是接續助詞「て」接「頼む」的音便形，並且濁音化成「で」。⑦是表示斷定的助動詞「だ」的連用形。

自我檢測 9

1

以下各組的劃線部份中，每組各有一個選項的性質和其他選項不同。請以片假名代號作答。

① ア 不擅長應對孩子哭泣。
　イ 誰都喜歡她。
　ウ 討厭被雨淋濕。
　エ 被當場的氣氛帶著走。

② ア 風吹走帽子。
　イ 車子沒辦法急停。
　ウ 已經讀過了嗎。
　エ 想起母親的事。

③ ア 使某人修理時鐘。
　イ 使某人吃蔬菜。
　ウ 使某人參加考試。
　エ 使某人在家睡覺。

解答 ①ウ　②イ　③ア

思考方式 ①這是思考「れる」是否為助動詞的題型。如果ウ的「れる」是助動詞，動詞「ぬれる」的語幹「ぬ」接續的就變成助動詞了。這樣是不合邏輯的，所以ウ的「れる」並非助動詞，而是下一段活用的動詞「ぬれる」的活用語尾。

②這是思考「れ」是否為助動詞「れる」的題型。**解題思路**和①是一樣的。イ的「れ」並非助動詞，而是可能動詞「止まれる」（下一段活用）的活用語尾。

③每個例句都是「させる」的形態，所以要考慮的是，是否全部都是使役助動詞「させる」。來確認看看各自接續的動詞的活用語尾到哪裡。ア的「修理する」是サ行變格活用，所以只能使用使役助動詞的「せる」。所以這是未然形的「修理さ」＋「せる」的形態。

2

請回答以下各句劃線部份的助動詞「れる」、「られる」分別是什麼意思。

① 老師獨自一人打掃教室。
② 這作品是什麼時候寫的呢。
③ 認為環境在惡化。
④ 這件外套還能穿。
⑤ 被你的信安慰了。
⑥ 想過了能想到的所有方法。
⑦ 忍不住為他擔心。
⑧ 春天被南風帶來。

解答 ①尊敬　②尊敬　③自發　④可能　⑤受身　⑥可能　⑦自發　⑧受身

思考方式 **助動詞「れる」、「られる」**有**受身・可能・自發・尊敬這四種意思**，要正確理解句子意思進行判斷。

①出現了「先生」這個表示尊敬的對象，所以很好理解，但像②這樣是**向說話對象表示尊敬就很容易被忽略，要多加注意**。

③、⑦要留意**「思う」**、**「案じる」**這些詞。

④、⑥的「られる」有「～することができる」的意思。

⑤、⑧的特徵是**有做動作的一方和接受動作的一方**，思考時可以試著看看，改變主語後能否改成非受身的句子。例如⑤可以改成「君の手紙が（私を）慰めた」，⑧可以改成「南風が春を運んでくる」。另外，像⑤這樣**將接受動作的一方**（＝私）**省略**時，還有像⑧這樣**沒有出現人類時，要特別注意**。

3

請找出以下各句中的使役助動詞，將句子裡的形式直接寫出，並回答各自的活用形為何。

① 讓我自己去了解一下。
② 如果吃了這個藥，就會好起來。
③ 不能讓他走。
④ 讓他多運動一些吧。
⑤ 短暫地做了夢。

解答 ①させ・連用形　②せれ・假定形　③せる・連體形　④せろ・命令形　⑤させ・連用形

思考方式 **使役的助動詞有「せる」、「させる」，「せる」是接五段活用・サ行變格活用動詞的未然形，「させる」是接上一段活用・下一段活用・カ行變格活用動詞的未然形**，在思考時要注意這些。

①「調べる」是下一段活用因此接「させる」，「させる」後面接的是「ます」的未然形「ましょ」，所以是連用形「させ」。

②「飲む」是五段活用因此接「せる」，「せる」後面接的是「ば」，所以是假定形「せれ」。

③「行く」也是五段活用因此接「せる」，「せる」後面接的是「こと」，所以是連體形。

④「運動させろ」是サ行變格活用動詞「運動する」的未然形「運動さ」，接「せる」的命令形「せろ」的形態。注意並不是「させる」的命令形「させろ」。

⑤「見る」是上一段活用因此接「させる」，「させる」的後面接「て」，所以是連用形。

❹

請回答以下各句劃線部份的「ない」是A助動詞或是B形容詞。以字母代號作答。

① 手指受傷了所以沒法寫字。
② 這個價錢絕對不算便宜。
③ 這家店的料理不好吃。
④ 要是來不及會很令人困擾，趕一下吧。
⑤ 這工作不健康就沒法做。

解答 ①A　②B　③B　④A　⑤B

思考方式 **辨識「ない」是助動詞還是形容詞的方法**，有將「**ない」代換成「ぬ」、「ず」，能代換就是助動詞**，以及**能夠將「ない」前面緊接著加入「は」、「も」就是形容詞**。

例如①的「ない」代換成「ぬ」，「書けぬ」意思也是通順的，但③的「ない」就無法代換成「ぬ」。反過來說①的「ない」前面如果緊接著加入「は」就很不自然，③則是可以寫成「おいしくはなかった」。另外，也能使用這個辨識方式：**能在前面緊接著加入「ネ」或「サ」將文節分割，則後面的「ない」是形容詞，無法加入就是助動詞**。

❺

請回答以下各句劃線部份的「らしい」是A表示推定的助動詞，或是B形容詞的一部分。以字母代號作答。

① 他姐姐是個很有女人味的人。
② 她雖然說話刻薄，但好像是個有著纖細內心的女人。
③ 今年聽說好像冬天會提早來。
④ 帶著年輕人的勇敢向前衝去。
⑤ 聽說好像各地自然破壞的速度都非常快。

解答 ①B　②A　③A　④B　⑤A

思考方式 **這是識別「らしい」品詞的題型**。接續用言或部份助動詞的「らしい」可以判斷出是助動詞。另外也要注意，有時會有名詞＋接尾語「らしい」自成一個形容詞的用法。辨識方式是**如果有「適合～」的意思是形容詞，如果有「好像是～」的意思則是助動詞**，要牢記這個方式。

①的「女らしい」有「適合作為女性」的意思，②的「女の人らしい」則有「好像是名女性」的意思。此外「女らしい」在各種價值觀的立場之下，需要多注意使用方式。

③、⑤接動詞的終止形，所以不會搞混。

❻

請回答以下各句劃線部份「ない」的活用變化為何。

① 面對著他說不出口吧。
② 不玩的話很無聊。
③ 想太多而搞不懂。
④ 直到最後都沒放棄。
⑤ 不能去的時候會打電話。

解答 ①未然形　②假定形　③連用形　④連用形　⑤連體形

思考方式 **助動詞「ない」的活用是形容詞型活用**，可以試著在腦子裡活用看看。另外也能從後面接的詞來判斷。

①後面接「う」，所以「なかろ」是未然形。
②後面接「ば」，所以「なけれ」是假定形。
③「なっ（た）」的原形是動詞「なる」。接的是「なる」這個用言，所以「なく」是連用形。
④後面接「た」，所以「なかっ」是連用形。
⑤接的是「とき」這個體言，所以「ない」是連體形。要注意**和終止形的形態是一樣的**。

7

請回答以下各句劃線部份助動詞的原形和意思。

①最近忍不住想起他。
②不想再跟你說話了。
③船被海浪沖走了。
④他好像正在煩惱的樣子，沒什麼精神。
⑤馬上讓所有人去避難吧。
⑥沒辦法去那種地方吧。
⑦怎樣都忘不了那個事件。
⑧讓我稍微想一下。

解答 ①れる・自發　②たい・希望　③れる・受身
④らしい・推定　⑤せる・使役　⑥ない・否定
⑦られる・可能　⑧させる・使役

思考方式 ①是「れる」的連用形。有「自然想起」的意思，表示自發。
②是表示希望的「たい」的連用形。
③採取動作的一方＝波，接受動作的一方＝船，因此表示受身的意思。活用形是連用形。
④是表示推定意思的「らしい」的連用形。
⑤是表示使役意思的「せる」以命令形態結尾。
⑥是表示否定意思的「ない」的未然形。
⑦是「無法忘記」的意思，表示可能。是未然形。
⑧是表示使役意思的「させる」的連用形。

自我檢測10

1

請將以下句子下方括號內的助動詞，以正確活用形式填入空格中，並回答活用形為何。

① ＿＿和我一起來嗎。（ます）
② 只有這件事＿＿說不行。（ぬ）
③ 他是社長＿＿所以有責任。（だ）
④ 昨天是父親的生日＿＿。（です）
⑤ ＿＿要下雨，就中止吧。（そうだ）
⑥ 他又＿＿打掃就回去了。（ぬ）

解答 ①ませ・未然形　②ね・假定形　③な・連體形
④でし・連用形　⑤そうなら・假定形　⑥ず・連用形

思考方式 **這是含有特殊活用的助動詞的題型。**首先從空格前後詞語思考適合的形態，再考慮活用形為何。活用形可以從這個助動詞後面接的詞得知。
①「ます」能接所有活用形。要注意「ませ」會用在未然形和命令形，「まし」會用在連用形和命令形時。
②、⑥表示否定的助動詞「ぬ」沒有未然形・命令形，只有連用形「ず」、假定形「ね」這些不規則變化形，需要多加留意。②要注意的是空格後面接的詞是「ば」。
③「だ」是形容動詞型活用。連體形只用在接「の」、「のに」、「ので」的時候。
④要牢記表示禮貌斷定的「です」，未然形是「でしょ」，連用形是「でし」的形態。後面接「た」所以使用的是連用形。
⑤表示推定的「そうだ」是形容動詞型活用。從後面接「ば」能判斷出是假定形。

2

以下各句劃線部份的「そうだ」如果是助動詞，請以字母代號回答是A 樣態還是B 傳聞，如果並非助動詞請打×。

① 聽說她會走過來。
② 明天好像會很忙。
③ 對了，問問看山田君吧。
④ 好像沒有這以外的方法了。

解答 ①B　②A　③×　④A

思考方式 **助動詞「そうだ」有樣態和傳聞**的意思。從文脈判斷它們的區別是基本功，另外也能從活用形或是接續方式的不同來分辨。讓我們來確認以下細節。

表示樣態的「そうだ」是形容動詞型活用，接動詞或是部份助動詞的連用形，並且接形容詞・形容動詞的語幹等。

表示傳聞的「そうだ」的活用形，只有連用形（そうで）和終止形（そうだ）的形態，接用言或是助動詞的終止形。

①接的是動詞的終止形，表示的是傳聞。
②接的是動詞「なる」的連用形，表示的是樣態。
③是副詞「そう」＋助動詞「だ」。
④應該馬上就能看出是樣態的意思，但其接續方式很令人在意對吧。這是表示樣態的「そうだ」的特殊接續，在接形容詞「ない」、「よい」時，語幹和「そうだ」之間會加入接尾語「さ」。所以形態是「ないそうだ」→「なさそうだ」。

3

請從選項中選出和以下句子劃線部份意思相同的選項，以片假名代號作答。

① 花都像米粒一樣小，有紅色和白色的。
② 正如母親所說，叔叔選擇了錯誤的道路。
③ 孩子們的道路和狗的道路似乎有些共同點。

ア 沖繩好像櫻花已經開了。
イ 像他那樣的壞人，總有一天會遭到上天懲罰的吧。
ウ 三壘手以如行雲流水的動作將球送到一壘。

解答 ①ウ　②イ　③ア

思考方式 **助動詞「ようだ」有以下三種用法。**

(1) **比喩……「簡直就像～一樣」這種以相似的事物作比喩的用**法。加上**「まるで」、「あたかも」**意思就更能理解了。
(2) **推定……雖然並不肯定，但是基於某項依據進行推測的用**法。加上**「どうやら」、「どうも」**意思就更能理解了。
(3) **舉例……舉出範例的用法**。加上**「例えば」**意思就更能理解了。

①是將「花」比喩為「米粒」，ウ是將「投出棒球」的動作比喩為「行雲流水的動作」，所以都是「比喩」的意思。
②是以「母親が言った」為例，イ也是將「彼」作為「悪人」來舉例，兩者都是「舉例」的用法。
③的「あるように思える」是基於某項依據進行的判斷，ア也是根據氣候或相關資訊來做出的推測，兩者都是「推定」的用法。

4

從選項中選出以下各句劃線部份的助動詞「う」、「よう」、「まい」的意思，以片假名代號作答。

① 寫封道謝信給那個人吧。
② 雖然有各種意見，但還是由多數決決定吧。
③ 我不再關心你了。
④ 今天就到此為止吧。
⑤ 這種事我想不會發生。
⑥ 已經不聽他的忠告。

ア 推量　イ 意志
ウ 否定推量　エ 否定意志

解答 ①イ　②ア　③イ　④イ　⑤ウ　⑥エ

思考方式 **「う」、「よう」**的意思有**推量和意志**兩種，不接續「う」的詞，接續的就是「よう」。**「まい」**則是與這些相對應，再**結合否定的意思**。

②表示推量的「う」、「よう」可以代換為「だろう」。這裡就可以代換為「あるだろうが」，所以是推量用法。

⑤是「あることはないだろう」的意思，所以是否定推量。

⑥是「聞かないつもりだ」的意思，表示否定意志。

5

請回答以下各句劃線部份的助動詞「た」分別是A過去、B完了還是C存續，以字母代號作答。

① 牆上的畫是塞尚的。
② 父親三小時前出門了。
③ 兩人有著不同的意見。
④ 早晨的陽光剛開始照耀。
⑤ 昨天一整天都在下雨。
⑥ 終於寫完作業了。

解答 ①C　②A　③C　④B　⑤A　⑥B

思考方式 **這是識別助動詞「た」意思的題型。**總共**有過去・完了・存續這三種意思**。辨別方法是先掌握文章的意思，再依下述方式判斷。

表示過去，在句子會**有顯示過去時間的詞**。

表示存續，則是有**「～て（で）いる」、「～て（で）ある」**的意思。

表示完了，是在上述兩者之外，有**剛剛結束**的意思。

①、③各自表示「壁にかけてある」、「異なっている」的意思。②、⑤各自含有「三時間前に」、「昨日は」這些顯示過去時間的詞。④是「今～た」，⑥則是「やっと～た」，可以從句型看出表示的是剛剛結束的意思。

6

請回答以下各句劃線部份的「だ」分別是A形容動詞的活用語尾、B表示過去的助動詞「た」的濁音化還是C表示斷定的助動詞，以字母代號作答。

ア 二樓非常安靜。
イ 在游泳池游了一小時。
ウ 這個表格很方便。
エ 今天是好天氣。
オ 這本書是老師選的。
カ 那個人是有名的畫家。
キ 他非常正直。

解答 A…ア・ウ・キ　B…イ・オ　C…エ・カ

思考方式 這是識別「だ」的題型。按照順序來討論吧。

ア、ウ、キ各自有「静かな」、「便利な」、「誠実な」的連體形，是**形容動詞的活用語尾**。

イ是五段活用動詞「泳ぐ」的イ音便「泳い」，**接上表示過去的助動詞「た」，再濁音化為「だ」**。這和オ的「選んだ」是「選ぶ」的撥音便「選ん」＋助動詞「た」一樣。

エ、カ改為「天気な」、「画家な」的話並不自然，故可得知**是名詞＋表示斷定的助動詞「だ」**。**很容易和形容動詞混淆，要多加注意。**

7

請將以下各句下方括號內的詞，以正確活用形式填入空格中，並回答活用形為何。

① 別說這種話，我們＿＿吧。（去）
② ＿＿了她去下週的派對。（邀請）
③ 他總是說些＿＿的話。（了解）
④ 在這個地方＿＿一棟家。（建設）

解答 ①行き・連用形　②誘っ・連用形　③わから・未然形　④建て・未然形

思考方式 **這是助動詞接續的題型。**

①「ます」接動詞或部份助動詞的連用形。

②「た」接用言或助動詞的連用形，但接五段活用動詞時是音便形態。這裡使用的是促音便「誘った」。
③「ぬ」和同樣表示否定意思的「ない」一樣，接動詞或部份助動詞的未然形。
④「よう」接五段活用以外的動詞的未然形。五段活用時則接「う」。

❽ 請回答以下各句劃線部份的助動詞原形和意思。

① 像坂本君那樣游吧。
② 你今天早上喝的果汁是這個啊。
③ 在讀一本好像很難的書呢。
④ 請開心一點。
⑤ 太奇怪了令人忍不住發笑。
⑥ 要是下大雨的話也沒辦法，只好中止了。
⑦ 已經不會再下雨了。
⑧ 這樣可以嗎。

解答 ①ようだ・舉例　②た・過去　③そうだ・樣態
④ます・禮貌　⑤ぬ・否定　⑥だ・斷定
⑦まい・否定推量　⑧です・禮貌斷定

思考方式 ①是「ようだ」的連用形。表示「像坂本君那樣」的意思，是舉例。
②「だ」的**前面緊接的是音便形**，要多加注意。這是助動詞「た」的連體形濁音化的用法。從「今朝」這個表示時間的詞，可得知是表示過去的意思。
③是「そうだ」的連體形。接形容詞「難しい」的語幹，表示樣態的意思。
④「まし」這個形態有連用形和命令形。在此後續沒有接其他詞，所以是命令形。
⑤是「ぬ」的連用形。它的假定形是「ね」，記得確認。
⑥是「だ」的假定形。「なら」後面省略了「ば」。
⑦「まい」有「ないだろう」（否定推量）和「ないつもりだ」（否定意志）這兩種意思。這裡是「ないだろう」的意思。
⑧「です」的未然形。

自我檢測 11

❶ 請將以下各句劃線部份的詞，加上下方括號內指示的助動詞（從分類中擇一）進行改寫。

① 有什麼有趣的電影嗎。（樣態）
② 他的牙齒很堅固，硬的東西也能吃。（可能）
③ 請不要爬這顆樹。（使役）
④ 他下週要去美國。（傳聞）
⑤ 這座古老城堡有些陰森。（過去）
⑥ 決定了明天要努力工作。（意志）

解答 ①おもしろそうな　②食べられる　③登らせ
④行くそうだ　⑤不気味だった　⑥働こう

思考方式 在決定（　）內要填入哪個助動詞時，也必須注意**這個助動詞或前面接的詞各自是什麼形態**。
①表示樣態的助動詞是「そうだ」。表示樣態的「そうだ」在接形容詞或形容動詞時，接續語幹。另外，後面還有「映画」這個名詞，所以是連體形。
②表示可能的助動詞有「れる」和「られる」，由於「食べる」是下一段活用動詞，接的不是「れる」而是「られる」。**「食べれる」在文法上來說是錯誤用法**。
③表示使役的助動詞有「せる」和「させる」，在接「登る」這個五段活用動詞時，使用「せる」。另外，後面緊接著的是「ない」，所以是未然形。

④表示傳聞的助動詞是「そうだ」。表示傳聞的「そうだ」接終止形，所以是「行くそうだ」。

⑤表示過去的助動詞是「た」。答案是「不気味だった」。

⑥表示意志的助動詞，使用「う」或「よう」。接五段活用的「働く」時，規則上不是接「よう」，而是接「う」。答案是「働こう」。

2

請從每一組選項中，各自選出和例句劃線部份助動詞意思相同的選項，以片假名代號作答。

① 大家似乎還在睡的樣子。
- ア 想成為像愛迪生一樣的發明家。
- イ 她的手像冰一樣冷。
- ウ 不想做背叛朋友這種事。
- エ 要是很忙的話，要不要延期呢。

② 穿著洗得很乾淨的襯衫。
- ア 他那時候生病了。
- イ 用乾布擦就會變乾淨。
- ウ 弟弟剛剛出門。
- エ 出現了小時候畫的畫。

③ 似乎終於能夠回家了。
- ア 據說明天颱風會來。
- イ 聽說這一帶一年四季都能游泳。
- ウ 聽說他已經恢復精神了，那我就放心了。
- エ 原來那個好像很溫柔的人是老師啊。

④ 我能把球投得很遠。
- ア 在公園撿到被丟棄的狗。
- イ 受到誇獎所以提起了幹勁。
- ウ 那隻貓能打開玄關門。
- エ 從她清晰的語氣能感受到她的自信。

⑤ 發誓再也不哭泣。
- ア 他再也不相信我。
- イ 我絕對不放棄。
- ウ 今天這種日子不會再有第二次。
- エ 他不會忘記我。

解答 ①エ ②イ ③エ ④ウ ⑤イ

思考方式 ①例句用的是表示推定的助動詞「ようだ」的連用形。可以和「どうやら」、「どうも」一同使用。ア、ウ可以和「例えば」一同使用，所以是舉例。イ可以和「まるで」一同使用，所以是比喻。エ則是和例句一樣能搭配「どうも」。

②例句的「た」可以代換為「洗ってある」，表示存續的意思。ア句中有「その時」一詞，表示過去。イ和例句相同，是存續。可以代換為「乾いている」。ウ表示完了。エ表示過去。

③例句的「そうだ」接的是動詞（可能動詞）「帰れる」的連用形，表示樣態。ア、イ、ウ各自接續的是終止形，表示傳聞的意思。エ接的是形容詞「優しい」的語幹。**表示樣態的「そうだ」，接動詞的連用形之外，也接形容詞・形容動詞的語幹**，這點要多加留意。

④例句「られる」可以代換為「投げることができる」，表示可能。同理，ウ也能代換為「開けることができる」。ア表示受身。イ雖然省略了做動作、接受動作的雙方，但句意可以理解為「（我）被（某人）稱讚了」，所以是受身。エ表示自發。

⑤例句的「まい」可以代換為「ないつもりだ」，表示否定意志。イ也是一樣的。ア、ウ、エ，都可以代換為「ないだろう」，表示否定推量。

3

請寫出以下各句劃線部份助動詞所使用的活用形為何。並從選項中選出意思符合的，以片假名代號作答。

① 要讓孩子了解這點是不可能的。

② 歡迎光臨。

③ 我打算現在打電話。

④ 櫻花好像馬上就要開了。

⑤想早點和您見面。
⑥花瓣被風吹散。
⑦他好像正在很有精神地工作。
⑧非得去學校不可。
⑨讀孩提時代寫的日記。

ア 過去　イ 斷定　ウ 意志　エ 推定
オ 受身
カ 樣態　キ 禮貌　ク 使役　ケ 希望
コ 否定

解答
①連體形・ク　②命令形・キ　③終止形・ウ
④終止形・カ　⑤連用形・ケ　⑥連用形・オ
⑦終止形・エ　⑧假定形・コ　⑨連體形・ア

思考方式 **透過從上下文中把握意義來做出判斷，並記住如何分辨令人容易混淆的用法。**另外，**有特殊活用的助動詞活用形態，要特別牢記。**

②是表示禮貌的「ます」的命令形。在接「ませぬ（ん）」和「ぬ（ん）」的時候使用未然形。命令形也有「まし」的形態。
④接動詞的連用形，所以是表示樣態的助動詞。
⑥採取動作的一方＝風，接受動作的一方＝花びら，先掌握這個相互關係。後面接的是「て」，所以是連用形。
⑧是表示否定的助動詞「ぬ」的假定形。是特殊活用形態，要多加注意。
⑨是表示過去的助動詞「た」的連體形。

4

以下①～④各組的劃線部份中，每組各有一個選項的性質和其他選項不同，請選出不同的選項。以片假名代號作答。並從後面A～C選項中選出正確理由，以數字代號作答。

① ア 換成色彩有春天感的窗簾。
イ 他現在似乎生病了。
ウ 對面站著的人好像是個男人。
エ 他回來似乎是夏天了。

② ア 大樹慢慢地倒下了。
イ 開玩笑而被罵了。
ウ 海被夕陽照亮。
エ 老師輕聲地說話。

③ ア 明天要挑戰翻過山嶺。
イ 他總是很慎重。
ウ 現在需要的是資訊。
エ 這是這部車的特徵。

④ ア 不管怎樣不安都無法消散。
イ 要是不打掃會被罵的。
ウ 她有著非常不經意的溫柔。
エ 委員長不在所以團結不起來。

A 其他都是助動詞，而這是動詞的一部份。
B 其他都是助動詞，而這是形容詞的一部份。
C 其他都是助動詞，而這是形容動詞的一部份。

解答 ①ア・B　②ア・A　③イ・C　④ウ・B

思考方式 **這是辨識容易和助動詞混淆的詞的題型。**要仔細確認辨識方式。

①試試看是否能在「らしい」前面加入「である」。只有ア表示「～にふさわしい」的意思，所以是由部份形容詞所形成的接尾語。
②ア是動詞「倒れる」的連用形「倒れ」的一部份。若「れ」是助動詞，接續語幹「倒」並不通順。イ、ウ都表示受身，エ是表示尊敬意思的助動詞。
③所有選項都是「名詞＋だ」的形態，但只有イ有「慎重な」的活用形，可以得知整體為形容動詞「慎重だ」的活用語尾。除此之外都是接名詞，且表示斷定的助動詞「だ」。
④可以思考是否能代換為「ぬ」。イ的「しない」是サ行變格活用的動詞，所以能夠代換為「せぬ」，但ウ以外的選項都無法代

換，是助動詞。ウ的「さりげない」整體是一個形容詞。

5

以下各組劃線部份的助動詞分別表示不同意思。請回答出它們代表的意思為何。

① ア 有像他這樣的人在就放心了。
　 イ 馬兒像風一樣飛奔。
② ア 我不知道那是他的座位吧。
　 イ 我想使用熟悉的工具。
③ ア 接下來將會發生很多事情。
　 イ 無論如何都不想坦白。
④ ア 行李被馬車運送。
　 イ 那個人笑了。
⑤ ア 漆成白色的牆壁給人一種乾淨的感覺。
　 イ 昨天看的電影很有趣。
⑥ ア 從這裡到市區還有五公里吧。
　 イ 明天我們去登山吧。

解答 ①ア…舉例　イ…比喻　②ア…斷定　イ…存續
③ア…推量　イ…意志　④ア…受身　イ…尊敬
⑤ア…存續　イ…過去　⑥ア…推量　イ…意志

思考方式 **這是辨識助動詞意思區別的題型。**這些都是到目前為止練習過的內容，所以應該可以毫不猶豫地完成。

①ア和「例えば彼のような」搭配使用，表示舉例的意思。イ和「まるで風のように」搭配使用，表示比喻的意思。
②イ接續的是動詞「なじむ」的音便形「なじん」，能看出後面是助動詞的「た」濁音化的用法。意思可以代換為「なじんでいる」，表示存續。
③ア可以代換為「起きるだろう」，是對未來的事情進行推測，所以表示推量。
④イ是對「その方」表示敬意。
⑤ア可以代換為「白く塗ってある壁」，表示存續的意思。イ從「昨日」這個詞可以看出表示過去。
⑥ア可以代換為「五キロはあるだろう」，所以是推量。

6

以下各句劃線部份的詞語，若是助動詞請答出它的意思，若不是助動詞請答出它是什麼詞。

① 手指變得不靈巧，無法隨心所欲地移動。感覺不像是自己的手了。
② 弟弟從父親那裡得到了我去年用過的小包。
③ 朋友喃喃自語著，似乎想起了什麼，趕緊往學校趕去。
④ 他很頑固。不管怎樣說服他，他都絕對不會更改自己的意見。

解答 ア…形容詞的一部份　イ…否定　ウ…形容詞
エ…過去
オ…受身　カ…比喻　キ…推定
ク…形容動詞的一部份
ケ…意志

思考方式 **讓我們好好練習並掌握助動詞的三個要素：意思・活用・接續。**這樣的話，即使遇到少數難關也幾乎都可以跨越。

①的ア是形容詞「ぎこちない」的一部份。イ可以代換為「ぬ」，是表示否定的助動詞。ウ在「ない」前面緊接著「は」將文節分段，所以是形容詞。
②的エ可以從「前の年に」這個敘述得知表示過去的意思。オ是「給予的人＝父」、「接受給予的人＝弟」，表示受身。
③的カ可以搭配使用為「まるで独り言のように」，表示比喻。キ的「らしい」只有推定之意。
④的ク是形容動詞「頑固だ」的一部份。可以從「頑固な」這個連體形活用來判斷。ケ是表示意志的助動詞。

自我檢測12

❶

請從選項中選出以下各詞所對應的尊敬語和謙讓語，以片假名代號作答。

① 食べる（吃）　② 言う（說）　③ する（做）
④ 見る（看）　⑤ 来る（來）

ア おっしゃる（說・尊敬語）　イ なさる（做・尊敬語）
ウ 参る（來・謙讓語）　エ いただく（吃・謙讓語）
オ あげる（給予・謙讓語）　カ ご覧になる（看・尊敬語）
キ いらっしゃる（來・尊敬語）
ク 拝見する（看・謙讓語）　ケ 申しあげる（說・謙讓語）
コ くださる（給予・尊敬語）　サ いたす（做・謙讓語）
シ 召しあがる（吃・尊敬語）　ス 存じる（想・謙讓語）

解答 ①シ・エ　②ア・ケ　③イ・サ
④カ・ク　⑤キ・ウ

思考方式 記得要明確區分出尊敬語和謙讓語。
①~⑤的動詞是基本中的基本。如果還有不確定的地方，要牢記本書p.110下方的表格。
另外，解答以外的選項オ「**あげる**」是「**やる**」的**謙讓語**，コ的「**くださる**」是「**くれる**」的**尊敬語**，ス的「**存じる**」是「**思う**」、「**知る**」的**謙讓語**。

❷

請分別回答以下各句劃線部份詞語，若為尊敬語請回答A，若為謙讓語請回答B，若為丁寧語請回答C。

① 謝謝您的聯絡。
② 這個點心非常好吃呢。
③ 從鄰居那裡收到了蔬菜。
④ 明天的聚會你會出席嗎？
⑤ 老師知道這件事。
⑥ 我是這間學校的學生。

解答 ①A　②C　③B　④A　⑤A　⑥C

思考方式 要辨別敬語使用的動作或事物，**指的是對方還是自己這方**。
①「連絡」是由對方進行的動作，所以是尊敬語。
②這裡的「お菓子」也可以講成「菓子」，是為了用詞遣字更加禮貌，因而加上了「お」。
③做「いただく」這個動作的，並不是「近所の方」而是自己。「いただく」是「もらう」的謙讓語。
④⑤「おいでになる」、「ご存じである」的是對方還是自己呢。
⑥在敘述自己的事情時，使用禮貌的說法。

❸

以下各組劃線部份的敬語中，每組分別有一個選項和其他選項不同種類。請找出這個選項，以片假名代號作答。

① ア 請問您要點些什麼。
イ 歡迎光臨。
ウ 是從哪裡來的呢。
エ 請慢慢享用。

② ア 和孩子們一起玩。
イ 要我幫忙嗎。
ウ 我來幫你拿行李。
エ 我會打電話給你。

③ ア 正在休息。
イ 馬上就要回去了吧。
ウ 你所說的話我知道。
エ 收到信件。

解答 ①ア　②ア　③イ

思考方式 ①ア是「詢問對方點餐內容」，表示自己的動作，所以是謙讓語。イ～エ全部都是向對方的動作表示敬意的尊敬語。

②ア的**「くださる」是表示尊敬的補助動詞**。對進行「遊ぶ」這個動作的對方行為表示敬意。イ～エ都是對自己的行為所使用，表示謙讓的補助動詞。

③**「お～なさる」**、**「おっしゃる」**、**「くださる」**表示**尊敬**的意思。イ的「お帰りになる」是尊敬語，但「でしょう」並非對「お帰りになる」的這個人表示敬意，而是讓用詞遣字更加禮貌的助動詞「です」的未然形「でしょ」＋「う」。

4

請將以下各句劃線部份的詞改為尊敬語。

① 老師吃了什麼呢。
② 明天吉本先生九點會來。
③ 導演說我可以休息一下。
④ 醫生給我藥。
⑤ 雙親很擔心。
⑥ 坐在那裡的是我的上司。

解答 ①召しあがった（食べられた）
②いらっしゃる（　られる）
③おっしゃった（言われた）
④くださった
⑤ご心配なさる
⑥いらっしゃる

思考方式 **有固定用法的尊敬動詞必須牢記。**

①～④的「食べる」、「来る」、「言う」、「くれる」的尊敬語分別是「召しあがる」、「いらっしゃる」、「おっしゃる」、「くださる」。

⑤的「心配する」並不像①～④那樣有特定用法。因此使用的是**「お（ご）～なさる」**的形態。

⑥「いる」的尊敬語是「いらっしゃる」。「いらっしゃる」除了「いる」之外，也作為「行く」、「来る」的尊敬語使用。

5

請將以下各句劃線部份的詞改為謙讓語。

① 幫忙修正錯誤的地方。
② 吃好吃的親手做的菜。
③ 為之前的事道謝。
④ 送年終禮物給幫助過我的人。
⑤ 向老師報告昨天發生的事。

解答 ①いただく　②いただく　③申しあげる／申す
④さしあげる／あげる　⑤ご報告する

思考方式 將謙讓動詞和尊敬動詞一併牢記就好。

①「もらう」的謙讓動詞是「いただく」。

②「食べる」的謙讓動詞是「いただく」。從開動時會說的「いただきます」也能得知這個用法。

③對於想表示敬意的對象，進行「言う（說）」這個動作的時候，使用「申す」、「申しあげる」。

④「やる」的謙讓動詞是「あげる」、「さしあげる」。

⑤「報告する」沒有特定的謙讓動詞，在「報告」上加「ご」就能表達謙讓的意思。

另外，將「ご報告」用於**「先生にご報告する」**這個句子能表示**謙讓**的意思，而若是用於**「先生がご報告なさる」**的話則能表示**尊敬**的意思。

6

請回答以下各詞的謙讓語為何。

①妻子　②兒子　③我・自己

解答 ①家　②せがれ（愚息《ぐそく》）　③わたくし（手前）

思考方式 將指稱己方人物的用法通通背起來就好。

7

請將以下各句劃線部份的詞改為丁寧語。

① 女兒今年滿十歲。
② 那份文件在隔壁房間。
③ 有老師在場。
④ 有沒有忘記東西呢。
⑤ 明天出門去野餐。

解答 ①なります　②あります（ございます）
③いらっしゃいます
④ありません（ないです・ございません）
⑤でかけましょう（おでかけしましょう）

思考方式 **丁寧語經常和尊敬語或謙語疊加使用**。要注意如何恰當使用「です」、「ます」或「ございます」。

8

請從選項中選出適合填入以下句子空格處的選項，以片假名代號作答。同樣選項可以重複選擇。

① 老師總是很用心地教導＿＿＿。
② ＿＿＿年長者戰爭的故事。
③ ＿＿＿那裡的是哪一位呢。
④ 老師＿＿＿學生的作品。
⑤ 醫生＿＿＿的話要好好聽。
⑥ ＿＿＿鄰居旅行的紀念品。

ア　問・謙讓語　イ　看・謙讓語　ウ　給予・謙讓語
エ　說・謙讓語　オ　看・尊敬語　カ　在・尊敬語
キ　說・尊敬語　ク　給予・尊敬語

解答 ①ク　②ア　③カ　④オ　⑤キ　⑥ウ

思考方式 ①「教えてくれる」的是老師，所以選「くれる」的尊敬語。
②「話を聞く」的並不是「お年寄り」，而是「私（たち）」，所以選謙讓語。
③由於句子是詢問「いる」的「どなた」，所以是對「どなた」表示敬意。
④「作品を見る」的是老師。
⑤醫生「言う」的內容要仔細聆聽，所以這裡填入尊敬語「おっしゃる」。
⑥將伴手禮送給對方這個動作，是自己的行為，所以使用謙讓語「さしあげる」。

9

請將以下各句劃線部份改為正確的敬語表現。

① 校長說了一句話，學生就安靜了下來。
② 老師享用了蛋糕。
③ 社長來看自己工廠的工作情況。
④ 從恩師那裡收到信。

解答 ①おっしゃる　②召しあがって
③いらっしゃった（来られた）　④いただいた

思考方式 ①校長在面對比自己地位更高的人時，也會將「言う」改為「申す」使用，但這裡是對學生「言う」的場景，所以對校長的動作使用尊敬語。
②對老師表示敬意，使用「召しあがる」。
③「来る」的尊敬語是「いらっしゃる」，但也可以加入尊敬的助動詞「られる」，選擇「来られる」這個用法。
④「もらう」的是「我」，所以使用謙讓語「いただく」。

10

請將以下各句劃線部份的敬語改為正確用法。並從選項中選出適合的答案解說，以片假名代號作答。

①我的父親很了解你的父親。
②說出你實際看過之後的感受。

③很久沒見到孫子了，非常期待。
④老師做了那種事，令人困擾。
⑤那本雜誌的本月號，你已經看過了嗎。

ア 該使用尊敬語卻使用了謙讓語。
イ 該使用謙讓語卻使用了尊敬語。
ウ 在不該使用的地方使用了敬語。
エ 在該使用的地方沒使用敬語。
オ 敬語過度使用。

解答 ①存じていますよ（存じあげていますよ）・イ
②おっしゃってください・エ
③会う・ウ
④なさっては困ります・ア
⑤お読みになりましたか（読まれましたか）・オ

思考方式 ①這個句子的意思是，「うちの父（家父）」對於「あなたのお父様（你的父親）」非常「知っているよ（了解喔）」。**主語是自己的親人，所以「知っているよ」的部份應該使用謙讓語**。然而原文使用的是「ご存じですよ」。「ご存じ」是尊敬語。將句子改成謙讓語的「存じる」、「存じあげる」吧。隨著句子的修改，「です」也要改成「ます」。
②對於接連使用「ご覧になる」、「お感じになる」這些尊敬語的對象，接著使用「言ってくれ」這種粗魯的詞語是不合適的。使用「おっしゃってください」這個尊敬語用法吧。
③「お会いする」是「会う」的謙讓語，對「会う」的對象表示敬意。這裡的對象是「孫」，並不是需要使用敬語的對象。
④「いたす」是「する」的謙讓語，對需要尊敬的「先生」使用是錯誤用法。應該使用「なさる」這個尊敬語用法。
⑤仔細檢視「お読みになられましたか」這個用法，可以看出是**尊敬語「お読みになる」和尊敬的助動詞「れる」疊加使用**。**使用過多的敬語反而顯得失禮**，應該將句子修改為「お読みになりましたか」或是「読まれましたか」。

11

請從選項中選出適合以下例句場景的敬語用法，以片假名代號作答。

① 正男接聽了住得很遠的親戚叔叔打來的電話的時候。
ア「父親説近期要去探望叔叔。」
イ「家父説近期要去探望叔叔。」
ウ「家父據説是近期會光臨叔叔那裡。」
エ「家父表示近期會去探望叔叔。」

② 高中生陽子在寫信給國中時的導師的時候。
ア「我無法忘記畢業典禮上老師説的話。」
イ「我無法忘懷畢業典禮上老師所説的話。」
ウ「我無法忘懷畢業典禮上老師的教誨。」
エ「我無法忘記畢業典禮上老師説的話。」

③ 當學校老師來做家庭拜訪，端茶出來給老師的時候。
ア「老師，請你喝。」
イ「老師，還請您飲用。」
ウ「老師，還請您享用。」
エ「老師，請喝茶。」

解答 **(1)** ①イ　②ウ　③エ

思考方式 ①「親戚のおじさん」雖然也是親人，但在這位「親戚のおじさん」比起來，對更親近的「父」使用尊敬語是不恰當的。因此稱呼父親為「お父さん」的ア是錯誤答案。ウ、エ分別使用了「いらっしゃる」、「おっしゃる」，對父親的動作使用尊敬語也是不恰當的。
②「言う」的尊敬語是「おっしゃる」。ア使用了謙讓語「申す」，並不恰當。イ是對陽子的動作「忘れる」使用尊敬語。エ沒有對「話す」使用敬語。
③最適當的答案是エ。另外「召しあがってください」也是合適的用法。ア沒有使用敬語。イ、ウ使用過多敬語，反而是失禮的用法。

最終測驗①

❶

請回答以下問題。

問題一　請回答以下句子的文節數量。

2008年登場的「琉神馬布亞」，是守護沖繩正義的英雄。

問題二　「みんなを待っていた」要拆成單字的話該如何分段？請從選項中選出最適當的答案，以片假名代號作答。

ア　みんなを—待っていた

イ　みんなを—待って—いた

ウ　みんな—を—待っ—て—いた

エ　みんな—を—待っ—て—い—た

問題三　請回答和以下句子劃線部份品詞相同的選項為何者。以片假名代號作答。

● 對身邊的花草感覺親近。

ア　正在找尺寸大一圈的帽子。

イ　從落敗時的悔恨學到很多事情。

ウ　不管發生什麼他都一點也不動搖。

エ　我很高興能像這樣和你見面。

問題四　請從以下選項中選出普通名詞，以片假名代號作答。

ア　枕草子　イ　和歌　ウ　醍醐天皇　エ　京都

問題五　以下選項劃線部份的四個動詞中，有一個選項的活用形和其他不同。請以片假名代號作答。

ア　當你想做一件事的時候，有大量的資訊，並且有很多簡單易行的路徑擺在你的面前。

イ　雖然別無選擇，只能走那條路，

ウ　但可能也會想「我在做什麼」吧。

エ　有很多事情在後來證明是正面的。

問題六　請選出和劃線部份動詞使用同樣活用形的動詞選項，以片假名代號作答。（靜岡縣）

● 這件事讓人想起的是，……

ア　步行五分鐘就到了吧。

イ　回家後會幫忙做家事。

ウ　相信母校一定會勝利。

エ　能夠簡單地回答。

解答

問題一　**7**

問題二　エ

問題三　イ

問題四　イ

問題五　ウ

問題六　ア

思考方式　問題一　**分割文節的題型**，可以像「二〇〇八年にネ」這樣**加入「ネ」或「サ」進行分割**。

「二〇〇八年に／登場した／「琉神マブヤー」は、／沖縄の／正義を／守る／ヒーローだ。」總共有七個文節。「琉神マブヤー」是固有名詞，所以〈「琉神マブヤー」は〉是一個文節。

問題二　單字是從意思上無法拆分更細的單位。注意「待っ（動詞）／て（助詞）／い（動詞）／た（助動詞）」的部份。

問題三　是**識別形容詞接「さ」或「み」後詞語名詞化的題型**。題目中的「親しみ」和イ的「悔しさ」兩者就是這種用法。ア「大きな」是連體詞，ウ「少しも」是副詞、エ「喜ばしく」是形容詞。

問題四　這題是**識別固有名詞和普通名詞的題型**。「枕草子」、「醍醐天皇」、「京都」分別是表示書名・人名・地名的固有名詞。「和歌」則是普通名詞。

問題五　依序來檢視活用形為何吧。ア是動詞「ある」的連用形。イ是動詞「歩む」的連用形，是撥音便的形態。ウ後面緊接著「こと」，所以是動詞「思う」的連體形。エ是動詞「なる」的連用形，是促音便的形態。

問題六　在**分辨活用分類**時，**首先注意「　る」、「する」這些動詞**。イ的「する」是サ行變格活用。接著再**分別在動詞後面試著接上「ナイ」看看**。題目句的「思い起こさナイ」和ア「歩かナイ」的「ナイ」前緊接著的是ア段音，所以是五段活用，ウ「信じナイ」緊接著的是イ段音所以是上一段活用，エ「答えナイ」緊接著的是エ段音所以是下一段活用。

2

請回答以下問題。

問題一　請選出和劃線部份「れる」相同意思的選項，以片假名代號作答。

●可能會受到從師傅那裡學到的各種約定的束縛……

ア　回到故鄉就想起以往的事。

イ　鄰居老爺爺有個孫子，是高中生。

ウ　受邀參加慶祝她生日的聚會。

エ　作為朗讀範本，先由老師進行朗讀。

問題二　「由於校慶的準備，這星期非常忙碌。」的劃線部份，請選出和它文法上相同意思・用法的選項，以片假名代號作答。

ア　學生回家後的教室很安靜，沒有一點聲音。

イ　受這兩三天的溫暖影響，櫻花花蕾已經膨脹起來。

ウ　我的弟弟是小學生，擔任棒球隊的隊長。

エ　父親每天的例行公事是早餐後看報紙，然後去散步。

問題三　請從選項中選出和以下句子劃線部份a・b的「より」同樣品詞的單詞，以片假名代號作答。

●與在自己的組織內工作相比，可以期待獲得更好的成果。

ア　和弟弟一起玩。　イ　登上那座山。

ウ　專心步行。　エ　為了朋友唱歌。

オ　不下雨。

問題四　請選出和以下句子劃線部份的助詞「ながら」相同意思・用法的選項，以片假名代號作答。

●海生觀察著風向，慎重地駕駛船隻。

ア　雖然還是個孩子，卻經受住了嚴峻考驗。

イ　邊在公園裡散步邊聊天吧。

ウ　保留舊街景的氛圍模樣。

エ　雖然力量微薄，我也會配合這項企劃。

問題五　請從同句選項中，選出＝劃線部份所修飾的內容，以片假名代號作答。

那時，我才 意識到，犯下的罪 已經 無法 彌補了。

解答

問題一　ウ

問題二　イ

問題三　a…ア　b…ウ

問題四　イ

問題五　イ

思考方式 問題一　**助動詞「れる」有受身・可能・自發・尊敬四種意思**。題目句子的「縛られる」表示從他處接受動作，所以是**受身**。

同樣表示受身的還有ウ「招かれる」。ア表示動作自然發生，是自發的意思。イ對「隣のおじいさん」，エ則是對「先生」表示敬意，是尊敬的意思。

問二　題目的「で」是**「のために」**、**「が原因で」**的意思，是**表示理由的格助詞**。和イ「由於溫暖，櫻花花蕾膨了起來」的意思・用法相同，是正確選項。ア是形容動詞「静かだ」連用形的活用語尾，ウ是表示斷定的助動詞「だ」的連用形，エ則是接續助詞。

問題三　a的「より」是表示比較基準的格助詞。選項中的格助詞，是ア裡表示共同對象的「と」。

　b後面接續的「高い」是表示何等程度的**副詞**，所以ウ的「ひたすら」是正確答案。

其他選項分別為：イ「あの」連體詞，エ「ため」名詞，オ「ない」否定助動詞。

問題四　題目的「ながら」是**兩個動作同時發生**的用法。和イ的同時進行「散歩する」和「お話しする」，是一樣的意思・用法。ア和エ，是「～にもかかわらず」這樣的確定逆接用法。ウ則有「～のまま」的意思，是接「昔」的接尾語。

問題五　「もう」是**表示程度的副詞**，在這裡有已經跨越時間程度的意思。所以思考「もう」怎麼樣了的時候，答案就是「（償いが）できない」。

❸

以下文章是寫給長者的信的一部份。請將劃線部份(1)的「もらった」，(2)的「聞きたい」分別改為適當的敬語表現。

　非常感謝您前些日子的照顧。

　雖然不習慣爬山，因而有些難受，但登到山頂的感覺是任何事物都難以替代的。在山上收到你給的橘子的味道也令我難以忘懷。

　希望有一天再聽您聊到關於山的故事。

解答　(1)いただいた

(2)伺いたい

思考方式　(1)(2)都是**寫信的人向對方表示敬意的部份，在呈現自己動作時使用謙讓語**。「もらう」的謙讓語是「いただく」，「聞く」的謙讓語是「伺う」。

最終測驗②

❶　**請回答以下問題。**

問題一　「回数券は一枚ずつ減っていく」要拆成文節的話該如何分段？請從選項中選出最適當的答案，以片假名代號作答。

ア　回数券は／一枚ずつ／減っていく

イ　回数券は／一枚ずつ／減って／いく

ウ　回数券は／一枚／ずつ／減っていく

エ　回数券は／一枚／ずつ／減って／いく

問題二　請從語群選項中分別選出以下句子劃線部份詞語的品詞，以片假名代號作答。

①　不知道他為什麼這麼說。

②　當我抵達時，公車已經出發了。

③　只有我的行李很少。

④　這文字是他所寫的。

⑤　從那裡望去，寧靜的春日稻田在眼前展開。

《語群》

ア　形容詞　イ　副詞　ウ　形容動詞　エ　名詞

オ　助詞　カ　連體詞　キ　助動詞　ク　動詞

問題三　請選出和「昨天肚子痛。」品詞相同的選項。以片假名代號作答。

ア　只有能夠分擔痛苦，才能稱為真正的朋友。

イ　燒已經退了，頭也沒那麼痛了。

ウ　小男孩的頭撞在柱子上，因疼痛而哭泣。

エ　如果牙齒痛，還是盡快去看牙醫比較好。

問題四　請選出和以下例句劃線部份的「染まる」含有相同活用分類動詞的選項，以片假名代號作答。

●　銀杏葉染成金黃色。

ア　昨晚太冷了所以穿了幾層衣服。

イ　我的嗜好是在休息日悠閒地看書。

ウ　這個數學問題如果使用公式就很簡單。

エ　還需要一些努力才能讓這項工作走上正軌。

問題五　以下句子劃線部份的「もし」修飾的是哪個詞呢？請將含有那個單詞的文節按句子裡的形式原樣寫出。（高知縣）

如果當時他不在的話，這個小鎮會怎麼樣呢。

解答

問題一　イ

問題二　①オ　②イ　③ア　④キ　⑤ウ

問題三　エ

問題四　イ

問題五　いなかったら

思考方式　問題一　**分割文節的題型**，可以像「回数券はネ」這樣**加入「ネ」或「サ」進行分割**。「ずつ」是助詞，所以「一枚ずつ」整體是一個文節，而「いく」是動詞（補助動詞），所以「減って」和「いく」各自是一個文節。

問題二　①這個「が」是**格助詞**，接在名詞「彼」後面，表示「彼が」這個文節作為主語的功能。

②「既に」是**副詞**，詳細說明公車「出発してしまっていた」這件事。

③「少ない」是**形容詞**，表示「荷物」的狀態，單獨作為述語存在。

④是**助動詞**，表示「書く」這個動作是過去發生的事。

⑤是**形容動詞**，表示「春の田んぼ」的狀態，原形是「のどかだ」。

問題三　題目「痛かっ」是**形容詞「痛い」的連用形**。檢視選項所含有的品詞，ア是名詞，イ是動詞「痛む」的未然形，ウ是動詞「痛がる」的終止形，エ是形容詞「痛い」的假定形。因此正確答案是エ。

問題四　題目的動詞「染まる」，在接續「ナイ」後成為「染まらナイ」，「ナイ」前面緊接著的是ア段音，所以是**五段活用動詞**。選項句子所包含的動詞，分別是：ア「し」是サ行變格活用「する」的連用形，イ「読む」是五段活用「読む」的連體形，ウ「用いれ」是上一段活用「用いる」的假定形，エ「乗せる」是下一段活用「乗せる」的連體形。因此正確答案是イ。

問題五　**「もし」是表示假定的呼應副詞**。實際上「彼はいた」，但是假設「あの時彼がいなかった」……依上述文意可得知是修飾「いなかったら」這部份。

題目要求「按句子裡的文節原樣寫出」，所以「たら」這個助詞在回答時也要寫上。

2

請回答以下問題。

問題一　請回答和以下句子劃線部份——的「ない」用法・功能相同的選項為何者。請從選項中選出最適當的答案，以片假名代號作答。（三重縣）

● 基本上是物品間空無一物的空間。

ア　突然發生了意想不到的事情。

イ　今天是沒有棒球訓練的日子。

ウ　有非做不可的工作。

エ　有永遠不會改變的事。

問題二　請回答和以下句子劃線部份文法上相同意思・用法的選項為何者。以片假名代號作答。（栃木縣）

● 她好像很傷心。

ア　聽說受颱風影響會有大雨。

イ　這次的比賽我們應該會贏。

ウ　據說飛機的抵達會晚一個小時。

エ　挪威的冬天據說很冷。

問題三　請選出和以下例句劃線部份的「に」相同用法的選項，以片假名代號作答。（神奈川縣）

● 今天比平常早出發去學校。

ア　她很開心地笑著。

イ　作業已經做完了。

ウ　花壇裡的花開得很美。

エ　寫信給轉學的朋友。

解答　問題一　イ
問題二　イ
問題三　エ

思考方式　問題一　「ない」有形容詞和助動詞的用法。

①「ない」可以代換為「ぬ」、「ず」＝助動詞
無法代換＝形容詞
②「ない」前可以緊接著「は」、「も」＝形容詞
無法緊接著「は」、「も」＝助動詞

這些辨識方式，不管哪一種都是簡單好懂的用法。

題目的「何もない」和イ「練習がない」的「ない」，都無法代換為「ぬ」、「ず」，所以是形容詞。表示的是事物的有無。

ア的「しない」前無法緊接著「は」、「も」，所以是助動詞。

ウ的「ならない」可以代換為「ならぬ」，所以是助動詞。エ的「変わらない」也可以代換為「変わらぬ」，是助動詞。

問題二　**「そうだ」隨著上面接續的詞語活用形不同，可以看出所表示的意思。前面緊接著的是動詞的連用形・形容詞或形容動詞的語幹表示「樣態」，接用言的終止形則表示「傳聞」。**

例句「悲しそうだ」的「悲し」是形容詞「悲しい」的語幹，後面緊接著的「そうだ」表示**樣態**。

選項中イ「そうだ」前面緊接著的是動詞連用形，表示「樣態」。其他選項全都在「そうだ」前面緊接著終止形的詞，表示「傳聞」。

問題三　題目中的「に」是**格助詞**，表示**地點**。エ的「に」也是格助詞。ア是助動詞「そうだ」的連用形「そうに」的一部份。イ是副詞「すでに」的一部份。ウ是形容動詞「きれいだ」連用形「きれいに」的活用語尾。

3

請選出和以下句子劃線部份a・b的「の」相同用法的選項，以片假名代號作答。

將各類公共建築安置在讓建築外觀看來更出色的特殊地點，如林蔭大道的盡頭、廣場、濱水區，也是向共同體精神依託的一種造型表現。

ア　他吃的是麵包。
イ　她吃的是飯。
ウ　他的書很有趣。
エ　那本書很有趣。

解答　a…ア　b…イ

思考方式　題目句子中a的「の」也是「建物うつりがよい」的意思，**可以代換為「が」，有表示主語的作用**。

b的「の」則像「おさめることも」，**可以代換為「こと」，表示和體言有相同資格**。

ア可以代換為「彼**が**食べた」，表示主語。イ可以代換為「食べた**もの**は」，和體言有相同資格。ウ是有連體修飾作用的助詞。エ的「その」整個是一個連體詞。

4

請選出和以下句子劃線部份的「られる」意思・用法相同的選項，以片假名代號作答。

「結構です」這句慣用語就是很好的例子。此時的「結構」有「完美」、「非常好」的意思，同時也可以在表示拒絕意志時使用。

ア　老朋友呼喚我。
イ　可以看到美麗的花草。
ウ　能感覺到春天的氣息。
エ　老師進來了。

解答　ア

思考方式 思考題目的「られる」。句子有「結構」這個詞，受到某人「用いられる」的意思，所以這個「られる」是**表示受身的助動詞**。

選項中表示受身的，是ア「旧友に」這個表示受身對象的選項。イ是能看到花草的意思，表示可能。ウ是自然感受到春天氣息的意思，表示自發。エ表示對老師的敬意，是尊敬之意。

5

為了讓以下句子的――劃線部份和＝劃線部份的關係語意通順，請改寫＝劃線部份。

最近，我決定的是，要將人們的意見仔細聽到最後。

解答 聞くということだ（聞くことだ）

思考方式 題目的形態是**主部「某件事」→述部「如何進行」**，此時**對應主部「ことは」，述部就必須是「何だ」**。回答「聞くことだ」也可以。

最終測驗③

1

請回答以下問題。

問題一　「希望沒有給自然帶來什麼大變化」拆解成單詞，最後的單詞是「ように」，總共可以分成十一個單詞。請回答從前面數來的第六個單詞為何。並且寫出它的品詞。

問題二　請選出和「この四季の変化」的「この」品詞相同的選項，以片假名代號作答。

ア　應該沒這麼遠吧
イ　從一定深度以下的積雪中
ウ　在那裡呼吸的生物
エ　就當作遠方的風景眺望

問題三　請回答和以下句子劃線部份活用形相同的選項為何者。以片假名代號作答。

●好消息傳到他家。

ア　今年夏天比平常熱多了。
イ　週日的百貨公司很熱鬧。
ウ　這是為紀念畢業而畫的畫。
エ　在電話裡聽到祖母有活力的聲音。

問題四　請選出以下句子劃線部份的「答え」的活用分類，以片假名代號作答。

●孩子們一一回答了我的問題。

ア　五段活用　イ　下一段活用
ウ　カ行變格活用　エ　上一段活用

問題五　請選出和以下句子劃線部份的「ばかり」相同意思用法的選項。以片假名代號作答。

●不管哪個都與今天的問題有關。

ア　才打了個瞌睡，就感冒了。
イ　游得很累，所以決定睡一個小時。
ウ　我和妹妹剛讀了推薦的書。
エ　寂靜中，聽到的只有蟬鳴聲。

問題六　請選出和以下例句劃線部份的「で」文法規則和意思相同的選項，以片假名代號作答。

●帶我去的房間安靜又寬敞。

ア　由於下雨，遠足被取消。
イ　用原子筆填寫在紙上。
ウ　那個人是個親切又溫柔的人。
エ　聽說電影三點結束。

解答

問題一　与える・動詞
問題二　イ
問題三　エ
問題四　イ

問題五　エ
問題六　ウ

思考方式 問題一　將題目拆解成單字，就成為「自然／に／大きな／変動／を／与える／こと／は／なかっ／た／ように」。因此第六個單詞是**「与える」，是下一段活用動詞「与える」的連體形**。

問題二　「この」是修飾「変化」的**連體詞**。選項中修飾體言的是イ「ある」，修飾「深さ」。ア「そう」、エ「ただ」都是和用言相關的連用修飾語，是副詞。ウ的「そこ」是表示地點的代名詞。

問題三　「うれしい」原形字尾是「い」，是表示事物狀態的**形容詞**。從後面接續的「知らせ」可得知是**連体形**。

選項中エ的「元気な」後面緊接著「声」，是形容動詞「元気だ」的連體形。ア「暑い」是形容詞的終止形。イ是形容動詞「にぎやかだ」的終止形。ウ是動詞「描く」的連用形。

問題四　「答える」的活用是「答／え／え／える／える／えれ／えろ（えよ）」，**下一段活用動詞**。劃線部份「答え」後面接的是接續助詞「て」，所以是連用形。

問題五　**助詞「ばかり」有以下這幾種用法：表示程度，表示限定，表示動作剛剛結束，表示僅只這樣就是原因或理由等。**

題目「ものばかりである」的「ばかり」有僅限於此的意思。表示限定。

ア「うたた寝をする」這個動作表示引起感冒的原因。イ可以代換為「一時間ほど」，表示程度。ウ表示剛讀完沒有多久。因此，聽到的聲音限定為蟬聲的エ是正確答案。

問題六　**注意「で」究竟本身是一個單詞，或者是單詞的一部份。**

題目「で」前面緊接著的「静か」，終止形是「静かだ」。因此可知這個「で」是**形容動詞「静かだ」連用形「静かで」的活用語尾**。同樣身為形容動詞的活用語尾的是ウ「（親切）で」這個選項。ア、イ、エ都是接續體言的助詞。

2

請回答以下問題。

在某個春日，那首古詩突然作為自己的實際感受脱口而出。

問題一　請寫出「ふと」的品詞為何。

問題二　請從選項中選出和「ふと」關聯的語句，以片假名代號作答。

ア　自己的　イ　作為實際感受

ウ　從口中　エ　流瀉而出

解答　問題一　副詞

問題二　エ

思考方式 問題一　「ふと」有「突然地」的意思，是詳細說明動作狀態的副詞。

問題二　「突然進行的是什麼動作？」這麼思考過後就能知道關聯文節為何者了。

3

從以下句子劃線部份的「ある」中，選出和其他三者品詞不同的選項，以片假名代號作答。

然而，全球化本身並不是一場危機。向主流文化邁進的運動至今一直存在，之後也將繼續存在吧。

但如果一種文化被認為對該文化來說是不尋常的，不認可其生活方式和價值觀的存在並試圖壓制它們，那對人類的生存來說是極其危險的。對特定文化的極端堅持或信念，可能會削弱人類在冰河時期末期所發揮出的適應力。

那麼，我們能做些什麼來維持目前擁有的文化多樣性呢？

解答　エ

思考方式 **「ある」有連體詞和動詞的用法**。ア、イ、ウ的「ある」是指稱不明確的事物時使用的連體修飾語。此時是連體詞

「ある」。エ的「ある」有「此刻存在」的意思，是動詞。

❹

從以下句子劃線部份的「ない」中，選出文法上性質不同的選項，以片假名代號作答。

而且，從表面濕漉漉的木頭完全無法想見，這裡是乾燥的。整個森林都是濕的，但那裡卻是乾燥的。老樹的核心在新樹的根部下面卻是乾燥而溫暖的。是老樹提供溫暖，還是新樹阻擋了冷空氣？這棵老樹，它還沒有死。這棵新樹也不只是活著。即使看生死的轉變、輪迴的痛苦，也沒什麼好如此堅持的。那只是一瞬間的事，如果這種溫暖在那之後到來，那還好我沒有忽略它，真是太幸福了。樹木這種東西，是像這樣有情感的生物。我想，這次如果沒注意的話，就無法發現這棵樹隱藏的情感了。（幸田文『樹木』）

解答　イ

思考方式　**「ない」有形容詞和助動詞的用法。**形容詞時表示事物「不存在」的狀態，助動詞時則接動詞未然形，表示否定。

「辨識方式」有以下兩種。

①「ない」可以代換為「ぬ」、「ず」＝助動詞
無法代換＝形容詞

②「ない」前可以緊接著「は」、「も」＝形容詞
無法緊接著「は」、「も」＝助動詞

在此試著代換為「ず」，ア可以代換為「考えられず」，イ代換為「こだわることはず」，ウ代換為「配らず」，エ代換為「さぐれず」，只有イ是形容詞。

❺

以下是念國中的正夫寫給小學導師的明信片的一部份。請將劃線部份改為適合用法的尊敬語或謙讓語。

最近打算趁老師在家的時候去找您玩。那時候再好好聊聊。期待和您再相見的日子。

解答　ご自宅にいらっしゃる時に、遊びに伺うつもりです。

思考方式　仔細思考劃線部份的動詞**「いる」**和**「行く」**。「ご自宅にいる」的是老師，所以修改為尊敬語「いらっしゃる」。另外，「遊びに行く」的是正夫，所以修改為謙讓語「伺う」。

國際學村
LA PRESS 語研學院 Language Academy Press
語言學習NO.1
學英語
套用＋替換＋開口說
英文文法刻意練習
Practice makes Perfect
學韓語
每天3分鐘睡前學韓語
一天一點，只要堅持21天
學日語
自學、教學都通用
我的第一本日語課本
QR碼行動學習版
適用完全初學、從零開始的日文學習者！
JAPANESE
MADE EASY!
第二外語
全新
帶你脫離初級邁向中高級！
自學法語文法看完這本就會用！
【進階篇】
FRENCH
Grammar
Intermediate
考多益
HACKERS × 國際學村
新制多益
最新！TOEIC閱讀題庫解析
Reading
每月進場實測分析、完整傳授答題技巧
黃金證書手到擒來！
考日檢
GRAMMAR SHADOWING
跟讀學日檢文法
JLPT N3
哈著哈著自然就學會！
考韓檢
考試精華整理
NEW TOPIK
新韓檢初級應考祕笈
KOREAN
Beginner Level Test Guide
考英檢
GEPT
初試1次過
全民英檢
初級
聽力測驗
每日刷題10分鐘，1天2頁
1個月後高分過關！
想獲得最新最快的
語言學習情報嗎？
歡迎加入
國際學村&語研學院粉絲團

台灣廣廈 國際出版集團
Taiwan Mansion International Group

國家圖書館出版品預行編目（CIP）資料

我的第一本日語文法練習本 ：連日本學生都在用！總整理 × 練習題一本搞定，秒懂日語的構造與詞性變化／文英堂編集部著 ；黃瓊仙，謝宜君譯. -- 初版. -- 新北市：國際學村出版社，2024.11
面；　公分
ISBN 978-986-454-389-2(平裝)

1.CST: 日語 2.CST: 語法

803.16　　113013826

國際學村

我的第一本日語文法練習本

編　　者／文英堂編集部
譯　　者／黃瓊仙、謝宜君
編輯中心編輯長／伍峻宏
編輯／尹紹仲
封面設計／林珈伃・內頁排版／菩薩蠻數位文化有限公司
製版・印刷・裝訂／東豪・紘億・弼聖・明和

行企研發中心總監／陳冠蒨
媒體公關組／陳柔彣
綜合業務組／何欣穎
線上學習中心總監／陳冠蒨
數位營運組／顏佑婷
企製開發組／江季珊、張哲剛

發 行 人／江媛珍
法 律 顧 問／第一國際法律事務所 余淑杏律師・北辰著作權事務所 蕭雄淋律師
出　　版／國際學村
發　　行／台灣廣廈有聲圖書有限公司
地址：新北市235中和區中山路二段359巷7號2樓
電話：（886）2-2225-5777・傳真：（886）2-2225-8052
讀者服務信箱／cs@booknews.com.tw

代理印務・全球總經銷／知遠文化事業有限公司
地址：新北市222深坑區北深路三段155巷25號5樓
電話：（886）2-2664-8800・傳真：（886）2-2664-8801
郵 政 劃 撥／劃撥帳號：18836722
劃撥戶名：知遠文化事業有限公司（※單次購書金額未達1000元，請另付70元郵資。）

■出版日期：2024年11月
ISBN：978-986-454-389-2